EN LETTRES **D'ANCRE**

MARTA BARONE

# CITÉ ENGLOUTIE

*roman*

*Traduit de l'italien*
*par* NATHALIE BAUER

BERNARD GRASSET
PARIS

*L'édition originale de ce texte a été publiée en 2020*
*par Bompiani sous le titre :*

CITTÀ SOMMERSA

*Ce livre a été traduit grâce à une aide du ministère italien*
*des Affaires étrangères et de la Coopération internationale*

*Questo libro è stato tradotto grazie a un contributo del Ministero degli*
*Affari Esteri e della Cooperazione Internazionale italiano*

Ce livre a été publié
avec le soutien du Centre National du Livre.

Jaquette : © ALECCHI-NP / Leemage.

ISBN 978-2-246-82572-2

*Au garçon*

*De tout l'homme il vous reste une partie de discours.*
*Une partie du discours, en somme.*

Joseph Brodsky

*Il ne suffit pas de refuser la Légion d'honneur ;*
*encore faut-il ne pas la mériter !*

Erik Satie

Martingale (subst. f.) : *jouer la –*, jouer en doublant la mise qu'on a perdue au coup précédent.

# I.

# *La première Kitej*

Cette histoire a deux débuts, au moins deux, car il est toujours difficile, lorsqu'on a affaire à la vie, de déterminer ce qui commence et quand ; en vertu de quelles coïncidences vertigineuses se produisent des événements apparemment fortuits ; par quel visage, se tournant vers un autre à un moment donné du passé, s'est ébranlé l'enchaînement accidentel d'événements et de créatures qui a décidé de notre venue au monde. En premier lieu – je peux l'affirmer avec une certitude raisonnable –, je suis née. Par un mois de mars neigeux de l'année 1987. Mes parents n'avaient fait connaissance que deux ans plus tôt et ils se sépareraient définitivement trois ans plus tard.

Je suis née d'une femme au crâne troué. Ma mère avait eu un accident treize ans auparavant. Je demeurai une semaine en observation parce que j'étais en manque des antiépileptiques qu'elle devait encore prendre. De l'accident, du coma, des opérations, il ne lui est resté qu'un léger creux correspondant au fragment de crâne absent, lequel a été remplacé par un filet métallique que ses cheveux fins, pareils à de la plume, ont par la suite recouvert. Elle dort de l'autre côté, car son morceau de tête fantôme est encore douloureux.

Il est possible d'affirmer que j'ai jailli d'une manière ou d'une autre de ce trou. Mon existence même dépend de cette blessure, porte ouverte sur l'abîme des possibilités. Au moment où ma mère est tombée d'une moto, à l'âge de vingt-trois ans, elle allait avec le conducteur de l'engin chercher les papiers nécessaires à leur mariage. Mais les choses se sont passées différemment. Et voilà que, en quelque sorte, la trajectoire de celle qui n'était pas encore ma mère, de la jeune fille au visage pointu des photos de l'époque, de son corps projeté sur l'asphalte d'une route départementale, a dessiné une autre trajectoire, irréversible, dont la mienne résulterait.

Le second début de cette histoire, même si je n'en avais pas alors la moindre idée, correspond à l'automne de mes vingt-six ans, époque à laquelle je quittai mon appartement et la ville où j'avais toujours vécu pour m'installer à Milan, dans un studio au troisième étage d'un immeuble des années 1920. Doté d'un parquet et d'une petite cuisine blanche enchâssée dans un coin, il était inondé de lumière jusqu'au soir – ce que j'estimerais plus tard opprimant, mais qui ne l'était pas encore à ce moment-là. C'était mon premier endroit à moi et j'y étais attachée comme à un être humain, ou presque.

Durant la semaine, j'étais seule. Je sortais de bonne heure, le matin, et me promenais dans la ville sans but précis. En ces premiers jours de septembre, après un été froid et pluvieux, une canicule tardive se déversait sur les avenues silencieuses. À quelques pas de mon domicile, en virant dans une rue qui portait le nom aérien de Fra Angelico, il m'arrivait d'entendre un canari chanter depuis un balcon très élevé dans le calme bourdonnant, et je savais encore déduire du jaillissement de son chant – ce chant unique qui ressemble au son du mot « i-r-r-o-r-e-r », répété au point de s'ouvrir en un aigu prolongé – qu'il s'agissait d'un malinois (un instant, l'ombre tendre de la volière dont mon oncle et moi observions les nids, lorsque j'étais enfant, s'étirait sur le trottoir, accompagnée de son odeur verte et profonde). Dans l'air inerte, les bâtiments déserts des facultés scientifiques de mon quartier paraissaient abandonnés depuis des millénaires. Je marchais toute la journée, m'engageant dans les rues au hasard et ne saisissant que par intermittence mon téléphone portable pour regarder sur la carte où j'avais échoué. La ville m'était totalement étrangère, et je l'étais moi aussi pour elle, ce qui, d'une certaine façon, me rassurait.

Parfois une rafale de vent subite agitait l'air. Alors les taches des nuages couraient sur les frontispices des immeubles, isolant brièvement un détail dans une flaque de lumière : un balcon en fer forgé, une bouche hurlante sur le chapiteau d'une lucarne. La couleur des façades changeait, tremblait, puis s'immobilisait de nouveau. Je m'asseyais pour lire sur les bancs à l'ombre. Dans le jardin public de Porta Venezia, une jeune femme tenait à la hauteur de sa poitrine un petit enfant coiffé d'un chapeau en coton, tourné vers un arbre. Les pieds pendants, les paumes appuyées contre l'écorce, il examinait le tronc avec intérêt. La femme souriait un peu, un sourcil levé, comme si elle gardait un secret. Quand il m'arrivait de prendre le métro, le soir, après un rendez-vous, j'empruntais la rue de l'Institut des études chimiques dont les grandes fenêtres diffusaient une lumière ambrée derrière les frondaisons sombres et denses des ormes. Un jour, dans une ruelle située derrière le piazzale Loreto, je longeai une laverie automatique où se trouvaient trois jeunes marins à l'allure slave. Nous nous dévisageâmes à travers la vitrine avec la même expression stupéfaite, comme si ma présence était tout aussi invraisemblable que la leur. Des marins russes dans une laverie milanaise ! Je haussai les épaules – attitude prescrite dans de tels cas – et poursuivis ma route.

Parfois une journée entière s'écoulait sans que je parle à quiconque, chose qui aurait été rare quelques mois auparavant. De même que les bruits nocturnes semblent plus nets dans le silence, les objets que je regardais acquéraient dans ce mutisme total et prolongé une étrange précision tout en demeurant des images éparses, privées de liens et de toute signification apparente, au-delà de l'intérêt passager qu'elles avaient éveillé chez moi en défilant sous mes yeux. En raison de ce bref éclat peut-être, une partie infinitésimale de mon esprit sentait qu'elles se produisaient d'une certaine façon en moi ; cependant, cette perception d'une perception d'une perception était si pâle, si légère, qu'elle se dissipait aussitôt, et les images continuaient de fluctuer, de plus en plus exsangues, sur un arrière-fond indistinct. Je ne pensais même pas qu'il existât une relation entre ces choses et moi, ni n'étais en mesure d'imaginer la nature d'un tel lien.

En vérité, rien ne paraissait me concerner. Je disposais d'un peu d'argent qui venait d'un petit héritage et me permettrait de vivre quelques mois encore sans un salaire fixe, au moyen d'entrées minimes et irrégulières, en attendant que la situation se débloquât. Car elle devait se débloquer, c'était forcé. La crise était une entité abstraite, fumeuse, certes irritante, mais qui ne pouvait pas *vraiment* avoir d'effet à long terme sur mon existence. Il suffisait de patienter. Je patientais donc. Mon métier consistait à lire des manuscrits en anglais et en français pour le département de littérature étrangère d'une grande maison d'édition. J'étais censée les évaluer en vue d'une éventuelle publication en Italie. C'était un travail paisible tout comme je l'étais moi, enfin.

La solitude constituait une nouvelle dimension, comme une cathédrale totalement vide où chaque pas produisait un écho disproportionné. Il fallait se mouvoir avec prudence en évitant de prêter trop d'attention à ces échos, à l'amplification du moindre murmure souterrain. C'était intéressant, mais fatigant. Bien sûr, le week-end, mon compagnon, N., qui vivait dans une ville voisine, me rejoignait. J'avais à Milan des amis que je voyais souvent. Néanmoins, les jours de semaine, ce grand et subit déploiement de vide m'était pénible. Un jour, au déjeuner, je fondis en larmes sans raison alors que je mangeais des tomates cerises en les puisant directement dans une barquette en plastique. Je lançai un regard distrait à cette dernière et remarquai soudain que l'étiquette portait l'inscription « Tomates Pour Connaisseurs ». Seigneur, quels béotiens ! pensai-je, et l'image de ma personne dégustant, en pleurs et toute seule des tomates pour connaisseurs me sembla si stupide que je me calmai.

Je n'écrivais pas. Je m'acharnais depuis des années sur une seule et même idée qui ne dépassait pas une série d'intentions, un aperçu de sentiments. Je savais de quoi j'aurais aimé parler, mais j'ignorais encore de quelle manière. Je n'avais qu'un seul désir : que l'histoire apparente fût le plus éloignée possible de la mienne. Je laissais donc errer ce roman imaginé, dont la forme se transformait sans cesse, flottant dans mon esprit avec ses contours indéfinis, brouillard bleu dans lequel j'emprisonnais de temps à autre une « belle phrase » qui restait là, isolée et vaine. Parfois le spectre blond de M., l'héroïne-absente (qui avait déjà changé plusieurs fois d'identité, mais dont la nécessité littéraire consistait essentiellement à être morte), surgissait de la brume, cependant je ne parvenais à en distinguer que des détails : le duvet doré sur sa nuque dénudée, les pieds nus, les épaules un peu voûtées. J'avais beau désirer qu'elle fût un être complet, je n'arrivais pas à la saisir dans son ensemble. Forte d'une foi inébranlable et enfantine, j'étais persuadée que cela se produirait tôt ou tard. Il suffisait de patienter, dans ce domaine aussi, il suffisait d'y penser encore et encore.

Trois semaines environ après mon emménagement, ma mère me rendit visite. Je l'emmenai en promenade dans le quartier ; nous observâmes une halte devant l'inscription qu'une main avait tracée sur un mur, non loin de chez moi, sous une fenêtre encadrée de blanc, « NULLE PART À SA PLACE », et réfléchîmes à l'ironie du hasard. C'était encore une journée estivale, très lumineuse. Derrière les grilles, dans les cours des immeubles, palmiers et eucalyptus frémissaient, incongrus et enchanteurs, comme sortis d'un rêve. Nous traversâmes le quartier de Porta Venezia. Ma mère avançait, tel un lent navire paisible, posant un regard bienveillant sur la ville et sur les détails que je lui indiquais. Je n'ai aucun souvenir de nos échanges de ce jour-là, mais cela n'a pas d'importance : nous poursuivîmes une heureuse conversation qui dure, ininterrompue, depuis toujours.

À un moment donné, nous entrâmes dans une librairie et je descendis au sous-sol. Ma mère demeura au rez-de-chaussée, où elle consulta des ouvrages sur la Première Guerre mondiale (elle avait développé une légère monomanie pour cette période depuis qu'elle avait pris sa retraite et qu'elle s'occupait des archives de l'école primaire où elle avait enseigné au cours d'une carrière de dix-huit ans). Au moment où je remontais et ressurgissais de l'escalier en fer qui débouchait au milieu de la pièce, elle se tourna vers moi, souriante, les joues légèrement rougies, et il se produisit quelque chose, quelque chose de très rapide qui dura exactement le temps de poser le pied sur la dernière marche : un instant, son visage me sembla distant et révélateur, comme si je le regardais après coup, comme si, l'espace de cet instant, le présent, le passé et un prétendu avenir se superposaient, comme s'il s'agissait déjà d'un souvenir, celui d'un épisode auquel nous n'accordons pas d'importance tandis qu'il se déroule et auquel nous repensons beaucoup plus tard, telle une annonce dont nous ne parvenons jamais à saisir véritablement la teneur ; l'espace d'un instant, ma mère apparut dans le temps. Lorsque j'atteignis le sommet de l'escalier, elle me demanda « Tu as trouvé quelque chose ? », et cette étrange émotion se brisa – je me la rappellerais le soir, après son départ. Mais elle demeura impénétrable.

Qui étais-je ? Je ne me posais jamais la question. Avant tout, comme n'importe quel être doté d'un minimum de raison, j'étais considérablement écœurée par ma personne. Et puis je ne ressentais aucun besoin de m'interroger à ce sujet. Le temps écoulé formait à mes yeux une sorte d'unique et longue journée, à la lumière claire et plate de laquelle j'avais l'impression que les événements de ma vie, totalement évidents, s'étaient déroulés quelques heures plus tôt. Pour des raisons d'état civil, bien sûr – en fin de compte, je n'avais pas beaucoup vécu –, et pour d'autres aussi. Depuis que j'avais la faculté de me remémorer, j'en faisais un grand usage, et mes souvenirs étaient nets, précis. Plus encore, je percevais d'une manière vague, mais reconnaissable, une continuité parfaite entre la conscience que j'avais eue de moi-même à huit, douze, vingt ans, et celle que j'en avais maintenant. Ce que j'avais vu se produire ou que j'avais éprouvé, y compris à un âge lointain, y compris certaines émotions bizarres et inavouables de l'enfance, était en grande partie limpide et présent, comme le plat de céramique jaune où je mettais les fruits, le grillon rescapé de l'été qui continuait de striduler solitairement près de ma fenêtre, ou le gargouillis du nouveau-né de l'appartement voisin, qui perçait à travers la cloison. Je n'avais pas besoin de me souvenir. Le passé était une étendue uniforme.

Le garçon court dans la nuit. Il court à travers la ville, il court dans la ville sans fin. Il aura demain vingt-huit ans, il porte un pyjama, il a les pieds nus et il est entièrement recouvert d'un sang qui n'est pas le sien. En cette nuit de Noël, la ville dort sous la pluie, indifférente, oublieuse, les rideaux de fer baissés, les volets clos. Tout est impossible.

« Il a peut-être touché l'aorte, je vais mourir, lui a-t-on dit. Va chercher de l'aide. »

Le garçon court.

Les masques sont tombés, de nouveaux masques viendront. Pour l'heure, le temps et sa personne sont suspendus. Ce qu'il était avant cette nuit s'effrite. Il est dépouillé, effroyablement libre, d'une liberté féroce, insolite et non requise. Il est effroyablement innocent. Le sang, le sang, le sang. La seule *chose* authentique qui éclaire la nuit, c'est le sang.

À force de courir ainsi, sans chaussures, sans chaussettes, sur l'asphalte, il a sans doute les pieds blessés.

Cette nuit son visage est invisible. Son corps entier est un acte mécanique qui avance vers un lieu, vers un but. La ville est interminable. Les rues de toujours, les rues du jour vivant, semblent à présent irréelles, aveugles, inconnues. Il n'y a même pas un bar ouvert, il ne sait que faire. Il est innocent. Il a peur. Il ne sait encore rien, il sait déjà tout, définitivement.

Le garçon court dans la cité de pierre.

Deux ans avant mon installation à Milan, mon père mourut. C'était le 14 juin 2011. Il souffrait d'un cancer du foie qui, inévitablement, statistiquement, s'était étendu en l'espace de quelques mois à ses poumons. Alors qu'il rapetissait et devenait aussi gris que de la cendre, il m'expliquait qu'il s'agissait d'une infection, d'une stupide infection due à la trop grande faiblesse dans laquelle l'avait plongé la maladie dont il avait guéri. En parlant, il employait le jargon technique que nous connaissions tous deux pour des motifs différents. J'acquiesçais, sur le canapé d'en face. Savait-il que je savais ? Probablement. Du reste, il ne parvenait pas à dissimuler sa terreur. Mais, en vertu d'un accord tacite, nous continuâmes de la sorte jusqu'au bout.

Quand j'entrai dans la chambre de l'hôpital où il avait été admis deux jours plus tôt en raison d'une détresse respiratoire, son cœur avait cédé depuis une heure, il gisait dans une blouse, la bouche ouverte, comme endormi dans une position embarrassante, les paupières recouvertes de deux gazes imbibées d'un liquide favorisant l'extraction des globes oculaires – sa femme m'expliqua, à moins qu'elle ne me l'eût expliqué avant mon entrée dans la chambre, je ne m'en souviens plus, qu'elle voulait donner ses yeux, seuls organes réutilisables sans doute d'un cadavre miné par la maladie. Il y avait d'autres personnes, éparpillées, en pleurs. Aucune d'elles ne vint vers moi : de toute évidence, ce n'était pas mon deuil. Incapable de regarder ce corps familier sous ces gazes monstrueuses, je tournai le dos au lit.

Dehors, l'air était lourd, torride. Par ce mauvais temps sinistre, les nuages s'épaississaient sur la ville. Ma mère était revenue de l'hôpital où elle était allée à vélo, en l'espace d'une demi-heure, et m'avait annoncé, stupéfaite : « Il est mort. »

Cette humidité spectrale avait perduré au cours des interminables et absurdes journées de la chapelle ardente – au nombre de trois, pour une raison que j'ignore –, et au terme de ces journées, je voyais avec horreur les lèvres de mon père se rétracter légèrement sur ses dents, la décomposition entamer son cours. Il était petit, presque mignon, sous l'incroyable voile frappé d'une croix que les pompes funèbres avaient placé sur son cercueil sans que personne protestât – une croix ! sur son visage ! –, motif pour lequel je n'avais moi-même opposé aucune objection. J'étais muette, comme détachée de ce qui se produisait autour de moi. Ses longs cils, mes longs cils, ombrageaient son visage amaigri. Il n'était pas méconnaissable, ça non. Il n'avait pas l'aspect cireux. C'était vraiment lui, sans yeux sous les paupières maintenant, pensée qui toutefois ne me troublait pas. Assise sur une de ces chaises en plastique qu'on met en rang pour la contemplation, la tête appuyée contre le mur, derrière moi, j'analysais tout sans trêve, la lumière sale qui pleuvait de la fenêtre, les murmures sur le seuil, la nature des mots que je parvenais à saisir, la misère générique des pièces où se déroulent ce genre de rituels, la répétitivité du hasard qui m'y ramenait après un laps de temps si bref ; j'analysais tout, mais avec lassitude, presque avec répulsion envers moi-même, comme si je n'avais pas le choix. Et en vérité je ne l'avais pas, car *j'étais ainsi faite*.

Des centaines de personnes assistèrent aux obsèques, une cérémonie laïque au crématorium, cependant je n'en reconnaissais que quelques-unes, en dehors de celles qui étaient là pour moi. Le seul élément remarquable résidait dans leur nombre. Pour le reste, tout baignait dans une terrible sensation d'impersonnalité. Ç'auraient pu être les obsèques de n'importe qui. Quand je m'installai au lutrin pour lire deux poèmes (j'avais pensé qu'il le fallait, j'avais choisi deux pièces de poètes que j'aimais, pour leur seule beauté, leur résonance liturgique, ainsi que leur façon abstraite et indirecte d'évoquer ce qui avait peut-être de l'importance), j'ignorais que je faisais face, dans le tas, à une autre trajectoire, une trajectoire inconcevable et secrète. Je l'ignorais et je ne cherchais même pas : j'étais aveugle, comme mon nouveau père mort et sans yeux.

Je lus d'une voix ferme et sonore, sans détourner le regard de la page. Après quoi, je regagnai ma place. J'avais vingt-quatre ans et les cheveux réunis en une natte autour de la tête.

Je ne savais pas grand-chose de lui. Si, dans notre jeunesse, nous nous bornons à constater que nos parents existent sans guère nous intéresser à eux, mon père et moi avions de surcroît vécu dans des foyers différents durant plus de vingt ans et cessé de nous adresser la parole ou de nous voir régulièrement au cours de périodes d'une durée variable. Nous entretenions, comme on dit, des relations difficiles.

Il avait près de quarante-deux ans à ma naissance. Et avait toujours été mystérieux. Je ne comprenais pas bien quel métier il exerçait (lorsque j'étais toute petite, il avait enseigné un an ou deux dans un lycée privé, c'est tout ce que je savais) et pour quelle raison il avait repris ses études. Je trottinais derrière lui le long des couloirs sinistres de l'université, lisais ou jouais dans mon coin pendant qu'il parlait à de petits groupes d'étudiants de vingt ans, ses camarades de classe. Sa barbe, qui avait déjà blanchi, conservait des striures couleur rouille, la marque roussâtre que je porte moi aussi en filigrane. Dans la lumière verdâtre du Palazzo Nuovo, il me semblait étrange, triste et déplacé.

Il habitait alors une mansarde. Lorsque je passais la nuit chez lui, nous mangions dans une minuscule cuisine dont la large fenêtre donnait sur les toits. Il n'avait rien emporté. On aurait dit qu'il surgissait du néant, qu'il ne lui était rien arrivé avant ma naissance. Ce qui, du haut de mes cinq ans, était parfaitement acceptable. Les adultes constituent des données et des mystères insondables ; ils vont et viennent, leurs visages apparaissent et disparaissent, leurs habitations existent depuis toujours et, à la fois, se matérialisent au moment même où vous, premier être humain sur la terre, en franchissez le seuil. Ils sont tantôt passagers, tantôt immuables comme les montagnes. Vous ne vous interrogez pas à leur sujet.

Bien entendu, il ne surgissait pas du néant. Il n'était pas né là – pas plus que ma mère, qui avait quitté à l'âge de dix-neuf ans son village à la frontière de la province de Turin et de celle de Cuneo, pas plus que toutes les figures qui m'étaient familières. Il venait du Gargano, qu'il avait quitté après le lycée pour entreprendre des études de médecine à Rome (je n'en savais pas plus long, j'ignorais par exemple comment il avait atterri à Turin, il ne me l'avait jamais raconté). Sa façon de parler était neutre, privée d'accent identifiable. Parfois, l'été, nous passions quelques jours auprès de sa famille d'origine. Il avait deux sœurs et deux frères : il était l'avant-dernier. Trois d'entre eux étaient restés dans les Pouilles, mais dans des villes différentes ; l'aîné, celui qui avait fait fortune, vivait sur le lac de Garde et je ne le vis presque jamais. Nous étions hébergés chez l'un ou chez l'autre. Il y avait à l'évidence quelque chose de bizarre dans leurs relations et il était tout aussi évident que mon père se distinguait d'eux ; néanmoins ce n'étaient pas des sujets que l'on abordait.

Quand il séjournait là-bas, il retrouvait une espèce d'accent qui me paraissait forcé, à moi qui connaissais sa façon de parler habituelle, comme s'il essayait de passer inaperçu, de leur ressembler le plus possible.

*

J'avais dix ans quand il obtint sa maîtrise de psychologie, et dès lors il travailla dans des communautés avec des drogués, des malades mentaux et des adolescents à problèmes. Certains de ces adolescents à problèmes assistèrent à ses obsèques, gauches et tendres dans leurs complets élégants et trop larges, avec leurs longs bras encombrants, leurs traits déformés par les pleurs. Voilà ce dont il s'était occupé pendant les quinze dernières années de sa vie. Il possédait toutefois deux diplômes supplémentaires : l'un, lointain, en médecine ; l'autre en droit. Le lien entre ces divers éléments m'échappait.

En tous les cas, rien, dans son allure et ses manières, ne trahissait sa culture. Il était depuis toujours désordonné, bruyant, débraillé et fauché. Après la mansarde, il avait vécu seize ans avec une femme qu'il ne se déciderait à épouser qu'une semaine avant de mourir, ou, plus précisément, il avait vécu *chez* elle, dans un appartement dont elle était propriétaire, ce qui lui avait offert un minimum de confort bourgeois. Parmi les meubles sobres et élégants, les belles céramiques, le bois brillant et les savons précieux de ces lieux, il paraissait aussi absurde qu'un pingouin à l'Ermitage.

Il était enthousiaste et sentimental (ses cartes postales et ses messages, y compris d'utilité pratique immédiate, étaient toujours ornés de fioritures élégiaques). Il se consacrait avec une ferveur inlassable à tout ce qui lui était cher, comme ses jeunes drogués au visage blême et ses inadaptés au monde à divers titres, entretenant avec tout le reste – les vêtements, l'argent, l'avenir – un rapport accidentel, presque enfantin.

Bien qu'il fût capable de colères funestes qui explosaient et brûlaient tout derrière elles, tel un incendie rapide au milieu des broussailles, bien qu'il sût user de mots cruels – cependant réservés à ses intimes –, on pouvait en général le définir comme un homme gai, aimable et très naïf. Il aimait tout le monde, il voulait sauver tout le monde. Oh oui, sa confiance dans les autres était sans limites, ce qui lui valait, de fait, de fréquentes et cuisantes déceptions.

Il était également vaniteux et se délectait de l'adoration des autres, qu'il parvenait à susciter avec une surprenante facilité (pas chez moi toutefois, ce qui le vexait terriblement). Je trouvais fort irritant le contraste entre sa personnalité en privé – c'est-à-dire quand nous étions en tête à tête, sans aucun spectateur – et l'attitude artificielle, affectée, qu'il adoptait parfois en présence d'autrui ; on aurait dit qu'il interprétait, en la surchargeant, l'image qu'il souhaitait qu'on eût de lui. Je le voyais s'effacer, selon les circonstances, derrière de multiples masques. Il y avait l'intellectuel pensif, le lyrique de la nature, le compagnon simplet, mais aussi, hélas, le père inspiré, et tous produisaient le même effet : admiration extasiée du public, agacement incommensurable chez moi. Ce qui empoisonnait nos relations. Ainsi, chaque fois qu'il exprimait une émotion, quelle qu'elle fût, j'y percevais une fausse note, un élan exhibitionniste, même si elle en était peut-être dépourvue à ce moment-là. J'étais implacable. Je ne lui passais rien.

S'il s'entichait facilement des gens, rares étaient cependant les amitiés qui résistaient au temps. Ce qui appartient au cours naturel des relations humaines – les gens s'éloignent parfois, c'est normal – prenait dans sa vie une sorte de récurrence pathologique. Des individus que nous avions vus pendant des années, avec lesquels nous étions allés en vacances, disparaissaient du jour au lendemain et n'étaient jamais plus mentionnés. Les motifs pouvaient être différents, selon les cas, la rupture, elle, était absolue. Lorsque j'avais découvert fortuitement, à l'âge de quatorze ans, qu'il avait été marié avant de s'unir à ma mère (avec une femme dont j'avais, en outre, fréquenté le domicile tout au long de mon enfance et dont je connaissais le compagnon et les enfants), j'avais demandé justement à ma mère : « Pourquoi ne me l'a-t-il jamais dit ? Dans quel *but* ? » J'étais sincèrement perplexe.

Elle avait réfléchi avant de répondre : « Il partage sa vie en compartiments étanches. »

Elle n'avait pas d'autres explications à me fournir. En réalité, les omissions de mon père et sa tendance à désintégrer le passé n'avaient jamais d'explication, ni de but véritable. Il passait d'un lieu à l'autre de la vie en se dissimulant aux êtres auxquels il avait été lié et en s'offrant totalement, auréolé d'une splendeur factice, à ceux qui leur succédaient.

Bien qu'il s'employât de toutes les façons possibles à l'ignorer, il avait vieilli. Et pourtant, il me donnait l'impression d'être toujours identique, toujours prévisible ; un homme immobile, recroquevillé sur les mêmes choses, les mêmes postures, les mêmes mots. Je n'avais pas envie de le déchiffrer ; je ne pensais même pas qu'il y eût chez lui quoi que ce soit à déchiffrer. Sa personne, puis sa mort, appartenaient au domaine des événements évidents de mon existence, à cette surface lisse sur laquelle je pouvais laisser traîner une main impassible sans plus percevoir la moindre ride, en dépit de la colère qui bourdonnait dessous, telle l'eau d'hiver dans un fleuve gelé ; car, qu'y a-t-il d'intéressant chez un homme immobile ?

Étrangement, je rêvais souvent de lui. Un rêve en particulier se répétait de façon presque identique, avec des variations minimes (parfois il se répète encore). Il avait feint d'être mort, et en réalité il s'était caché pendant des mois, puis des années, sans véritable raison. Nous avions officié autour d'un cercueil vide, nous avions pleuré une imposture. Il avait menti à tout le monde, surtout il m'avait menti à moi. « Comment as-tu pu faire une chose pareille ? » lui demandais-je d'une voix suppliante qui me révoltait, ou en proie à une rage asphyxiante. Pourquoi m'avait-il fait autant souffrir pour rien durant un laps de temps si long ?

Il se montrait en général hostile et, détournant les yeux, me répondait avec dureté que je ne pouvais pas comprendre. Il lui arrivait également d'être doux, silencieux et encore malade. Il secouait un peu la tête : il n'avait pas d'explication. C'était un mystère auquel je n'avais pas accès.

Il y avait aussi, mais rarement, des rêves agréables. Dans ces rêves nous nous conduisions comme d'habitude, nous prenions un café à une table en terrasse, au soleil, parlions d'innocentes bêtises. Tout était très ordinaire. Au bout d'un certain temps, toutefois, une sorte de résonance ouatée semblait me parvenir d'un lieu éloigné, et j'interrogeais, surprise mais calme, conservant le même ton que dans le reste de la conversation : « Tu n'étais pas mort ? » (Je sais que cela arrive à de nombreuses personnes ; n'est-il pas curieux que cette même stupeur figure dans un répertoire onirique collectif ? N'est-il pas singulier que nous posions tous la même question à nos visiteurs défunts de la nuit ? Il existe également une version dans laquelle nous savons, contrairement à eux, et il nous paraît impoli de les mettre au courant. Buñuel, dans son autobiographie, raconte qu'il rêvait parfois de son père assis à table, en famille : « Je sais qu'il est mort et je murmure à ma mère, ou à une de mes sœurs, assise auprès de moi : "Il ne faut surtout pas le lui dire." »)

Ou encore, je ne remarquais rien et il demeurait vivant, intact et normal, il continuait de parler avec sa voix habituelle, de marcher le long du fleuve à mes côtés de son pas court et élastique, son pas de toujours.

J'avais fait le pire de ces cauchemars l'année qui avait suivi sa mort, peu avant de partir en vacances sur une île avec une amie. Nous étions assis à une table dans une salle à manger inconnue, et il était encore malade, très malade. Je lui montrais en souriant la carte de l'île, totalement imaginaire, et lui indiquais les endroits où nous comptions nous rendre ; je lui disais qu'il était certainement passé dans ces lieux de nombreuses années plus tôt. Il avait répondu d'une voix aiguë et tourmentée qui, à bien y réfléchir, rappelait cette espèce de cri d'oiseau avec lequel un jour, quand il agonisait, il m'avait raccroché au nez après une discussion : « Je n'irai plus nulle part. »

Quand, en lisant, je tombais sur le récit d'un deuil, ou ne serait-ce que sur le portrait d'un parent qui me semblait merveilleux et qui, de toute évidence, l'était aux yeux de l'enfant qui le dépeignait, j'éprouvais une vague jalousie – de même, j'ai toujours jalousé les pères et les enfants qui s'aiment simplement. Je lisais, en proie à l'émotion, à la pudeur et à l'impression que leur nostalgie était plus respectable. Ils avaient, eux, le *droit* de souffrir. Moi, en revanche, je n'avais pas le droit d'être nostalgique, je le sentais, nous n'étions pas normaux, notre histoire n'était pas douce, je ne possédais même pas de fantôme enchanté, comme le père de Nabokov, à jamais auréolé de la lumière estivale d'un jardin perdu. C'étaient donc les autres qui me bouleversaient.

Un jour de ce premier été, lors d'un repas à la campagne, Agata, la première femme de mon père, que je ne voyais, depuis des années, qu'à des occasions de fête liées à une autre famille, s'approcha et m'annonça timidement qu'elle avait quelque chose à me donner : il s'agissait d'une petite photo en noir et blanc glissée dans une enveloppe carrée. Un enfant de quatre ou cinq ans au bord de la mer, debout sur le siège d'une barque immobile sur le sable, fier dans une ridicule barboteuse à *ruches**, les

---

* Les mots ou expressions en italique suivis d'un astérisque sont en français dans le texte.

mains sur les hanches, les jambes encore replètes, l'air courroucé à cause du soleil de face. Elle avait probablement été prise en 1949 ou en 1950.

« Je voulais qu'elle te revienne », dit Agata. J'étais incapable de la regarder, ni d'exprimer du contentement ou de la gratitude d'une façon supposément correcte. Je savais qu'elle accomplissait un geste très significatif : pour la première fois depuis que mon père était tombé malade, un être me reconnaissait un droit filial et, d'une certaine manière, une continuité historique. C'était une offrande extraordinaire : Agata me disait « elle t'appartient parce que tu es sa fille », ce qui aurait, dans un autre contexte, constitué une constatation banale surgissait dans mon histoire avec la force d'une révélation déconcertante. Or, je ne parvenais pas à manifester ces sentiments, je n'en avais peut-être pas non plus l'intention. Je la remerciai et, une fois à la maison, rangeai la photo dans un tiroir pour ne la montrer ensuite qu'à quelques amis, davantage comme une sorte de curiosité digne d'une *Wunderkammer* que comme le puissant talisman, ou l'établissement lumineux et foudroyant d'un contact, qu'elle aurait pu être. Je ne possédais pas de photos de mon père enfant, à l'exception d'un cliché affreux et tout abîmé, enseveli depuis des années sous des strates d'autres choses. Et pourtant mes sentiments se bornaient à une tendresse conventionnelle. Ce n'était pas une porte sur le néant. C'était juste une vieille photo, jolie, amusante et inerte.

L'été de mon départ, ma mère, accumulatrice chronique à l'honorable carrière, avait pris la décision épique de ranger sa chambre. Elle avait ouvert des placards et des cagibis bourrés à craquer, vidé des cartons débordant de photos et de documents, ôté les livres des rayonnages de sa bibliothèque. L'appartement avait soudain été envahi par un raz de marée de papiers poussiéreux qui avaient occupé le moindre espace respirable. Ma mère se promenait entre les piles, en proie à une excitation fébrile, les yeux brillants du conquérant. Elle cataloguait, caressait, commentait, s'asseyait par terre des journées entières, m'interpellait en tant que témoin désabusé.

« Regarde, voilà ce que j'achetais dans les kiosques à journaux quand j'étais adolescente ! » s'exclama-t-elle d'une voix enthousiaste en agitant devant moi des livres de poche des années soixante de la collection Oscar Mondadori (« des livres-transistors qui constituent une bibliothèque, présentent chaque semaine les chefs-d'œuvre de la littérature et les histoires les plus captivantes dans une édition intégrale et bon marché pour les loisirs. Les Oscar sont des livres 1965 destinés aux Italiens qui travaillent. À la maison, dans les tramways, les autobus, les trolleybus, le métro, en voiture, en taxi, dans le train, en bateau, en canot automobile, en transatlantique… »), *Tortilla Flat*, *Lune noire*, *Les Raisins de la colère*, *Black Boy*, *Le Fil du rasoir*, etc. Presque toutes les couvertures, souvent de façon inexplicable, présentaient des jeunes femmes privées de pupilles qui se tortillaient dans un drame pictural fumeux, ravies par les Allemands ou par le sentiment dominant. À l'âge de treize ans, ma mère, qui allait acheter au kiosque à journaux *L'Intrepido* et autres bandes dessinées, avait un jour vu surgir ces couvertures sur le présentoir, promesses alléchantes d'un monde à venir ; tels avaient été, me raconta-t-elle, ses premiers « vrais » livres, qu'elle achetait avec son argent de poche une fois par semaine et lisait en cachette la nuit, dans son lit, à la lumière du réverbère du carrefour, laissant opportunément les volets ouverts afin que le faisceau lumineux l'éclairât sans attirer l'attention des adultes. Je ne pus m'empêcher de ricaner : mes subterfuges avaient dû être beaucoup plus compliqués (je me rappelle un échafaudage de serviettes de bain, disposées autour de la lampe pour isoler un quartier de lumière invisible de la porte vitrée, et l'impossibilité de trouver dans le noir des supports appropriés), tout cela parce que, je le découvrais à présent, elle avait déjà une longue expérience en la matière. Voilà pourquoi elle réussissait presque toujours à me prendre en flagrant délit.

Il était inévitable que, parmi les photos d'enfants désormais adultes et perdus au fil du temps, leurs visages souriants et fanés, fixés *ad aeternum* dans de lointaines excursions scolaires – un anorak rouge se détachait parfois sur les couleurs délavées du reste, comme une étoile en refroidissement progressif ; parmi les Tsvetaïeva, les Asimov, les Shakespeare, les Lovecraft, les Canetti, les Bakounine, les projets pour les écoles du quartier les Vallette, les lettres plaintives de sa mère remontant à quarante ans plus tôt (« Sais-tu que tu nous manques, Margherita ? Tu ne reviens jamais, tu n'appelles jamais. Margherita. » Margherita, Margherita), les examens cliniques, les reproductions de tableaux jaunies et cornées, les reçus des impôts, les Urania, les Le Guin, les Potok, les Cederna, les tracts, les cahiers d'écriture scolaires, les nombreuses photos de notre vie ensemble, les essais d'histoire et de sociologie ; parmi les coquillages, les fossiles et les pierres qu'elle ramassait lorsqu'elle partait pour de longues expéditions à la plage ou à la montagne et que, pendant des heures, on ne voyait plus d'elle que sa silhouette avancer lentement et patiemment au lointain, la tête penchée sur le sol à la recherche de minéraux de quelque valeur, roches rondes et ignées, ouvertes comme des plaies dans des grottes de cristaux couleur pervenche, un morceau scintillant d'une obsidienne très noire, dotée d'une petite et énigmatique tache bleu de Perse, un amas bulbeux de pyrite ; parmi les *Linus*, les *Corto Maltese*, les *Sturmtruppen* imprimés sur un papier de très mauvaise qualité qui se désagrégeait entre les mains, parce qu'elle n'avait jamais cessé de lire les bandes dessinées, les lettres de Costanza des États-Unis, les lettres de ses amies du pensionnat, les tas de cartes postales qui couvraient d'immenses et douloureuses portions de temps et d'espace, les cartes de félicitations pour ma naissance, le petit bracelet d'hôpital qui avait ceint mon poignet de nouveau-née, les boutons dépareillés, rescapés de je ne sais quels chemisiers, de je ne sais quels manteaux, et qui avaient échoué au fond des tiroirs, les études sur l'immigration en ville, les Mancinelli, les Bellow, les Akhmatova, les Stajano, les Arendt, les Bradbury, les catalogues d'expositions, le diplôme de résistant honoraire décerné par l'ANPI, l'Association Nationale des Résistants d'Italie, des Vallette quand elle était directrice d'école, les Oz, les Queneau, les Szymborska, les Dolci, les polars, le modèle théorique Ferreiro-Teberosky, les poètes, les poétaillons, les *engagés** et les monstres tentaculaires, les stratifications apparemment inépuisables de ses affaires, il était inévitable, disais-je, que surgisse aussi un objet ayant appartenu à mon père et aux quatre années qu'il avait passées dans cet appartement. (D'ailleurs, il avait oublié quelque chose partout, en vertu de sa totale indifférence envers les objets.)

« J'ai trouvé des papiers de ton père, m'annonça-t-elle en effet un jour, sur le seuil de sa chambre. Je crois qu'ils concernent son procès. Tu veux les voir ? »

Je détournai les yeux de ce que je lisais sans grand intérêt. Elle était appuyée contre le montant de la porte, l'air hésitant.

« Non, finis-je par dire avant de reprendre ma lecture.

— D'accord. »

Elle rentra dans sa chambre. « Les papiers » auxquels elle ne prêta pas attention, elle non plus, furent glissés avec d'autres documents épars dans une boîte où ils restèrent.

Toi qui connais bien les manuels d'écriture, rusé lecteur, tu as sans doute déjà distingué le fusil pendu au mur, au premier acte de la pièce. Moi, en revanche, personnage nonchalant et irréfléchi (mais aussi, très opportunément, doté d'une santé fragile), j'errais dans Milan en ignorant même qu'il pût y avoir un fusil quelque part.

Mes actes étaient tous nimbés d'une légère nuance d'irréalité ; j'avais toujours le sentiment de jouer un rôle que les autres maîtrisaient à la perfection et pour lequel ils étaient naturellement taillés – la vie, j'imagine. En même temps, je me laissais volontiers submerger par les stupides inepties de l'existence pratique et par les terreurs qu'elles suscitaient en moi : je les préférais, de toute façon, à la crainte que j'éprouvais à la fin de la journée quand je me retrouvais seule à ma table, incapable d'écrire. Je ne me rappelais même plus en quoi cet exercice consistait. Il était incroyable de penser que j'avais jadis été en mesure de l'accomplir (même si je considérais à présent avec suffisance mes maladroites expériences d'adolescente et ce bonheur innocent) et que du plaisir, de la ferveur, du désir en avaient jailli. Cela avait eu lieu avant que les mots ne s'enlisent dans ce bas-fond cauchemardesque. Avant la mort de Celina et de ce qui s'était ensuivi.

Seule subsistait la théorie. En attendant, le temps passait – beaucoup de temps s'était écoulé, et pourtant il était toujours immobile, tordu sur lui-même.

Vint l'automne, puis l'hiver. J'avais d'innombrables pensées à l'esprit, d'innombrables sujets de conversation et d'innombrables lectures, des histoires humaines à écouter et de longues marches solitaires à effectuer – la nouvelle ville, les visions fugaces de halls par les portes ouvertes, les édifices, les arbres, les noms des rues, provoquaient en moi des sentiments si intenses, si déconcertants, qu'il ne restait guère d'espace pour quoi que ce fût d'autre ; il y avait des échéances à respecter, de l'exaltation, du découragement, et pas une seule fois je n'eus l'esprit traversé par l'épisode négligeable et oublié de l'été.

En décembre, je regagnai Turin pour Noël. La maison (je continuais à l'appeler instinctivement « la maison », « Je vais à la maison ») n'avait pas changé, j'y trouvais les mêmes meubles désassortis, le même fourbi, les mêmes pièces à l'irremplaçable éclat ambré, pourtant il y avait déjà quelque chose de différent, bien que j'y fusse retournée deux ou trois fois depuis mon déménagement et qu'il n'y eût pas assez de distance entre les deux villes pour créer en moi un véritable sentiment de dépaysement. Je sentais que j'avais cessé de lui appartenir comme avant : du temps s'était interposé entre ces objets si familiers, qui m'apparaissaient comme des extensions de mon propre corps, et moi ; ils avaient existé au cours de ces mois-là dans une dimension parallèle à la mienne, ils avaient mené, pour ainsi dire, une vie indépendante, loin de moi, et le regard que je posais maintenant sur eux n'était forcément plus le même. Néanmoins, comme d'habitude, je ne m'attardais pas sur la pensée de cet imperceptible déphasage.

Cela se produisit ainsi. Le 26 décembre, après les festivités et le départ des amis, nous étions restées, ma mère et moi, en tête à tête ; la soirée était calme et somnolente, nous échangions quelques mots, moi, assise à la table, la tête posée sur le poing et les paupières baissées, elle travaillant sur le canapé à son éternel tapis, qu'elle ne finirait que trois ans plus tard. La conversation glissa sur mon père. C'était, en effet, le jour de son anniversaire – ou, pour mieux, dire, ça avait été. Ma mère interrogea :
« Quel âge aurait-il ?

— Il est né en 1945, donc… soixante-huit ans. » C'était un drôle de chiffre à prononcer. Penser à l'âge qu'aurait une personne qui ne peut plus avoir d'âge a quelque chose d'absurde.

« En 1945 ? Voyons, il est né en 1947.

— Non, tu confonds avec ton frère. »

Elle insista au point de semer le doute en moi. Puis elle leva l'index, son visage s'éclairant.

« Tu sais où nous pouvons vérifier ? Tu te souviens des papiers que j'avais retrouvés au moment du rangement ?

— Humm.

— Sa date de naissance était inscrite sur la première page. Attends. »

Je la suivis dans sa chambre et m'assis sur le lit pendant qu'elle cherchait. Elle ouvrit le carton, en tira une série de feuilles agrafées et lut rapidement la première. Me jetant un regard par-dessus son épaule, elle dit :

« 1945, tu avais raison.

— Tu vois ?

— Ce doit être la sentence absolutoire », ajouta-t-elle au bout d'un moment, les yeux de nouveau rivés sur la feuille.

Ces mots allumèrent en moi une lueur d'intérêt et je tendis la main.

« Montre. »

Elle s'était trompée (elle ne l'avait sans doute jamais lue) : il ne s'agissait pas de l'absolution, mais du mémoire en défense que l'avocat de mon père avait présenté à la Cour de cassation, avant son troisième procès. Les premières phrases étaient claires : « Moyens de recours en cassation proposé par M. LEONARDO BARONE, né à Monte Sant'Angelo le 26.12.1945 et résident à Turin, via V…, défendu par son avocat de confiance M$^{e}$ M.S., contre le jugement du 19 juin 1986 (n° 11/86) de la 2$^{e}$ cour d'assises d'appel de Turin, qui, réformant la peine du jugement de première instance, l'a condamné à… années de réclusion pour le délit de participation à une organisation terroriste. »

*Participation à une organisation terroriste.* Mon attention se raviva soudain.

J'avais beau savoir – quoique dans les grandes lignes – ce qui s'était passé, la formule juridique, tapée à la machine sur la feuille de papier jaunie, et cette association improbable avec ce nom familier me frappèrent. Comme si la chose acquérait brusquement une réalité, comme si elle était arrachée au paysage indistinct, approximatif et incolore que constitue, pour nous, le passé d'autrui, la vie des autres en notre absence.

Je ne me rappelle pas à quelle période j'avais appris que mon père avait séjourné en prison. J'ai oublié qui me le révéla, dans quelles circonstances et quel âge j'avais alors – mais je devais être assez jeune. Je me souviens, en revanche, de la sensation que cela avait suscité en moi : l'indétermination menaçante, fantastique de ce mot (il est possible qu'on eût toutefois utilisé le terme *détention*, que ma mémoire a ensuite modifié), et le vague sentiment de quelque chose de strident : je n'arrivais pas à replacer une telle information dans ma réalité. Mais c'était à une époque lointaine, m'avait-on expliqué, et de toute manière il était innocent. Je n'avais aucun doute à ce sujet. J'ignorais de quoi on l'avait accusé, et pourtant il était évident, à mes yeux, qu'il ne pouvait pas être coupable : bien que je fusse incapable de définir ses qualités, il ne semblait en aucune façon taillé pour le crime. L'histoire s'était arrêtée là, dans un probable élan de compassion enfantine pour lui, un être faible et, par conséquent, une victime indiscutable. La question n'avait pas acquis d'importance par la suite et elle ne me revenait jamais à l'esprit quand je pensais à lui. Nous en avions parlé deux ou trois fois, mais toujours de manière sommaire. Il m'avait dit qu'il était médecin ; qu'il avait été arrêté et accusé d'être un terroriste ; que ses confrères de l'hôpital où il travaillait l'avaient rejeté, raison pour laquelle il avait refusé d'y retourner et avait abandonné cette profession ; qu'il avait fini par être acquitté pour ne pas être reconnu coupable (j'étais née un an plus tôt) ; qu'il n'avait jamais été un terroriste, ce que je n'avais aucun mal à croire. Rien de plus, à l'exception de quelques allusions au fil du temps. Un jour : « J'avais soigné un membre de Prima linea[1] blessé, *et donc* », en soulignant avec sarcasme le lien illogique, « on m'a accusé d'en faire partie. » Était-ce exactement ce qu'il avait dit ? Oui, plus ou moins (je me rappelle ses sarcasmes, une catégorie de l'esprit si étrangère à sa personne que cela m'avait marquée). Je ne pense pas qu'il m'ait fourni d'autres détails, ni que je ne lui en aie demandés.

Dans une des rares occasions où ce sujet avait ressurgi, je lui avais dit une phrase de ce genre : « Un jour tu me raconteras en détail toute cette histoire. » Avec un sourire gêné, il avait répondu que c'était un peu compliqué, mais que, oui, il le ferait. Cela ne s'était jamais produit.

---

1. « Première ligne », groupe d'extrême gauche ayant choisi la lutte armée, actif de 1976 à 1981 et au deuxième rang en termes d'effectifs après les Brigades rouges. (Toutes les notes sont de la traductrice.)

Voilà donc tout ce que je savais au moment où j'ouvris le mémoire en défense : presque rien. Je le feuilletai du pouce. Il y avait là seize pages dactylographiées, des photocopies de l'original.

> Le jugement de première instance avait condamné le demandeur pour participation à l'organisation terroriste Prima linea en estimant en conclusion (p. 184) que « Barone, indépendamment de sa position critique envers le projet politique de P.L. et de sa non-appartenance à ses structures formelles, a apporté une contribution volontaire à la vie de l'organisation car, en s'employant à soigner un de ses militants (Galiani) ou en se rendant à Rome afin d'en soigner un autre, sans le rencontrer pour des raisons indépendantes de sa volonté (Mancini), ou encore en promettant par avance son assistance médicale aux militants blessés dans les actions projetées, il a contribué à créer ou à renforcer la structure de la bande et, de toute façon, y a adhéré ».

*Barone*. Mais qui était cet inconnu qui surgissait des brumes du langage bureaucratique sans le moindre titre ?

L'avocat poursuivait : contre cette condamnation, la défense de *Barone* avait proposé vingt-huit pages de moyens de recours qui rejetaient dans le détail l'évaluation du juge de première instance des trois indices d'une prétendue appartenance à Prima linea.

> à savoir 1) le fait qu'en mars 1979 il avait examiné, en tant que médecin, un militant blessé, Mure Galiani ; 2) le fait qu'en janvier 1982 il s'était rendu ou, du moins, avait promis de se rendre à Rome pour soigner une militante, Mancini ; 3) le fait qu'il s'était déclaré par la suite disposé à soigner les militants blessés dans les actions projetées.

Le jugement d'appel avait ignoré ces vingt-huit pages, estimant que les indices à charge de l'accusé indiquaient clairement qu'il était « inséré dans l'association criminelle », essentiellement en vertu des déclarations de certains collaborateurs de justice (terroristes repentis, en somme), et confirmant la décision des premiers juges.

Le deuxième jugement soulignait seulement :

> la faiblesse a) de l'affirmation de Barone selon laquelle « il était par son propre aveu certainement connu dans le milieu subversif, mais ne s'y était jamais inséré, raison pour laquelle on ne pouvait pas considérer qu'il appartenait à l'organisation terroriste », b) de la déduction de Barone concernant « sa désapprobation totale des actes de violence, alors qu'il aurait, semble-t-il, fréquenté de façon totalement incohérente les milieux de la subversion ».

Il est difficile d'expliquer combien ces mots étaient stupéfiants, combien ils étaient irréels, lus sur le lit de ma mère, entre les grandes bibliothèques sombres de sa chambre, sous une photo encadrée me représentant à l'âge de huit ans, un bandeau dans les cheveux, sur un quai de Rotterdam, bref, dans l'archipel rassurant des choses de toujours. Le contraste était si fort que je n'éprouvais pas de sentiment identifiable, juste un léger détachement. Ces mots appartenaient à un univers étranger, à un documentaire de fin de soirée dont le générique de fermeture défile sur une musique sombre, ou aux notes de bas de page d'un de ces essais d'histoire politique que j'avais l'habitude de lire quelques années plus tôt ; ils n'appartenaient pas à ma vie et surtout – surtout – il était inconcevable de les associer à l'homme que je connaissais, le sexagénaire négligé qui, un jour où je l'avais vu de loin, pendu à son vélo, le bonnet comme toujours de travers et le regard perdu dans le vide, m'était apparu si vulnérable et si fragile que j'avais éprouvé une angoisse inexplicable et accéléré le pas pour le rejoindre le plus vite possible, le protéger contre le monde féroce, l'englober dans ma sphère.

Je dus me lever et faire le tour de la chambre. Puis je me rassis et repris ma lecture.

En accomplissant un effort pour surmonter la barrière du jargon juridique, je comprenais que l'avocat considérait comme nul le deuxième jugement pour défaut de motifs en raison de la « non-considération des moyens de recours » et parce que ce jugement n'avait pas tenu compte d'éléments décisifs – c'est-à-dire des éléments que le premier juge avait ignorés et que le second juge avait « totalement oblitérés » en renvoyant à la motivation du jugement en première instance – alors qu'il aurait dû le faire techniquement car c'étaient de « nouveaux arguments, qui n'étaient pas manifestement infondés et qui étaient susceptibles, s'ils étaient acceptés, de provoquer une réformation du premier jugement ». Il analysait ensuite les prétendues présomptions de culpabilité. Quelques lignes étaient soulignées par mon père avec de petites flèches tronquées près des points saillants (je savais qu'il en était l'auteur parce qu'il y avait aussi dans la marge une note tracée de son écriture illisible).

> La première présomption a été reconstruite au cours du procès à partir des déclarations des membres de Prima linea qui avaient prié Barone d'examiner Galiani, blessé dans une action de la bande. [...]
>
> a) quand ils l'en prièrent, Barone était étranger à Prima linea et ils ne s'adressèrent à lui qu'en raison de la nécessité urgente d'une intervention médicale (audition Celauro par J.I. du 07.10.1982 : « Barone était certainement étranger à Prima linea. Mais nous décidâmes quand même de l'interpeller » ; audition Bo par J.I. 11.10.1982 : « Barone [...] ne faisait pas partie de P.L., mais on avait envisagé de s'adresser à lui pour déterminer s'il était disposé à soigner notre camarade blessé ») ;
>
> b) au moment de cette demande, Barone ne fut pas informé du fait que le blessé appartenait à une organisation terroriste ni qu'il avait été blessé lors d'une action criminelle de cette dernière (audition Celauro

cit. : « Meli déclara qu'un camarade avait été blessé, sans ajouter de détails ») ;

c) un mois après sa visite inutile à Galiani, Barone était considéré comme étranger à l'organisation, si bien qu'il devait être tenu à l'écart de ses actions (audition Bo cit. : « Verderame regarda Barone de façon qu'il comprenne qu'il ne fallait pas continuer sur ce sujet, et la chose en resta là »).

Les moyens de recours demandaient à la cour de déterminer si ces déclarations « n'appuyaient pas l'affirmation selon laquelle Barone avait accepté d'examiner Galiani en vertu d'un simple élan humanitaire, ignorant que ce dernier appartenait à une organisation terroriste, d'où l'impossibilité d'en déduire qu'il avait contribué volontairement à la vie de l'organisation ». En vain.

C'est alors qu'apparaissait un personnage dont je n'avais jamais entendu parler.

> La deuxième présomption a été reconstruite à partir des déclarations du « repenti » Colomba. Elle consiste en la réponse positive que Barone aurait fournie vers 11 heures, le 23 janvier 1982 [*oh, la sublime, folle et romanesque précision des données réelles !*] (et donc rien de moins que trois ans après l'épisode Galiani) à ce même Colomba et à d'autres membres de Prima linea qui l'invitaient à partir par le train de 13 h 30 pour Rome afin d'y soigner une certaine Mancini, blessée dans une action de la bande. Il est établi que Barone

ne prit pas ce train et que, ce même jour à 15 heures, il dépêcha un certain Longo auprès de Colomba pour lui donner rendez-vous à 18 heures ; lors de leur entretien, il communiqua à ce dernier qu'il n'avait pas l'intention de partir.

Barone a toujours affirmé qu'il avait, à 11 heures, accepté la requête avec des réserves, tiraillé entre l'élan humanitaire qui le poussait à soigner un individu nécessitant des soins et sa désapprobation des programmes et des méthodes de Prima linea ; qu'il avait décidé à 15 heures de ne pas partir parce que ce désaccord avait prévalu et qu'il expliqua, à 18 heures, à Colomba aussi bien sa décision de ne pas partir que les raisons politiques qui la sous-tendaient.

Mais les juges avaient adroitement réinterprété l'inventaire scrupuleux des mouvements intérieurs de notre nouvel et malheureux Leopold Bloom (même initiales, destin plus amer) au cours de cette longue journée :

Le jugement de première instance a toutefois montré que, lors de l'entretien qu'il eut ce jour-là à 19 heures avec un complice dénommé Nardelli, Colomba ne lui communiqua pas que Barone avait refusé de partir ; il en a déduit que, à 18 heures, Barone avait simplement déclaré à Colomba qu'il avait décidé de retarder son départ pour attendre que les contrôles des forces publiques se relâchent.

La défense observait que cette éventualité « était un artifice puéril, étant donné que les contrôles de police déclenchés par le meurtre de deux carabiniers à Monteroni d'Arbia ne pouvaient être levés rapidement », et plus encore : le repenti qui l'avait mis en cause avait changé de version aussitôt après l'arrestation de mon père, déclarant que ce n'était pas vrai, que Barone n'appartenait pas à ce que l'on définissait, selon un euphémisme grotesque, comme « l'organisation » (Sans parler des autres mots : « programmes », « méthodes ». Les méthodes).

> Les moyens de recours de Barone soulignaient que, lors du procès, Colomba avait déclaré que Barone avait donné à 11 heures un accord très perplexe (audition Colomba par J.I. 31.07.1982 : « Son “oui” n'était pas satisfait ; il n'était pas content… je me rappelle qu'en ma présence Leonardo critiquait beaucoup le meurtre des deux carabiniers près de Sienne ») et que, à 18 heures, il avait justifié son refus par un différend politique (audition Colomba cit. : « Je désire ajouter un détail dont je me suis souvenu et que ma mémoire a conservé à 100 %. Quand Leonardo m'informa, corso Peschiera, qu'il ne partirait pas […], il me dit que P.L. n'était pas possible, dans le sens où l'on ne pouvait pas accepter les méthodes de ce groupe »).

À en juger par ce texte, les moyens de recours laissaient entendre que, lors de son entretien avec Nardelli, qui était d'une certaine façon le donneur d'ordres, Colomba lui avait volontairement caché le refus de Barone ; et ce, d'après l'avocat, parce que Colomba avait une « psychologie précaire » et qu'il ne voulait pas contrarier Nardelli, envers lequel il éprouvait une véritable sujétion. Je mesurais la monstrueuse stupidité de tout cela, mais c'étaient d'autres éléments, plus insaisissables, qui me touchaient : l'allusion à un lieu concret de mon existence – la longue ligne droite formée par le corso Peschiera après la double rangée de grands micocouliers, que j'avais parcourue des centaines de fois en voiture avec quelqu'un, la présence vivante de mon père qui agissait et parlait dans une ville soudain étrangère et ténébreuse, le « Leonardo » familier qui indiquait entre autres que ce Colomba entretenait probablement avec lui des relations amicales.

> Le troisième indice à charge de Barone, distingué dans le fait qu'il s'était déclaré prêt à soigner d'éventuels militants blessés dans les actions projetées, a été reconstitué à partir des déclarations du coaccusé Garbarino, connu à l'époque des faits sous le nom de bataille d'Asa.
>
> Les moyens de recours de Barone soulignaient que Garbarino-Asa admettait qu'il ne s'était jamais entretenu directement avec Barone, mais qu'il s'était enquis de sa disponibilité par l'intermédiaire de Colomba et que celui-ci a) dans l'audition par J.I. du 27.07.82 déclara : « Asa me demanda de téléphoner, mais en réalité j'ai juste fait semblant de passer cet appel. J'ai

raconté à Asa que j'étais allé téléphoner parce qu'il était très en colère ce jour-là et que je ne voulais pas le contrarier. En réalité, je n'ai pas téléphoné à Barone ce jour-là » ; b) dans l'audition par J.I. du 31.07.82, il ajouta : « Je suis certain qu'Asa m'a chargé d'interpeller le médecin une seule fois… il n'y en a pas eu d'autre, j'en suis sûr. »

Ainsi, selon les moyens de recours, il était illégitime de considérer tout cela comme un indice à charge de l'accusé en se fondant sur des déclarations indirectes, « alors que la seule personne qui se serait entretenue directement avec Barone, à savoir Colomba, niait cette circonstance ». Elles établissaient donc que Barone ne se serait déclaré disponible qu'à une seule occasion : cela ne pouvait donc revêtir aucune importance, puisque, en allant examiner Galiani, l'accusé s'était contenté d'examiner un blessé quelconque sans savoir qu'il appartenait à Prima linea ; dans le second épisode, celui du départ pour Rome, il avait d'abord accepté sans grande conviction avant de changer d'avis dans l'après-midi. Enfin, puisqu'on ne lui avait demandé qu'à une seule occasion s'il était prêt à soigner d'éventuels blessés, il était impossible de le considérer comme un membre conscient de Prima linea.

Bref, ces accusations ne correspondaient qu'en partie à ce que mon père avait évoqué en ma présence. L'histoire était plus vaste et il me manquait des pièces trop importantes pour en comprendre les contours. Pourquoi, selon son propre aveu, était-il « connu dans les milieux de la subversion » ? Comment était-ce possible ? À quel endroit et dans quelles circonstances un membre d'une organisation terroriste l'avait-il regardé de manière à lui faire comprendre qu'il « ne fallait pas continuer sur ce sujet », et de quel sujet s'agissait-il ? Ce qui n'était pour l'avocat qu'un résumé de faits déjà connus et usés par la répétition, un ramassis de citations juridiques utiles à son propos, était pour moi, en revanche, aussi frustrant que de voir un individu agiter au loin un panneau frappé d'une inscription que je savais importante, mais que je n'étais pas en mesure de lire, avant de disparaître dans le noir.

Quelques pages plus loin, un autre passage attira mon attention :

> Barone a admis à plusieurs reprises au cours du procès qu'il avait toujours « fait de la politique » à Turin dans les milieux dits de l'extrême gauche ou de l'autonomie, d'où jaillirent à un moment donné les mouvements de la subversion armée ; avoir fréquenté ces milieux et être connu en leur sein sont deux choses parfaitement compatibles, sur le plan de la logique et sur celui de l'expérience historique, avec le refus de la violence et avec la non-adhésion à des organisations qui pratiquèrent cette violence. Les accusateurs de Barone eux-mêmes ont reconnu que telle était sa position politique. Colomba, dans son audition par J.I. du 27.07.1982, a déclaré : « Pendant notre conversation, j'ai demandé sur le ton de la plaisanterie à Barone s'il

voulait entrer dans l'organisation. Il a éclaté de rire et ne m'a même pas répondu… je tiens à préciser que, selon ma compréhension des faits, Leonardo ne pouvait être un membre de Prima linea. » Et Garbarino, dans son audition par J.I. du 30.07.1982, a dit : « J'ai entendu parler Leonardo Barone dans des occasions publiques et les termes de ses discours n'étaient en aucun cas conformes à notre organisation. »

Eh bien, pensai-je avec un petit sourire. Pour sûr, il ne « pouvait pas être un membre de Prima linea ». Dans sa simplicité, c'était la définition la plus sensée que j'avais lue jusqu'alors et elle correspondait pour une fois à une chose que je connaissais (ou avais deviné) : sa nature.

Or les juges n'avaient pas été du même avis. Ainsi, le jugement d'appel lui avait même refusé l'« atténuant d'une participation minime au délit en affirmant que le délit de participation à une organisation terroriste selon art. 306, al. 2 du c.p. est ontologiquement monosubjectif, délit auquel ne peut donc s'appliquer l'atténuant dont à l'art. 114, al. 1 du c.p. », etc. etc.

D'autres éléments suivaient, enfin « pour toutes ces raisons et sur réserve de motifs supplémentaires », l'avocat demandait que la Cour suprême annulât la condamnation contestée et toutes ses conséquences pénales. Respectueusement.

Le fusil venait de m'exploser à la figure.

Je n'aurais pas su dire précisément ce qui s'était produit, or, au cours des jours suivants, je continuai de percevoir le changement qui m'accompagnait, imperceptible mais décisif : il persistait dans ma façon de regarder la ville, dans les souvenirs qui remontaient à ma mémoire ; bribes de conversation, expressions oubliées, un timbre de voix. Piazza Vittorio, la grande place près de laquelle j'avais vécu toute ma vie et que je connaissais pouce après pouce, la place claire, dure et géométrique qui s'ouvrait sur le pont, le fleuve et la colline, me parut lunaire et lointaine, tel le signe d'un mystère, alors que j'y pénétrais le lendemain et la contemplais, vide, presque transparente dans la lumière cristalline de l'hiver. Je me rappelai qu'une mansarde avait abrité, derrière ses obscures lucarnes, une cachette des Brigades rouges, ou quelque chose de ce genre, et je m'informai à ce sujet ; de fait, relus-je, Patrizio P., le chef de la colonne, le premier repenti, avait vécu clandestinement au numéro 21 et avait été arrêté devant ; cet immeuble se dressait justement au coin de ma rue et, pour la première fois, cela me frappa, suscitant en moi, au même titre que certains détails du mémoire en défense, l'impression totalement nouvelle d'une proximité bouleversante aussi bien dans l'espace que dans le temps, car, si mon enfance semblait déjà s'être déroulée au siècle suivant, je me rendais compte à présent (ces dates imprimées sur du papier avaient provoqué cette prise de conscience) que l'écart était infime : j'étais née cinq ans seulement après l'arrestation de mon père et, à y bien réfléchir, cet épisode était encore en cours durant mes premières années.

Mes parents étaient de gauche, comme tous les gens qu'ils fréquentaient. C'était la norme, l'arrière-fond naturel de ma jeunesse. Il n'y avait donc rien d'étonnant à ce que mon père eût été militant et ce, dans la *verbatim*, « prétendue extrême gauche » ; en revanche, le fait qu'il eût été un personnage connu me surprenait. La vie réservée et pâle qu'il avait menée ensuite ne le laissait entendre en aucun cas. Pourquoi n'en avait-il pas parlé ? Pourquoi refoulait-il sa propre histoire ? Qui était mon père ?

Jamais je n'aurais pensé me poser un jour pareille question.

Il devait y avoir là – dans ce secret –, je le devinais, un élément qui m'avait échappé, un élément fondamental. J'emportais cette vague sensation partout, comme un trésor caché dans la doublure d'un manteau.

Ma mère n'en savait pas beaucoup plus long que moi : au moment de leur rencontre, il avait refusé d'aborder les faits qui s'étaient produits plus tôt. Il s'était en quelque sorte réfugié auprès d'elle et il préférait l'entendre parler de sa personne, de livres et de son métier d'enseignante, l'éducation constituant à ses yeux le dernier véritable front politique possible. D'habitude, il parlait de politique en termes génériques, sans entrer dans le détail des actes qu'il avait lui-même accomplis. Leurs mondes étaient si différents et si distincts que ma mère n'avait jamais eu moyen de rencontrer le sien, sinon à la dérobée, lors d'une assemblée aux Vallette, en 1980, cinq ans avant de faire sa connaissance. Elle s'était rendu compte qu'elle avait été également un refuge contre le passé et, bien qu'elle fût au courant de sa détention – du reste, il était obligé de se présenter au commissariat une fois par semaine, il n'avait pas l'autorisation de quitter l'Italie, alors qu'il rêvait, disait-il, d'aller à Paris, et un jour où, en vacances aux îles Éoliennes avec un groupe d'amis, il avait oublié ce rendez-vous (à moins qu'il ne se fût agi d'une minuscule et tacite rébellion), cette obligation évoquée comme un ennui, pis, comme une justice insupportable, les carabiniers étaient venus le chercher sur les rochers –, bien qu'elle connût son passé de militant, elle s'était rendu compte également qu'il souhaitait refermer la porte sur son passé et la verrouiller à double tour, laisser tout cela derrière lui, qu'il en avait *besoin*.

Mais il y avait encore, parmi certaines de nos connaissances, des gens qui avaient fait partie de sa vie précédente et qui étaient susceptibles de m'apporter leur témoignage.

Je passai donc quelques appels. « J'ai trouvé quelque chose, je t'expliquerai, disais-je à toute allure. J'aimerais bien que tu me parles un de ces jours du procès de mon père, de ce qui s'était passé. Et aussi de qui il était. »

Un bref silence accueillait mon invitation. Pour sûr, mes interlocuteurs étaient stupéfaits de m'entendre poser cette question. Cependant ils acceptaient.

J'ignorais ce que je tirerais exactement de ces rencontres, j'espérais que la réunion de tous ces fragments, ce que chacun d'eux savait ou croyait savoir, me permettrait de mieux saisir cette histoire. Je voulais remplir les trous du mémoire en défense. Je voulais les faits bruts.

« Ah ! s'exclama ma mère avec un petit rire quand je lui expliquai mes intentions. Les faits. Ce ne seront jamais les *faits*, tu le sais, n'est-ce pas ?

— Bien sûr. Je te rappelle que j'ai fait des études de lettres.

— Et tu sais aussi qu'il y aura au moins cent versions différentes de ton père selon celui qui racontera. »

Oui, je le savais. Cela valait, d'ailleurs, pour n'importe qui, bien qu'en réalité son cas soit particulier. Personne, dans mon entourage, ne pouvait susciter, plus que lui, des amours, des aversions et des déceptions aussi passionnées ; personne, plus que lui, n'avait fait l'objet de jugements aussi radicalement différents. Mais il devait bien y avoir une piste commune, un chemin à suivre, cette ombre même – pas un masque, quelque chose de *vrai* – que j'avais vue jaillir parmi les pages du mémoire en défense.

Dans la cuisine tiède, tandis que nous discutions, un étrange plaisir, une sorte de bonheur partagé, flottait dans l'air. Je revois ma mère, à l'autre bout de la table, devant sa tasse, ses yeux de Kirghize étirés par un sourire. Elle m'approuvait.

Avant de partir, je récupérai le numéro d'Agata, que j'appelai. Elle fut stupéfaite : nous ne nous étions jamais téléphoné et un laps de temps important s'était écoulé depuis notre dernière rencontre. Son trouble augmenta au point de friser la colère lorsque j'exposai la raison de mon appel. L'association de mon père à ce procès la troublait encore, je m'en rendis compte.

« Mais ça n'a rien à voir avec lui, rien ! déclara-t-elle. Ce n'était pas lui ! Pourquoi veux-tu le savoir ? À quoi bon, maintenant ? »

J'étais incapable de répondre à ces questions. Me contenter d'évoquer un simple intérêt était indélicat. Et de toute façon partiel.

Elle poursuivit avec une certaine urgence : « Tu ignores tout de cette époque. On nous a effacés. Seuls les assassins sont restés. Tu ne peux pas savoir comme on pouvait être *heureux*. Et nous, nous étions heureux. »

Je gardai de nouveau le silence.

« Seuls les assassins sont restés », répéta-t-elle. Elle observa une pause avant d'ajouter : « Ton père ne voudrait pas que tu écrives à ce sujet. On le lui a demandé, vois-tu. D'autres personnes… son avocat. Elles insistaient parce qu'il était "représentatif". Mais il a refusé. Il préférait oublier. »

Je le savais. C'était une des rares choses que mon père m'avait racontées. Il m'avait dit qu'on l'avait prié d'écrire un témoignage et qu'il avait refusé. Il ne m'avait donné aucune explication, mais je me rappelle qu'il avait plissé les paupières un moment, comme sous l'effet du dégoût ou de la souffrance. De toute façon, je n'avais pas l'intention d'écrire un livre à ce sujet : j'éprouvais un tout autre besoin, un besoin obscur, et par conséquent difficile à expliquer – en particulier à elle, qui m'était étrangère. Je voulais juste en savoir plus long. Tout au plus, me disais-je, je rédigerais un texte bref à propos du mémoire en défense, au moyen des détails qu'on me fournirait par la suite. J'imaginais déjà ce qui pouvait en résulter si j'en glanais suffisamment. Il s'intitulerait par exemple – admirable originalité – *Le Procès*.

Je dis avec impatience et une sincérité de fond : « Je ne veux pas écrire là-dessus. »

Elle soupira. Je l'avais convaincue. Nous nous verrions.

Au cours des semaines suivantes, je fis quelques recherches. Par exemple, à propos de Mure Galiani, nom qui m'était inconnu, ou que j'avais oublié. J'éprouvais un léger malaise en apprenant qu'il avait été blessé dans une attaque au cours de laquelle un garçon de dix-huit ans avait été tué par erreur. On lui avait apporté les premiers soins à Turin, après quoi ses *camarades* l'avaient ramené à Milan, où il avait été opéré en secret. Je vérifiai : le mois en question correspondait. Mars 1979. Le mois où mon père avait été appelé à son chevet, selon le mémoire en défense, preuve qu'il s'agissait du même épisode. Se pouvait-il qu'en entrant dans l'appartement (j'imaginais un appartement) où gisait le corps d'un homme blessé par un fusil-mitrailleur, probablement quelques heures après l'échange de coups de feu, il ignorât encore la situation, il n'eût pas établi un lien entre le corps blessé et le garçon mort, au loin, sur un trottoir de Borgo San Paolo ? À bien y réfléchir, s'il n'avait pas écouté la radio et si la personne qui l'avait conduit à cet endroit ne lui avait pas fourni d'explications – ce qui était probable –, cela n'avait rien d'incroyable. Qu'avait-il pensé en se penchant sur cet homme ? Quelles idées lui avaient traversé l'esprit ? Pourquoi l'avait-on appelé, lui ?

Le mémoire en défense se concentrait presque uniquement sur le second épisode, la comédie de l'absurde qui avait eu lieu trois ans plus tard. Il ne faisait qu'une vague allusion au premier : la date exacte n'y figurait même pas. L'absence d'informations me rendait folle.

Je ne trouvai nulle part le nom de Colomba.

Je décidai d'écrire à un ancien camarade d'école, de deux ans mon cadet, que je n'avais pas vu depuis la fin du lycée. Son père – on me l'avait appris par la suite – avait été l'avocat du mien et s'était occupé des deux premières instances du procès (ce n'était pas l'auteur du mémoire en défense, donc, qui s'était seulement occupé de la troisième instance).

C'est lui qui m'appela, par un soir de début janvier. Ma main se mit à trembler quand il se présenta. Il paraissait lui aussi ému, sa voix était gaie, pleine d'entrain. Il semblait heureux que j'aie choisi de le contacter.

« Tu sais, j'aimais beaucoup ton père, dit-il en conclusion. Viens me voir quand tu le souhaites. Je te raconterai tout ce que je pourrai. »

Ainsi, fin janvier, je me trouvais dans le cabinet de l'avocat, à Turin ; une secrétaire polie me conduisit dans une pièce et me pria de patienter quelques minutes. Je gagnai la fenêtre. Par cette journée lumineuse et transparente, l'avenue bordée de marronniers nus semblait briller comme de l'or. Je contemplais la vue, étrangement calme, presque heureuse, voire emplie d'un bonheur tranquille et conscient. Je savais que c'était un moment important et irréversible. Je savais que ma démarche entraînerait un avant et un après dans mon existence. Je savais tout cela pendant que j'attendais, les mains appuyées sur le rebord de la fenêtre.

Quelques jours plus tôt, j'avais de nouveau parlé à Agata pour fixer notre rendez-vous. Elle m'avait réclamé une copie du mémoire en défense, qu'elle n'avait jamais lu. Quand j'avais mentionné en passant Colomba, elle s'était exclamée d'une voix brisée par la rage :

« Colomba est l'homme qui a trahi ton père ! C'était son ami. Ils étaient collègues à l'usine, ton père lui avait même donné un coup de main parce qu'il avait un enfant malade. Colomba était un de ces minuscules pions dont disposent les partis armés, qui distribuaient des tracts à l'usine, des choses de ce genre. Quand on l'a capturé, on lui a demandé des noms en échange d'une réduction de peine, car c'était l'usage, et il n'en avait pas, tout le monde ou presque avait été arrêté, c'était terminé, alors il a donné le nom de ton père. Il savait très bien qu'il n'avait rien à voir avec Prima linea. Il le savait, mais il l'a fait quand même. Il s'est rétracté quand il a compris ce qu'il avait provoqué, mais c'était trop tard. Il a détruit sa vie. »

J'avais gardé le silence pendant que les tesselles se réorganisaient dans ma tête en formant un dessin imprévu. Voilà donc ce qui était arrivé. Voilà qui était Colomba. Voilà pourquoi.

Après avoir raccroché, j'avais eu un violent haut-le-cœur et éprouvé le désir d'en rester là. Pour la première fois je me rendais compte que, sous la pierre que je soulevais, fermentait une obscurité dont je n'étais peut-être pas prête à supporter l'étendue. Je m'étais assise sur le canapé, la tête entre les mains. J'étais trop paresseuse et trop lâche pour tout cela, je le savais. Quand le jeu se durcissait, j'allais lire ailleurs. Mais, en vérité, le désir de savoir était immensément fort, et immensément plus vif.

J'avais envisagé de partir sur les traces de Colomba et de lui réclamer sa version. Sa « version des faits ». Puis ce lieu commun plutôt rance m'avait agacée. J'avais balayé la phrase et l'hypothèse, j'avais écarté Colomba, du moins pour le moment. (Et puis quel sens cela aurait-il ? m'interrogeais-je. Me présenter à sa porte comme une sorte de fantôme vindicatif du passé pour lui rappeler une honte à laquelle il ne désirait certainement pas repenser, lui causer une souffrance inutile, et dans quel but ? Par amour de l'exhaustivité ? En réalité, je n'avais pas très envie de le voir.)

Je me tenais donc là et regardais par la fenêtre en attendant que tout débute.

L'avocat entra, dit « Marta » et me serra la main avec un sourire affectueux. Il m'invita à m'asseoir, puis prit place derrière le bureau en noyer massif et se pencha en avant.

Il avait la soixantaine, les cheveux gris coiffés sur le côté, une mèche retombant sur le front, le visage large, débonnaire, un voile de barbe et des yeux très bleus, aimables, qui contrastaient avec ses sourcils épais et encore sombres, à la forme diabolique.

Comme il savait pourquoi j'étais là et ce que je voulais, il commença sans trop de préambules. Il avait fait la connaissance de mon père lors d'une assemblée universitaire et s'était lié d'amitié avec lui, même s'ils menaient des vies parallèles et s'il était beaucoup plus jeune, me dit-il ; il le voyait souvent lors des manifestations ou le rencontrait ici ou là ; ce n'était pas une amitié intime, mais une amitié assez forte ; aussi, au moment de l'accusation, il avait décidé sans aucune hésitation de le défendre. Pendant les années du procès, leurs liens s'étaient resserrés puis, comme cela arrive souvent dans la vie, dit-il avec un sourire léger et triste, ils s'étaient perdus de vue.

Il avait essayé de retrouver des papiers datant du procès, mais de toute évidence ils s'étaient égarés dans les méandres du palais de justice, et il craignait de ne pas pouvoir mettre la main dessus. Il poursuivrait ses recherches.

« Je me rappelle une scène du procès, ajouta-t-il. Leonardo disait qu'une distance sidérale le séparait de Prima linea, je me souviens du mot, je me souviens de la façon dont il l'avait souligné. Le procureur l'avait interrompu d'un rire méprisant : "Sidérale, carrément !" Leonardo, furibond mais glacial, avait répété en le toisant : "Sidérale, oui."» Il se tut un moment, absorbé dans de lointaines pensées. Puis il affirma que les choses s'étaient compliquées à cause de certains amis de mon père qui, dans la tentative de l'aider, avaient produit de faux témoignages à propos de certains déplacements, contredisant ses déclarations et le fourrant encore plus dans le pétrin. Bref, s'ils avaient eu de bonnes intentions, ils avaient obtenu de très mauvais résultats.

Il ne savait plus combien de mois mon père avait passés en prison. Moins d'un an, de toute façon. Là-bas aussi, apparemment, il était resté identique à lui-même : il cuisinait, organisait des protestations contre les conditions des détenus, étudiait le droit afin de disposer d'autres instruments pour se défendre (et peut-être, pensai-je, pour remplir l'immense et terrible vide de la détention).

Il n'avait pas changé, commenta-t-il. (Lorsque je lui rapporterais cet entretien, ma mère garderait le silence un long moment, avant de dire tout bas : « Mais les nuits ? Comment devaient être les nuits ? »)

Je l'interrogeai à propos de Colomba.

« Oh, Colomba… Colomba était un pauvre malheureux, vraiment. C'était un homme simple, à moitié analphabète, écrasé par une histoire qui le dépassait. Leonardo aussi le disait… il ne lui en voulait pas.

— Pensez-vous qu'il serait utile de le retrouver ?

— D'après ce que j'ai entendu, il pourrait être mort depuis plusieurs années. Mais je n'en suis pas certain. »

Mort ! Je n'avais même pas pris en considération une telle éventualité. Partout, de nouvelles failles s'ouvraient.

« Tu sais où nous pourrions chercher ? me lança l'avocat. Dans les archives de Bianca Guidetti Serra, conservées au centre d'études Piero Gobetti. Elle ne s'est pas occupée de l'affaire de ton père, mais il y a peut-être des éléments. De nombreux dossiers concernent les procès de Prima linea. Je t'y accompagnerai demain, nous chercherons ensemble. »

Le lendemain, une journée plus grise et plus froide, nous nous retrouvâmes piazza Arbarello, un lieu qui acquérait soudain une nouvelle signification (et qui en adopterait bientôt une autre, la ville se dédoublant lentement) dans mon existence. Le bâtiment où le fonds était conservé ne se distinguait pas des autres : d'un vieux jaune turinois un peu écaillé, il était doté d'une grande porte sombre et de fenêtres garnies de grilles en fer forgé. Il arborait une plaque, que je lus : « Piero Gobetti[1] vécut ici les dernières années de sa courte vie, avant de partir pour l'exil et la mort », commençait-elle. Ces mots « courte vie » m'attendrirent : ils étaient plus doux et plus humains que ceux des plaques de commémoration habituelles, la plupart du temps grandiloquents et canoniques.

« Allons-y », dit l'avocat.

Les archives étaient réunies au premier étage dans des salles et des couloirs obscurs, remplis de dossiers poussiéreux qui grimpaient jusqu'au plafond. Il y en avait plus de six cents, soit cinquante ans de travail, l'histoire entière de Bianca Guidetti Serra, avocate militante qui mourrait quelques mois plus tard à l'âge de quatre-vingt-quinze ans. (Je me rappelle l'avoir croisée un jour avec ma mère dans la via Pietro Micca ; une vieille dame diaphane, appuyée à une canne, ses cheveux blancs brillant au soleil ; ma mère avait murmuré : « C'est Me Guidetti Serra », et nous avions toutes deux retenu notre souffle dans un silence sacré, comme si le XXe siècle tout entier, ou l'esprit de la ville, passait à côté de nous.)

Un jeune avocat qui s'occupait du fonds nous attendait : la recherche serait difficile, nous annonça-t-il, parce que le classement des archives n'était pas achevé, l'immense quantité de documents qu'elles contenaient devant

1. Philosophe, éditeur et traducteur, antifasciste, il mourut en France en 1926 à l'âge de vingt-cinq ans.

encore être répertoriée. Ce n'était pas tout : en tant qu'héritière, je n'avais le droit de consulter que le matériel concernant strictement mon père, même si des éléments relatifs à son affaire étaient mêlés à d'autres. Quarante années devaient s'écouler avant que le matériel fût dans le domaine public, et il n'en était passé que trente-deux : de toute évidence, mieux valait laisser tomber.

Après avoir longuement fouillé, l'avocat, le garçon des archives et moi dénichâmes un dossier générique concernant les procès de Prima linea des années 1981 et 1982. Je m'assis à une grande table, dans une salle à moitié sombre, et commençai ma lecture. L'avocat, qui avait un rendez-vous, partit, et je demeurai en tête à tête avec le garçon qui allait et venait en me posant de temps en temps une question, intrigué par mon histoire. Le dossier renfermait en effet quelques pages sur mon père, une sorte de compte rendu sommaire qui n'ajoutait rien à ce que j'avais déjà lu. Il y avait aussi quelques commentaires soulignant l'« arrogance » avec laquelle il ne cessait de proclamer qu'il était étranger à l'organisation terroriste ; les contradictions existant entre certains témoignages de ses amis et de sa femme et ses propres déclarations (ce que m'avait signalé l'avocat la veille) ; l'absence de hasard dans le fait que le membre de PL chargé de trouver un médecin, le jour où Mure Galiani avait été blessé, avait eu directement recours à lui. Enfin, il y était écrit que Colomba, après l'avoir dénoncé et s'être rétracté au moment de son arrestation, réclamant alors sa libération, s'était de nouveau ravisé au cours des semaines suivantes :

d'après lui, s'il était revenu sur ses déclarations, c'était parce qu'il avait peur pour ses enfants, peur que Barone ne fît du mal à ses enfants.

Je me couvris les yeux un instant, brusquement envahie par une très grande fatigue.

C'était tout. Je voulais juste sortir de cet endroit. Je remerciai le garçon, l'aidai à ranger et partis. Dehors, l'air mordant me cingla le visage et je m'enroulai dans mon écharpe pendant que je m'éloignais, presque en courant ; j'avais les yeux remplis de larmes et mal à la poitrine. L'obscénité de cette phrase était restée accrochée à moi comme une chose répugnante. Pour la première fois, j'éprouvais de la rage envers Colomba, une rage effrayante ; et pour la première fois, comme une énorme vague qui grandissait en moi, j'éprouvais une tristesse infinie pour mon père.

J'ai eu une famille – et par extension une enfance – bizarre et heureuse. J'ai grandi dans une forêt d'adultes qui n'avaient pour la plupart aucun lien de parenté avec moi et qui ont tous contribué à former, en partie, la femme que je suis aujourd'hui, qui ont rempli ma vie d'affection, de dissonances ensorcelantes et mystérieuses, d'images qui perdurent dans le temps avec une intensité inchangée.

Mon premier souvenir, le premier que j'arrive à débusquer et à replacer avec précision dans les premières lueurs de la mémoire consciente, appartient justement à l'un d'eux : je suis dans une rue qui monte, une ruelle très raide, peut-être à Istanbul, je dois donc avoir trois ans ; de l'autre côté, je vois Misa, qui photographie peut-être quelque chose ou qui m'attend, et me sourit. Il ne reste rien, ni avant ni après ce bref instant flou, mais voilà jusqu'où ma mémoire réussit à s'étendre.

Il y avait Nina qui, lorsque j'étais toute petite, menait sur moi, en collaboration avec ma mère, d'atroces expériences didactiques de métalangage (elles me proposaient, par exemple, le mot « train » et le mot « fourmi » et me demandaient lequel, des deux, était le plus long : train, disais-je, car, comme tout le monde le sait, un train est beaucoup plus long qu'une fourmi ; et elles prenaient des notes, en bonnes scientifiques), et chez qui je passais parfois la nuit ; nous bavardions sans trêve dans le noir, et je lui racontais des histoires. J'étais souvent invitée par sa famille, à la campagne, je jouais des heures entières dans le jardin où l'on trouvait toujours au printemps de nouveaux chatons, des lapins et des chiens (ses sœurs se souviennent encore de l'attachement passionné que j'avais pour un petit chien particulièrement agité, Agostino, à propos duquel je disais avec un sérieux absolu : « Agostino est mon frère »). Il y avait mon oncle, le frère de ma mère, un grand homme maigre à la peau brûlée par le soleil, qui me transportait debout sur le cadre de son vélo, m'apprenait les noms des végétaux et avec qui je partageai l'amour le plus grand et le plus durable de mon existence, après les livres : les oiseaux, en premier lieu les canaris qu'il gardait dans une grande volière dans sa cour. Chaque printemps, je choisissais un couple qui se reproduisait à l'intérieur d'une cage de ponte ; il fallait ensuite puiser leur premier œuf dans le petit nid concave et le mettre dans une minuscule boîte garnie d'ouate qu'on retournait deux fois par jour afin que le blanc ne collât pas à la coquille, procédé que l'on répétait jusqu'au dernier œuf, reconnaissable à sa couleur bleue. On pouvait alors les placer ensemble sous la mère qui les couverait :

ainsi, les oisillons naîtraient tous le même jour et auraient tous la même taille, ce qui annulerait le risque que le plus faible fût écrasé ou qu'on lui volât toute sa nourriture ; l'éclosion avait lieu treize jours plus tard, suivie de piaillements, du rituel de préparation de la pâtée – tout cela constituait chaque fois un formidable et émouvant miracle. *L'encyclopédie des canaris*, que mon oncle m'offrit solennellement un jour, alors que j'avais neuf ou dix ans, avec la dédicace suivante : « À Marta, grande éleveuse de canaris », est peut-être le livre que j'ai le plus lu et relu. Je l'emportais partout et le dévorais avec un plaisir spasmodique, gardant pour la fin mes rubriques préférées.

Il y avait aussi Arlette, la Vaudoise, avec qui j'allais à la montagne et qui nous hébergea, ma mère et moi, tout un été alors que notre appartement était en travaux ; un soir, nous tentâmes de capturer avec un balai et une passoire une chauve-souris qui était entrée – moi, dans l'espoir secret de la garder et de l'élever. Elle me conduisait à Torre Pellice, chez ses parents, qui semblaient tout droit sortis d'un conte de fées, et elle me prêta plus tard un nombre infini de livres d'histoire. Il y avait Teresa, qui, malgré son passé dramatique et ses nombreuses peurs, était toujours drôle, pleine d'une vitalité excentrique, et qui prétendait que je l'avais saluée, la première, lors d'une échographie à laquelle elle assistait, elle, la responsable indirecte de mon existence puisqu'elle avait présenté mes parents l'un à l'autre.

Il y avait Misa, Ester et leur ravissante fille Altea, mon aînée de sept ans, pour qui je nourrissais une dévotion profonde et partagée. Nous allâmes à bord de leur camping-car en France, au Portugal, en Espagne, en Hollande, en Turquie ; le camping-car reste pour moi une idylle d'enfance, bourrée de charmes et de regrets. Je dormais dans un petit lit qu'on préparait chaque soir sur le couvercle de la cuisinière ; et lorsque je fus trop grande pour y tenir, je pleurai, inconsolable, ces fourneaux perdus, qui symboliseraient dès lors mon horreur de grandir. Il y avait enfin, il y a encore, de nombreuses autres personnes. Elles sont toujours là.

Je les aimais beaucoup et elles m'aimaient, elles m'autorisaient à me livrer à toutes mes bizarreries : à titre d'exemple, je mentionnerai l'enclos des éléphants imaginaires que j'avais un jour symboliquement installé derrière le camping-car, sur un périmètre assez large pour contenir deux ou trois éléphants, justement, et que nous transportâmes tout au long de notre voyage au Portugal. Quand quelqu'un, oubliant la présence de mes pachydermes, marchait par distraction juste derrière le véhicule, je lui rappelais, furieuse et vexée : « Tu piétines mes éléphants ! » Tout le monde prit donc l'habitude de contourner l'enclos et, aujourd'hui encore, les acteurs de ces scènes me décrivent en riant les occupants d'un camping, d'une aire de repos ou d'un restoroute qui les regardaient, abasourdis, sortir du camping-car et faire ces détours inexplicables à l'arrière, comme s'il y avait là un cimetière indien portatif qu'il fallait s'employer à ne pas troubler pour éviter d'être l'objet de terrifiantes malédictions s'étendant aux générations futures.

Dans un livre qui rassemblait les expériences de traduction de Beppe Fenoglio, j'avais trouvé un poème de Gerard Manley Hopkins, « In the Valley of the Elwy », dont les premiers vers, que je sais encore par cœur, disaient : « *I remember a house where all were good / to me, God knows, deserving no such thing.* » Je pleurai en le lisant : c'était à mes yeux la description la plus concise et la plus juste de ce qu'avaient été pour moi tous ces êtres, qui m'avaient accueillie, aimée et qui m'avaient donné une partie de leur monde : mes bien-aimés.

Mon père était d'une certaine façon à l'écart de ce monde. Je le considérais comme une entité à part, ce qui le satisfaisait probablement. Les êtres que je chérissais ne l'aimaient pas, ou ne l'aimaient plus, et j'en souffrais. Il ne ressemblait à aucun adulte connu, il ne ressemblait à aucun parent : il n'observait pas de règles, était irresponsable, irrationnel. Nul doute, avoir affaire à une fillette était, pour lui, la plus déconcertante des énigmes. Nous ne savions pas bien comment nous parler ou comment nous côtoyer. Si je partageais tout avec ma mère – les *féeries**, les lectures, les longues histoires que nous inventions lors de nos voyages en voiture, les idiolectes privés, le sens de l'humour –, rien ne me rapprochait de lui. À l'exception des mythes grecs, notre seul langage commun.

Je possédais alors des albums publiés par Dami Editore, comportant de magnifiques illustrations années soixante-dix, œuvres d'un dessinateur au nom ensorcelant,

Libico Maraja, que je lisais compulsivement : l'*Iliade*, l'*Odyssée*, l'*Énéide*, ainsi qu'une série de récits mythologiques.

Mon père nourrissait un amour ardent pour la mythologie grecque, il en connaissait tous les méandres et les liens de parenté fort compliqués qui comblaient son besoin inné de racontars. Cela valait également pour l'*Iliade* et l'*Odyssée* ; en revanche, il n'éprouvait pas grand intérêt pour l'*Énéide* (à l'exception du tragique destin de Palinure, le barreur d'Énée, noyé dans la nuit parce qu'il s'était endormi à la barre, comme il s'empressait de me le répéter chaque fois que nous passions en voiture aux environs de Capo Palinuro, sur le chemin des vacances ou au retour. Pauvre, pauvre Palinure). À l'âge de cinq ou six ans, je le rejoignais dans sa mansarde, mon sac à dos bourré de ces albums, et je lui racontais des centaines de fois les mêmes histoires, qui lui étaient pourtant familières : l'ignoble Thésée, le joyeux Dionysos né d'une cuisse, Orphée et Eurydice, Persée et Méduse, Hector et Andromaque (et le petit Astyanax jeté du haut des remparts), Ulysse, Pénélope, Télémaque, Polyphème, Laërte, Zeus, Poséidon, Héphaïstos, Héraclès, et ainsi de suite. Nous avions aussi une déesse préférée, Athéna, et nous éprouvions de l'antipathie pour la même canaille : Thésée justement, cette girouette de Jason et l'insignifiant Pâris. D'Hector et d'Achille, il préférait Hector en vertu de l'esthétique naturelle du perdant. Mais son véritable héros, qui devançait tous les autres de multiples longueurs, n'était autre qu'Ulysse.

À nos yeux, ces personnages excessifs, admirables et terribles étaient aussi vivants que de proches parents aux habitudes extravagantes. Nous en parlions ainsi avec blâme, admiration, nous interrogeant sur les raisons d'un de leurs gestes farfelus au cours d'un repas dans la petite cuisine dont la fenêtre donnait sur les toits, ou dans la rue. Entre deux bâtiments surgissaient les têtes vibrantes de l'Hydre ; Nessos, le centaure ambigu, nous clignait de l'œil parmi les tilleuls d'un parc ; les pavés s'ouvraient et Hadès en sortait sur son char de ténèbres pour enlever Perséphone, assise sur une plate-bande. L'été, nous regardions les rediffusions de l'*Odyssée* de 1968 sur les téléviseurs d'autres cuisines, nous penchant toujours avec angoisse au-dessus de la table, comme si nous ignorions ce qui allait se passer. Les yeux bistrés d'Irène Papas, dont le nom était presque semblable à celui d'Enrico Maria Papes[1] – un autre souvenir de l'été.

Un jour, en avril ou en mai, il vint me chercher à l'école (je crois que j'étais encore à la maternelle) et me conduisit à sa vieille voiture déglinguée avec un air très mystérieux. Je lorgnai l'habitacle : deux chatons gris, tigrés, grimpaient sur les sièges et se promenaient partout. J'ignore où il les avait dénichés, j'ignore comment l'idée de s'occuper de deux petits animaux lui avait traversé l'esprit, à lui qui était incapable de s'occuper

1. Compositeur, chanteur et batteur italien, membre du célèbre groupe de pop I Giganti.

convenablement de sa personne, mais ce geste insensé et adorable m'était réservé : c'était une tentative timide et maladroite de me rendre heureuse. Maintenant que je me retourne, adulte et distante, vers cette image – l'homme et la fillette regardant à l'intérieur de la Fiat Ritmo vert olive, sur le trottoir inondé de soleil de la petite piazza Maria Teresa –, je vois autre chose : le désir de mon père d'appartenir à mon monde, qui lui était étranger, et de transformer les deux pièces exiguës et sombres où il vivait en un véritable foyer où je trouverais quelque chose d'agréable à mon arrivée.

Naturellement, j'étais surexcitée. Pas un chaton, mais bien deux ! Je devais avoir l'air ivre. Ce jour-là nous emmenâmes ces bestioles (toujours en balade dans l'habitacle) aux Imbarchini, un bar situé dans le parc du Valentino, au bord du fleuve, un bâtiment blanc aux volets rouges, doté de longues tables sous une tonnelle couverte d'une vigne vierge de Virginie, qui s'enroulait aussi autour des parapets en bois, et ceint de buissons de lauriers-roses si grands, si fournis, qu'ils s'étiraient au-dessus de l'eau. On entrait par un portillon surmonté d'une enseigne en arc, peinte en vert, et on descendait par un petit escalier bordé de gros cailloux. Tandis que mon père bavardait avec une immanquable connaissance – j'ai découvert récemment qu'il y avait travaillé quelques mois comme factotum pour gagner un peu d'argent –, je jouais avec les chatons, assise à l'écart entre les pots de géraniums et de capucines, et les récupérais lorsqu'ils s'éloignaient ou qu'ils se rapprochaient trop du fleuve.

L'eau était verte ; tout, autour de nous, n'était que verdure et murmures.

*

Comme tout ce qui est beau et insensé, les chatons ne s'éternisèrent pas. Dès qu'il fut assez grand pour ressentir les premiers ferments amoureux, le mâle s'enfuit sur les toits pour ne plus revenir ; quelques semaines plus tard, la femelle fut donnée à une amie qui possédait un chat et un appartement plus vaste, où elle vécut une longue et noble vie.

Mais je me rappelle cette journée.

Je finis par rencontrer Agata en février. Je devais tenir à Turin un atelier d'écriture pour une classe d'enfants et nous décidâmes de nous voir en fin d'après-midi, à sa sortie du bureau. J'allai à ce rendez-vous sans attentes particulières, ce qui signifie que je ne savais pas à quoi m'attendre.

De mes passages chez elle, dans mon enfance, je me rappelais l'immense clocher d'une église, à la flèche surmontée d'un ange en bronze, qu'on voyait du balcon ; les succulentes omelettes aux herbes qu'elle préparait au printemps ; la mélancolie diffuse qui émanait de son visage et de sa voix. Je me souvenais aussi de sa fille aînée : j'avais six ans à sa naissance. Quand mon père s'était installé chez sa nouvelle compagne, Dora, il avait cessé de fréquenter Agata et son compagnon, raison pour laquelle je ne les avais plus vus qu'à l'occasion des fêtes de famille dont j'ai déjà parlé, parce que notre ami Misa était le frère aîné du compagnon en question.

Je ne connaissais pas Agata, et elle ne me connaissait qu'à travers les souvenirs de la fillette que j'avais été.

Je pouvais donc deviner ce qu'elle pensait de moi et je le redoutais. Comme d'autres, je le savais, elle estimait que je n'avais pas assez aimé mon père. Disons que je ne l'avais pas aimé de la bonne façon. Elle n'imaginait probablement pas mon chagrin (ce long, pénible et terrible chagrin). Et sans doute jugeait-elle que rien ne m'autorisait – moi, la mauvaise fille – à demander qu'on me brossât son portrait. Tout ce qu'elle pouvait savoir de moi n'étaient que ouï-dire ou suppositions, ce qui, plus que tout, me plongeait dans l'embarras.

Je craignais qu'elle ne se méfiât de moi. Mais aussi que ses souvenirs ne fussent pas assez précis, ou qu'elle n'eût pas envie de fouiller dans sa mémoire. J'avais peur d'être indiscrète, j'avais peur de dire des choses inopportunes. Et pourtant, ce frémissement, cet appel…

Je ne reparlerais pas de Colomba, pensais-je : ç'avait été une erreur. Je ne lui rapporterais pas la phrase indécente que j'avais lue aux archives. Je n'évoquerais pas non plus Mure Galiani, ou l'un des personnages sombres et silencieux qui se mouvaient sur le décor d'ombres de cette lugubre opérette. Je lui laisserais le choix de me dire ce qu'elle avait envie.

Elle m'attendait au coin de la via Garibaldi et de la via Sant'Agostino. Elle portait un manteau à damier, et ses cheveux, plus blonds que dans mes souvenirs, étaient coupés au carré. À ma grande surprise, elle vint vers moi, le visage joyeux, et me pressa les mains. Je la saluai avec un certain embarras qu'elle dissipa aussitôt en m'indiquant un salon de thé voisin où nous pourrions parler.

C'était un de ces cafés du XIXe siècle à l'ameublement en bois sombre, aux étagères recouvertes de bocaux, de boîtes dorées, de chocolats dans des emballages étincelants, qui, à Turin, se ressemblent tous et diffusent une même lumière étrange et trouble. Nous nous assîmes à une table ronde, un peu à l'écart, dans une salle aux sièges et aux canapés revêtus d'un épais velours vert émeraude. Un serveur obséquieux nous apporta la carte. À une autre table, deux septuagénaires élégantes penchaient la tête l'une vers l'autre dans le flux des conversations, les cheveux gonflés en des coiffures élaborées, le cou vaguement semblable à ceux des vautours. C'était un décor plutôt étrange pour ce que j'avais à entendre, pensai-je.

Agata m'observait. Elle affichait une expression bienveillante, attentive, dirais-je ; elle n'était pas circonspecte, contrairement à ce que j'avais imaginé. Ses verres de lunettes grossissaient son regard doux de presbyte, ses grands yeux vert gris légèrement plissés vers le bas où brillait un sentiment maternel.

Nous commandâmes toutes deux du thé. Elle insista pour que je prenne quelque chose à manger et j'optai à contrecœur pour des gâteaux de carnaval (c'était la période) afin de m'occuper les mains, essentiellement.

Quand le serveur s'éloigna avec notre commande, elle affirma que je ressemblais de plus en plus à ma grand-mère paternelle, jeune fille ; que sa mère, à l'enterrement de mon père, avait dit la même chose en me revoyant au bout de vingt ans. Je haussai les épaules : j'ignorais quel aspect ma grand-mère avait dans sa jeunesse – quelques mois plus tard, j'aurais une de ses photos en main et je ne découvrirais aucun trait commun entre nous. Il n'y a que deux visages auxquels le mien ressemble.

Le serveur apporta la théière, les tasses, la petite assiette avec les gâteaux et s'éclipsa.

Agata observa une pause le temps de plonger les sachets dans la théière. Elle parut réfléchir, puis elle déclara : « J'aimerais te raconter la première fois où je t'ai vue, Marta. Tu étais dans ton berceau, à la maternité, tu étais née la veille, ta maman et ton papa s'embrassaient devant la vitre. »

Elle mima ce geste. Je détournai précipitamment le regard en sentant les larmes me piquer les yeux. Je n'étais pas là pour ça, je ne voulais rien apprendre à mon sujet, j'étais venue pour entendre l'histoire qui se cachait derrière le procès, rien de plus. Nous avions passé un accord différent. (Plus que par l'image, je fus troublée, je crois, par l'association de mots pour moi très insolite, « ta maman et ton papa », qu'on n'avait jamais prononcée devant moi de cette manière.) Quand j'y revins en pensée, bien après, je me rendis compte que l'image en question datait de quelques jours plus tard au moins : ma mère avait été très malade après l'accouchement, elle n'aurait pas pu tenir debout si vite. Mais la mémoire d'Agata, qui avait assisté à la scène, l'avait située plus tôt, unissant deux images différentes par désir, par tendresse, et pour le récit. Cela en disait long sur la façon dont les humains se souviennent, sur la zone d'ombre où faits et imagination se plantent ensemble, au point qu'on ne peut plus les distinguer lorsqu'on se tourne vers le passé.

Elle continua : « Et la première fois où j'ai vu ton père, il avait l'âge que tu as maintenant. »

Je posai de nouveau mon regard sur elle.

« Vraiment ?

— Oui. Quel âge as-tu ? Presque vingt-sept ans, n'est-ce pas ?

— Je les aurai le mois prochain.

— Voilà, il avait vingt-sept ans. Et moi, dix-huit. »

Elle bougea la main sur la table, comme pour ménager un espace aux fantômes.

« C'était le 15 septembre 1973, poursuivit-elle. J'ai viré à un coin de rue et je l'ai vu. »

Voilà plus ou moins comment les choses s'étaient passées. Agata venait d'une famille d'ouvriers, cultivée, à l'histoire compliquée de renonciations et de morts jamais résolues. Son père travaillait chez Lancia, à l'atelier de contrôle des moteurs, mais il avait fréquenté l'école d'ingénieurs, qui avait été bombardée pendant la guerre, l'obligeant à interrompre ses études pour ne plus les reprendre, parce qu'une série de hasards malheureux l'avaient ensuite obligé à chercher un emploi. Agata travaillait quant à elle depuis l'âge de quinze ans, pour une parente. Elle était graphiste dans un cabinet qui s'occupait essentiellement de publicité pour les voitures. Au début, elle n'était même pas payée, puis elle s'était mise en grève avec les autres et avait obtenu un salaire mensuel.

« Je dessinais bien », dit-elle, et je perçus dans sa voix l'ombre du regret, ainsi que l'ombre de l'ombre du regret de son père, avant elle.

Plus tard, je vis des photos d'Agata à cette époque. Elle avait les cheveux ondulés, châtain clair, coupés au-dessus des épaules, et une frange ébouriffée sur le front, les sourcils aussi fins qu'un trait, un petit visage dominé par de grands yeux tristes, souvent cachés par de grosses lunettes aux verres fumés. Les rares fois où elle souriait, son sourire était juste esquissé, pensif. Elle semblait toujours ailleurs.

Le 15 septembre 1973 donc. Les archives de la météo nous informent que la température moyenne était de 20° et le point de rosée : 16,2° centigrades. C'était un samedi, elle ne travaillait donc pas. Elle se rendait à une manifestation contre le coup d'État au Chili, la première manifestation de sa vie, parce qu'elle devinait qu'il était important d'être là, elle flairait la terreur dans l'air du temps.

La jeune Agata tourna au coin de la rue qui débouchait sur la place et tomba nez à nez avec plusieurs personnes réunies autour d'un homme, qu'elles interrogeaient en souriant et apostrophaient, Barone, Barone. C'est ainsi qu'elle entendit pour la première fois son nom. Il dirigeait les opérations de vaccination pour les camarades qui iraient à Naples prêter main-forte dans les quartiers où sévissait le choléra.

Quel aspect pouvait bien avoir le garçon qui n'était pas encore mon père ce jour-là ? Toi et moi l'ignorons, lecteur, mais il n'est pas impossible de rêver.

Le seul indice que je possède est un petit pull bleu, qui se détache sur la brume de la mémoire, telle une tache de lumière imprimée sur la rétine une fois qu'on a baissé les paupières. Il devait avoir les cheveux courts, des pattes, une moustache et, comme d'habitude, un pantalon trop grand, froissé, ainsi que des souliers grossiers. Toutefois une sorte de grâce éclairait probablement son visage souriant et les mouvements dansants, ou presque, qu'il effectuait entre deux interlocuteurs.

Dès lors, chaque fois que je passe – quand je ne fais pas le détour exprès – à ce coin de la piazza Arbarello où le trottoir s'élargit en terre-plein au pied des maisons crème et turquoise, je ralentis le pas, laisse les rayons de l'image vive se déployer et m'atteindre à travers le temps par procuration, je pense : c'est ici que tout a commencé.

Nous ne disposons pas d'autres détails sur la façon dont débuta et se développa cette singulière histoire d'amour ; Agata conserva une certaine réserve dans son récit et, du reste, cela ne regardait qu'elle. Mais les débuts furent, semble-t-il, plutôt lents et laborieux, notamment parce que, peu après leur rencontre, avant même qu'ils entament une liaison à proprement parler, eut lieu l'« affaire de la via Artisti », comme Agata l'appela et, à en juger par son ton, il s'agissait de quelque chose de terrible. J'évitai toutefois de l'interrompre pour obtenir des éclaircissements à ce sujet, car je voyais bien qu'elle accomplissait de grands efforts pour me raconter les choses dans l'ordre ; or, comme c'est souvent le cas lorsqu'on se remémore des événements lointains, ils lui revenaient par vagues, sous forme de détails nus et fortuits, et elle continuait de faire des allers et retours dans le temps. J'appris ainsi, par déferlantes, que mon père avait participé à la bataille de la Valle Giulia[1], en 1968, et qu'il avait été l'un des représentants les plus en vue du mouvement étudiant du moment ; qu'avant, à son arrivée à Rome, en 1964, il était entré dans une des organisations chrétiennes qui donnaient des cours de soutien aux enfants des banlieues – et la question de savoir comment il était passé ensuite au communisme demeurait dans le mystère de sa vie pré-Agata. Puis il s'était installé à Turin – Agata ne se souvenait pas quand. On l'y avait envoyé, dit-elle : ce qu'elle appelait le Pcim-l, le parti marxiste-léniniste, « Servire il popolo[2] », l'y avait envoyé.

Je fus incapable de me retenir.

« Mon père faisait partie de Servire il popolo ? demandai-je, abasourdie.

— Moi aussi », répondit Agata avec un sourire forcé.

J'ignorais presque tout de ce parti, j'en avais juste entendu parler comme d'une secte de fanatiques, que l'intégrisme insensé rendait presque comiques, si bien qu'on le

1. Le 1er mars 1968, des étudiants d'extrême droite et d'extrême gauche affrontèrent la police qui avait occupé la faculté d'architecture de l'université de Rome, dans ce quartier. C'est à propos de cet événement que Pasolini écrivit son célèbre poème « Le PCI aux jeunes ! » dans lequel il défendait les policiers.

2. « Servir le peuple », slogan et organe de ce parti.

surnommait « Servir le poulet ». Jamais je n'aurais pu imaginer une chose aussi éloignée de ce père si désordonné.

« Ce n'est pas tout, continua Agata. Ton père était un cadre du parti. Il avait été envoyé à Turin, parce que c'était la ville des usines et parce que le Pcim-l voulait que les intellectuels *se rabaissent*, ajouta-t-elle avec un mépris ouvert, qu'ils abandonnent leurs études et leur vie pour s'occuper exclusivement du parti. Il fallait qu'ils se défassent de leurs habitudes "bourgeoises". On leur imposait les travaux les plus humbles. Quand je l'ai rencontré, ton père nettoyait des tramways pour gagner sa vie. *Lui !* Tu te rends compte ? Alors qu'il avait terminé ses études de médecine en avance, qu'il aurait pu obtenir son diplôme des années plus tôt et qu'il pouvait déjà exercer, il nettoyait des tramways et donnait tout ce qu'il gagnait, à l'exception du salaire que lui versait le parti. »

Le Pcim-l, poursuivit-elle, obligeait ses membres les plus fortunés à verser une partie de leur fortune dans ses caisses ; ainsi, un ami de mon père – que je rencontrerais des années plus tard – avait vendu l'appartement qu'il tenait de ses parents. Certains avaient tout engagé, avaient donné – littéralement – tout ce qu'ils possédaient, avaient remis leur part d'héritage, sans y être forcés, au nom de la révolution à venir. Mais les membres les plus pauvres versaient eux aussi, chaque mois, une part de leurs revenus. Les militants ne pouvaient posséder que les biens indispensables (le parti avait même fourni des indications concernant le nombre de draps à avoir chez soi) et devaient vivre comme des ascètes pour être cohérents avec le message qu'ils portaient. D'infatigables percepteurs allaient régulièrement d'habitation en habitation chercher l'obole mensuelle et ramasser, ou extorquer avec délicatesse, les objets à « collectiviser » qui seraient ensuite revendus pour financer le parti ; or les objets collectivisés, depuis les lave-linges jusqu'à l'argenterie de famille, en passant par les sèche-cheveux, réapparaissaient parfois dans les logements de certains dirigeants – c'était du moins ce qu'on murmurait.

Le chef et fondateur du parti, Brandirali, multipliait les instructions concernant presque tous les aspects de la vie privée des militants : la garde-robe, réduite à quelques vêtements, les plus modestes possibles ; les orientations artistiques (« Lorsque tu crées quelque chose, il faut que tu te demandes : est-ce utile au peuple, ou non ? ») : on dit ainsi à Agata que ses œuvres n'avaient aucune valeur parce qu'elles ne décrivaient pas le prolétariat, mais on utilisa à plusieurs reprises des affiches dessinées par ses soins lorsqu'elle se conforma aux ordres ; les comportements sexuels (une liaison adultérine provoquait l'expulsion immédiate), les pensées les plus intimes, les sentiments mystérieux et donc *bourgeois*, étaient soumis à de terrifiantes séances de critique et d'autocritique qui se transformaient en une sorte de procès collégial au terme duquel on désignait un bouc émissaire qui se voyait contraint de se morigéner sous peine d'être expulsé. Nombreux étaient ceux qui fondaient en larmes, incapables de supporter ce traitement, et pourtant la plupart d'entre eux conservaient une fidélité désespérée à ce quelque chose, à ce… quoi ? Agata elle-même ne savait l'expliquer.

« C'est pour cette raison que nous nous sommes mariés, tu sais. Le parti nous y a obligés. Parce que nous ne pouvions pas nous fréquenter en dehors du mariage. On m'a dit alors que je devais m'y plier afin de connaître la vie des femmes prolétaires. Mais moi, j'étais une prolétaire, ça leur avait peut-être échappé. Quand je sortais du travail, je devais prendre soin des enfants des femmes du parti occupées ailleurs, pour qu'elles soient libres, *elles*, de faire de la politique. »

Je la dévisageais.

« Ils étaient bien plus intransigeants que les catholiques les plus intransigeants. Bien plus ! Ils organisaient aussi des mariages communistes. »

Soudain elle éclata de rire, et je l'imitai, parce que le mariage communiste était vraiment excessif. Mais elle se ressaisit aussitôt.

« Je sais, tout cela te paraît ridicule, et ça l'était, ça l'était à tel point que cela me perturbe encore. Mais nous pensions que c'était une façon comme une autre… je ne sais pas. Le parti semblait… pratique. On participait aux luttes pour le logement, aux luttes de l'usine. On distribuait sans cesse du matériel susceptible de montrer au peuple que la situation pouvait changer. Au fond, c'était tout ce que nous voulions : que tout le monde ait un logement et les mêmes possibilités, que les riches n'aient pas une richesse aussi obscène, que les pauvres aient une vie digne, qu'ils soient en mesure de réaliser leurs souhaits. On disait que la révolution se ferait en sept ans. Sept ans, un nombre magique, comme dans les contes, comme dans les légendes. Et nous étions persuadés qu'elle arriverait. Elle se faisait bien ailleurs, même si c'étaient pour nous des lieux pratiquement imaginaires, ce n'était donc pas improbable. Nous y croyions. Nous pensions que le parti était un moyen, alors que c'était une machine stupide qui nous broyait à notre insu. J'avais dix-huit ans quand je me suis mariée. Le parti m'avait également confisqué les pièces de lin que ma grand-mère m'avait offertes pour que je me constitue un trousseau ; un seul drap suffit, m'avait-on dit. Mon père n'approuvait pas ma décision de me marier si jeune, il ne m'avait donné qu'un million de lires, aussitôt versées au parti. Il m'avait également fait cadeau d'un napoléon d'or, après en avoir acheté trois, pour ma sœur, pour mon frère et pour moi en guise d'investissement. Par bêtise, j'en avais parlé à une militante, qui est venue le réclamer et que je lui ai confié. Seule la famille proche a assisté au mariage, et tout le monde boudait. Le soir, quand nous sommes arrivés dans l'appartement abominable où nous étions censés vivre sans rien, juste avec nos couverts, j'ai pleuré. J'ai pleuré toute la soirée. Nous n'avions rien à manger. Quelques jours plus tard, nos amis ont organisé un dîner pour nous, ils ont apporté des guitares pour faire une fête dans le parc, surtout de la nourriture… Ils nous ont apporté de quoi manger. Cela faisait des jours et des jours que j'avais faim. »

Des larmes commencèrent à couler sur son visage. Je ne savais pas comment réagir. Devais-je lui prendre la main ? Je m'agitai sur ma chaise, puis lui touchai le bras. Elle secoua la tête, l'air de dire : « Ce n'est rien », et s'essuya les joues. Elle poursuivit.

Cette année-là, 1974, dit-elle, ils avaient vécu à Villar Perosa, un village de la province turinoise – le parti, encore une fois, les y avait envoyés –, et cela avait été très dur. Comme Agata touchait un salaire, le Pcim-l avait privé mon père de celui qu'il percevait en tant que fonctionnaire du parti. Ils ne possédaient rien. Ma famille paternelle leur acheta quelques meubles et une cuisine, qu'ils reçurent plusieurs semaines après leur déménagement – en attendant, ils vécurent sur une île déserte faite de deux pièces, sans table, sans lit, jetés dans cet espace désolant comme leurs quelques objets illogiques, tels que des couverts, cadeau de mariage inutile en l'absence de tiroir où les ranger et d'assiettes. Du reste, ils passaient peu de temps chez eux. Ils n'avaient pas de vie conjugale à proprement parler : entre l'emploi d'Agata, les petits travaux d'homme de peine de mon père et les engagements du parti (dont je continuais à n'avoir qu'une vague idée), ils étaient toujours séparés ou au milieu d'autres personnes. Malgré tout, ils s'aimaient beaucoup, très simplement. Je fus frappée dès le début par le fait qu'Agata ne parlait jamais de mon père comme d'un être avec lequel elle avait partagé des liens sentimentaux, mais en proie à la tendresse émue qu'on éprouve pour un frère chéri. Elle déclara qu'il était merveilleux de le côtoyer, qu'il essayait toujours de l'égayer quand la tristesse, sur laquelle ils marchaient avec précaution, jaillissait de temps à autre comme d'un tuyau cassé. Oui, dit-elle, il aurait réussi à insuffler de l'enthousiasme à un rocher, c'était un homme « bon ». Et, de fait, il avait de nombreux amis, parfois très différents de lui et très éloignés du Pcim-l. Agata admirait son abnégation, son désir sincère d'améliorer les choses et de se précipiter partout où un agitateur se révélait nécessaire. Elle admirait surtout sa grande intelligence (« Il expliquait très bien les choses aux gens »). Et le gaspillage de cette intelligence l'insupportait. C'est elle qui insista, me dit-elle, pour qu'il se diplôme. Il ne pouvait pas piétiner son talent le plus authentique : il fallait qu'il devienne médecin.

Il rédigea sa thèse[1] le soir, tard, sur la table de la cuisine, lorsqu'il rentrait du travail ou de la section, sur une machine à écrire qu'il s'était procurée on ne savait comment, l'air sérieux, ensommeillé et féroce. Agata allait se coucher, le laissant là, une couverture sur les épaules parce qu'il faisait toujours froid, entouré de livres, de notes en désordre et de spirales de fumée qui flottaient au-dessus de sa tête, dans le cône de lumière que projetait la lampe posée près de lui. Parfois, le lendemain matin – elle se levait de très bonne heure pour prendre l'autobus jusqu'à son bureau, à Turin –, elle le retrouvait endormi dans la même position.

1. En Italie, les études de médecine durent six ans et se concluent par la soutenance d'une thèse.

Sa thèse portait sur la relation entre tumeurs, en particulier broncho-pulmonaires et pleurétiques, et milieu social. Il voulait consacrer quelques pages à l'Ipca, une usine de peinture de Cirié qui utilisait comme base de l'aniline, substance provoquant des cancers de la vessie. Pendant des décennies, des plaintes avaient été déposées en vain. Des dizaines d'ouvriers étaient morts au cours des sept dernières années et une trentaine étaient tombés malades. On les qualifiait de *pissabrut*, de pisse-rouge. Or il avait dû se contenter de quelques lignes.

« Il allait de logement en logement interviewer les gens qui y avaient travaillé et qui étaient tombés malades, mais à l'époque on n'en parlait pas encore, le procès pour homicide volontaire contre les dirigeants de l'Ipca ne commencerait que quelques années plus tard, et on ne lui ouvrait pas. Il s'obstinait tout de même. Il a passé sa thèse tout seul, le pauvre. Ce jour-là je travaillais. »

Il était tard, et Agata montra quelques signes de hâte : elle m'expliqua rapidement que, fin 1975, Brandirali avait dissous le parti (pour passer à Comunione et Liberazione[1] et, plus tard, à la droite), et que mon père avait compté parmi les promoteurs de cette dissolution lors d'une des réunions interminables, pénibles et hystériques des mois précédents, au cours desquelles de nombreux militants

1. « Communion et Libération », mouvement catholique fondé en 1954 dans la lignée du catholicisme social, antimarxiste dès 1969.

avaient décidé de partir. Le Léviathan qu'ils avaient choisi était mort : ils étaient enfin libres.

Elle me raconterait une autre fois le reste, les années suivantes, et me communiquerait en attendant les noms qui lui viendraient à l'esprit. Le thé était fini depuis longtemps, les dames-vautours étaient parties. Je lui posai encore une question : que voulait-elle dire par l'expression « l'affaire de la via Artisti » ?

Elle me lança un regard stupéfait.

« Tu ne sais pas ? Il ne t'en a jamais parlé ? À ta mère non plus ? »

En réalité, il ne m'avait jamais parlé non plus du reste (et plus tard ma mère m'avouerait qu'elle l'ignorait, de même qu'elle ignorait tout du Pcim-l et de la Valle Giulia), aussi écartai-je les bras, en attente. Son visage se contracta.

« Oh… c'est une histoire horrible, horrible. »

Et elle me la raconta.

Lorsque nous quittâmes le café, il était un peu plus de sept heures du soir et la nuit était tombée. La rue piétonne, comme toujours bondée de passants, était plus silencieuse que d'habitude. Je connaissais bien cette rue, et pourtant j'éprouvais la même sensation – juste avec plus d'intensité – que le jour où j'avais gagné la piazza Vittorio après avoir lu le mémoire en défense : qu'elle était soudain transfigurée, tranquille, comme si quelque chose était irrémédiablement tombé entre ce que j'avais toujours considéré comme compréhensible et moi. Nous nous dirigeâmes vers la piazza Castello.

Soudain Agata s'immobilisa et me dit : « Tu sais pourquoi je t'ai raconté cette histoire ? Parce que je voulais que tu comprennes… que tu mesures le fossé entre l'homme que ton père était avant et l'homme qu'il a été ensuite. L'homme que tu as connu. »

Je gardai le silence. J'étais épuisée.

« À l'époque, c'était un homme charmant, ajouta-t-elle encore. Il était extrêmement heureux. Et tous ceux qui le côtoyaient le devenaient par ricochet. »

Nous continuâmes notre chemin. Agata était triste et inquiète, son visage changeait dans l'ombre. Nous nous arrêtâmes près du château, dans la flaque de lumière que projetait un réverbère. L'endroit était désert. Elle me serra le bras et demanda une nouvelle fois : « Pourquoi t'intéresses-tu au procès ? Pourquoi ? Ça n'avait rien à voir avec lui, avec ce qu'il était.

— Oui, je le sais, mentis-je (je ne le savais pas, j'en savais encore moins qu'avant, ou plutôt j'avais l'impression de n'avoir jamais rien su). Je sais qu'il n'y a pas de mystère.

— Non, dit-elle avec douceur ou presque. Il n'y a pas de mystère. »

Agata alla à l'arrêt du tramway, qui arrivait, tout en continuant de se retourner vers moi. J'agitai la main en guise de salut, attendis qu'elle fût montée, puis m'acheminai vers la maison.

D'une certaine façon, Agata m'avait fourvoyée avec son étrange récit haché qui allumait au lointain des phosphorescences nocturnes dont je n'avais pas un seul instant envisagé l'existence. À présent, j'étais saisie du besoin presque douloureux de donner du corps à ses propos. Pour étrange que cela pût paraître, il me semblait que je devais obtenir la confirmation que mon père avait vraiment existé ; que sa jeunesse s'était effectivement déroulée ; qu'il avait accompli autrefois un geste, fût-il banal, dont il était resté une trace et que ce geste pouvait arriver jusqu'à moi.

Je trouvai un indice trois jours plus tard. Un soir, très tard, j'étais seule dans ma chambre milanaise et l'on apercevait à grand-peine dehors, dans l'épais brouillard, les rares fenêtres encore éclairées de l'immeuble d'en face (« Je me demande si Milan existe encore ; / mon grand-père me parlait de Milan, cité de sorcières », écrivait le poète).

Le nom de mon père ne donnait aucun résultat sur les moteurs de recherche, à l'exception des colloques consacrés aux adolescents problématiques dont il avait été le rapporteur au cours des dernières années de sa vie. Je tentai ma chance directement dans les archives de la *Stampa* en choisissant la période qui s'étendait de 1968 à 1990. Vingt-quatre résultats. Je respirai profondément.

Les premiers articles concernaient son arrestation. Le tout premier était sorti dans la rubrique des faits divers turinois de *Stampa sera*, le mardi 22 juin 1982. *Arrêté pour organisation terroriste. Ouvrier de chez Fiat au chômage technique – appartient-il à* Prima linea ? « Les carabiniers ont arrêté ce matin à Turin un ouvrier de chez Fiat au chômage technique, Leonardo Barone, 37 ans, résidant dans la via V., dans le cadre des enquêtes sur Prima linea. Barone est un personnage extrêmement connu dans les milieux ouvriers de Turin : au cours des dernières années, en effet, il a participé à toutes les batailles contre le chômage technique et les licenciements. Le mandat d'arrêt, signé par le substitut du procureur de la République A.B., notifie à Barone la violation de l'article 306 (constitution et participation à une organisation terroriste) avec quelques aggravants. Le texte évoque une série d'infractions que l'ouvrier aurait probablement commises dans le but de "*bouleverser violemment le système économique et social de l'État*", à savoir la distribution de documents vantant la lutte armée, la détention d'armes et d'explosifs, ainsi qu'un vol. Et ce, en se fondant sur les déclarations d'un "*repenti*" dont le nom n'est toutefois pas mentionné. Il est également dit que cette série de violations présumées de la loi n'entraîne pas un mandat d'arrêt "obligatoire", mais plutôt "opportun". Le Centre de documentation de la via Plava a émis entre-temps un communiqué qui "*revendique*" l'appartenance de Leonardo Barone à "*l'avant-garde reconnue du mouvement*". »

Sous l'article s'étalait une publicité pour un magasin offrant de « nouvelles collections de moquettes et de peintures ». Un jeune maçon jovial, coiffé d'un chapeau triangulaire en papier, traçait au pinceau le logo de l'entreprise. Aujourd'hui et demain : dans le cadre d'un cycle de rencontres consacrées à « La femme, sa santé, ses problèmes », on se penchera demain, à 20 h 30, à l'école Anne Frank, via Scotellaro n°15, sur les thèmes suivants : « La contraception, l'avortement, l'éducation sanitaire de la femme ». Ce soir, à 21 heures, un cours sur les « Expressions culturelles en piémontais » sera donné à 21 heures à l'école Edy Franchetti, située via Randaccio. « Pourquoi acheter des accessoires de salle de bains dans une boutique ? Venez directement à l'usine. Vous pourrez obtenir un miroir ayant le même décor, du carrelage et des cabines de douche sur mesure. Prix d'usine. Miroirs pour salles de bains D., route nationale Rivoli-Avigliana, km 17. » Et plus bas, la grande photo publicitaire d'une voiture : « Certains choisissent Saab[1], d'autres non. Fiorauto. Une signature d'élite. »

Le lendemain était paru un article plus long et plus fourni. *Ouvrier, titulaire d'un diplôme de médecine, était-il*

1. Jeu de mots avec « *Sa* » (du verbe *sapere*, « savoir ») : « Certains savent/Saab, d'autres non ».

*dans la brigade sanitaire de PL ?* Sur les deux pages me fixait la même photo en noir et blanc de mon père, aux yeux ronds, égarés, à la bouche entrouverte comme s'il parlait. Il y avait d'autres papiers qui ajoutaient des détails concernant les accusations, l'heure où les carabiniers étaient entrés chez lui en brandissant leurs armes (6 heures du matin), le témoignage d'Agata (« sa femme, employée, âgée de 25 ans »), la défense de ce mystérieux Centre de documentation de la via Plava. Mon père y était qualifié d'ouvrier-médecin, ou d'ouvrier mécanicien et métallurgiste, titulaire d'un diplôme de médecin. Y figurait le renvoi en jugement du 30 décembre 1983 : l'article s'intitulait *Tous les chefs et l'une des évadées de Rovigo*. On y trouvait également la nouvelle de l'acquittement le 9 juin 1988.

Je m'appuyai contre le dossier de ma chaise et réfléchis en aspirant mes joues. Il m'avait dit qu'il avait abandonné l'hôpital après son arrestation. Je savais qu'il avait été ouvrier pendant quelques années : ma mère me l'avait raconté pour illustrer le genre de mensonges qu'il proférait ; au début, il avait caché à sa femme et à ses amis qu'il avait quitté ses fonctions de médecin, feignant de se rendre le matin à l'hôpital alors qu'il allait à l'usine. Il avait joué à ce jeu-là pendant six mois avant d'être démasqué. Ma mère l'avait appris par Misa et Ester, qui comptaient alors parmi les amis de mon père. Or, s'il était déjà ouvrier – ou plutôt un ouvrier en chômage technique – lors de son arrestation pour organisation terroriste, ce qu'il m'avait dit était faux. Pourquoi avait-il donc démissionné de l'hôpital ? Et quand ?

Il y avait, bien entendu, de nombreux articles sur la via Artisti. Je les lus non sans attention ni efforts, l'un après l'autre. Et encore des fragments épars : plusieurs arrestations pour piquets de grève, « offenses » (sur une photo, prise au cours d'un procès en assises pour outrage lors d'un épisode particulièrement stupide, il riait, la tête baissée, à côté d'une autre accusée qui affichait un air ennuyé) et, carrément, pour association subversive en 1978, de toute évidence un fiasco, à propos duquel on l'avait défini comme l'un des deux chefs turinois d'Autonomia Operaia[1].

Tandis que la nuit avançait – je me rappelle que j'entendis ferrailler le dernier tramway, celui de 1 heure du matin, qui ponctuait régulièrement mon insomnie chronique, avec le premier, celui de 5 heures –, je poursuivis mes recherches dans d'autres archives. Celles de l'*Unità*[2], qui étaient encore consultables en ligne à l'époque, ne contenaient qu'une allusion datée du 17 mars 1968 : elle décrivait un épisode qui s'était déroulé la veille, à Rome, quand un groupe de fascistes avaient occupé l'université La Sapienza et avaient lancé des bancs et des chaises par les fenêtres sur les étudiants de gauche qui protestaient en bas. Ce jour-là Oreste S., futur fondateur de Potere

1. « Autonomie Ouvrière », mouvement autonome regroupant à l'origine des comités ouvriers et des collectifs de quartier, souvent issus du Parti communiste italien et de mouvements d'extrême gauche.

2. Organe du Parti communiste italien.

Operaio[1], avait été grièvement blessé au dos. Un autre individu, blessé à la tête, était mentionné : l'étudiant en médecine Leonardo Barone, âgé de vingt-deux ans. Nous avions, semblait-il, une remarquable collection de têtes cassées dans la famille. Soudain je me remémorai une scène que j'étais incapable de situer (c'était l'été, et nous étions assis sur les bancs d'une gare, je crois), je revis mon père me dire en riant : « Mes parents ignoraient que j'étais la mauvaise graine de la famille. Mon père a découvert que j'étais communiste un jour où les fascistes m'ont cassé la tête et qu'un article a paru dans un journal. Un villageois le lui a rapporté et il m'a téléphoné à l'hôpital, me demandant, consterné : mais c'est *vrai*, Leonardo ? Et je n'ai jamais su déterminer s'il parlait de la tête ou du communisme. »

Les conséquences de cet épisode n'avaient pas été aussi drôles, découvris-je par Dora de nombreuses années plus tard : son père lui avait coupé les vivres et il avait dû se débrouiller tout seul en effectuant des travaux de peintre en bâtiment. Pis, toute communication avait été interrompue. La famille s'attendait à bien mieux de la part de ce garçon brillant, dont le génie aurait été prédit par une tzigane, rien de moins, quand il était encore dans le ventre de sa mère, seul membre de la fratrie à fréquenter l'université : au minimum à une carrière de médecin sereine, respectable et bien rétribuée. Une situation qui

1. « Pouvoir ouvrier », mouvement opéraïste fondé notamment par Toni Negri et Oreste Scalzone.

lui donnerait du lustre et, par ricochet, qui en donnerait à toute la famille.

En vain.

J'éteignis mon ordinateur, et la pièce plongea dans une obscurité complète. Je me penchai pour allumer la lampe, baissai les volets roulants, écartai machinalement mes draps, enfilai mon pyjama et me couchai après avoir éteint une nouvelle fois, les yeux rivés au plafond invisible. Ces fragments vagues et sans liens constituaient donc les seuls écrits disponibles. Une histoire évanescente et imprécise, comme une terre que nous apercevons depuis un bateau dans la nuit et dont nous ne devinons que la silhouette sombre avant qu'elle ne s'éloigne, sans être vraiment sûrs du pays que nous avons croisé ; ou comme une hallucination *ante somnum*, ces visions très rapides d'étranges motifs qui se dessinent sur les murs, ou de figures grotesques, ou de détails déformés d'un objet dans la pénombre, qui se produisent au moment où nous nous endormons, dans la fente séparant la paupière de ce qui nous entoure.

Je n'avais pas l'impression de m'être rapprochée ; au contraire, il me semblait m'être encore plus éloignée de cette terre nocturne et floue dont je continuais à ne distinguer que les contours. Je pensais surtout à l'histoire de la via Artisti, qui ne cessait de se dilater dans ma poitrine, telle une souffrance. Par quel mystère n'avais-je jamais vu sur lui le moindre signe de son passé ? Qu'avais-je ignoré, qu'aurais-je pu lui demander ? Cela aurait-il changé quelque chose ? Quelques mois plus tôt, j'avais noté pour mon défunt roman une phrase que je comptais attribuer à mon héroïne : *Je n'étais peut-être pas assez attentive.* Et voilà que, en vertu de l'humour noir du destin, elle me revenait avec un autre sens et se plantait dans mon flanc, comme un crochet dont je ne me libérerais jamais. Je me redressais brusquement, rallumai l'ordinateur et cherchai une nouvelle fois la photo floue, surprise, illisible. Qui es-tu ? pensai-je, et cette pensée résonna presque comme un cri. Je baissai l'écran et me recouchai. Mais longtemps encore je gardai les yeux ouverts dans le noir.

Nous avions été en guerre pendant de nombreuses années. Plus ou moins à l'époque où il s'était installé chez Dora et où il avait sans doute décidé d'être un Vrai Père, il s'était transformé. Il était brusquement devenu assommant et grossier ; il s'adressait toujours à moi sur un ton inutilement agressif ; il me faisait sans cesse des scènes, aussi féroces qu'insensées, à cause de règles qui n'avaient jamais existé et qu'il ne respectait pas lui-même. Il ne supportait pas mon désir de m'isoler quand j'étais avec eux, de passer de temps en temps une heure de mon côté, ce dont j'avais l'habitude chez moi et partout ailleurs : il y voyait un affront personnel. Toutes mes tentatives de le satisfaire ou de réparer un soi-disant méfait (en général, totalement aléatoire) se terminaient mal. Je préférais de loin le père distrait et inconstant de la vie précédente. Ce nouveau père était despotique, irrationnel, capricieux : la parodie d'un adulte davantage qu'un adulte à proprement parler. Je ne comprenais pas, j'ignorais comment m'y prendre. J'étais restée la même : pourquoi, soudain, ne lui convenais-je plus ?

Durant les vacances d'août, qui constituaient notre cohabitation la plus longue, nous séjournions trois ou quatre semaines dans le logement que Dora possédait en Calabre, et il me harcelait sans cesse. Trois semaines sont interminables lorsqu'on a neuf ans. J'éprouvais un désespoir sans bornes. Je découvris alors que le chagrin des enfants n'intéresse presque personne : la plupart des gens le jugent négligeable, sans importance, ou ne le remarquent même pas. Et plus je souffrais, plus il s'emportait. Il n'était pas normal que je fusse triste en sa présence. C'était là encore un affront.

En réalité, il regrettait souvent sa façon de me parler, les mots horribles qu'il déversait sur moi sous le coup de la colère et ignorait comment y remédier. De temps en temps, il se plantait devant la porte de la pièce où je m'étais enfermée pour pleurer dans le noir après l'énième pluie de hurlements, et murmurait : « Marzolina », le diminutif que ma mère m'avait accolé et qu'il utilisait lui aussi quand il était en veine de tendresses, « Allez, Marzolina, sors de là. » C'était sa manière à lui de me présenter ses excuses.

Parfois, l'espace de quelques heures ou d'une journée entière, il se montrait normal et me manifestait une affection un peu envahissante. Je m'accrochais à ces moments de paix transitoire pour survivre en sa présence, mais ils s'achevaient bien vite et pour des raisons imprévisibles, voire insignifiantes. J'étais toujours sur le qui-vive, toujours angoissée.

(Mais il me veillait des nuits entières quand j'attrapais une de mes éternelles amygdalites, dans la cuisine de la maison de vacances où je dormais sur un canapé-lit, le petit téléviseur allumé à faible volume, et lorsque j'ouvrais les yeux dans le délire de la fièvre, je voyais sa silhouette dans le noir, assise à la table, la tête appuyée sur une main, les traits faiblement éclairés par les images des films qu'il regardait pour éviter de s'endormir.)

Il se retenait uniquement devant ma mère. Il avait beaucoup de respect pour elle, il la craignait un peu, je crois ; elle était le parent sain, le parent sage. Il voulait qu'elle eût une bonne opinion de lui. Jusqu'au bout, elle a joué un rôle apaisant entre nous. En sa présence gentille et discrète – bien qu'elle surveillât le moindre de nos mouvements et fût toujours prête à prononcer un mot d'avertissement si elle sentait la tension monter –, une normalité lumineuse s'abattait sur la pièce. En sa présence, il n'y avait rien de désagréable ni de corrompu.

Aux dîners et aux soirées entre amis, mon père lisait tout haut mes poèmes ou mes nouvelles enfantines. J'étais très gênée et, sachant que ma mère jugeait cela peu éducatif, qu'elle désapprouvait l'ostentation, j'éprouvais encore plus d'embarras ; bien qu'elle fût absente, je devinais son jugement, je revoyais l'amertume qui se peignait sur son visage chaque fois qu'on m'exhibait ou que, excitée par l'approbation, je m'exhibais moi-même : je ne pouvais m'empêcher d'être heureuse que cette partie de ma personne, au moins, fût acceptable – et qui n'aime pas les louanges ? Les invités poussaient de petits cris ravis et mon père se rengorgeait, resplendissait de joie. Il vantait à son public la précocité de mon écriture, mon intelligence.

Intelligence que, naturellement, j'avais héritée de lui. Elle a l'intelligence de son père. « *Talis pater, talis filia* », me disait-il d'une voix plaintive, et je sentais monter dans mes jambes et dans mon corps entier une rage bleuâtre, venimeuse, qui se répandait jusqu'au bout de mes doigts, jusqu'à mon crâne, tandis que je pensais : je ne suis pas comme toi. Je ne serai jamais comme toi.

Puis la rage refluait, ne me laissant qu'une grande tristesse, la sensation terrible d'une défaite qui nous concernait l'un comme l'autre.

(Et pourtant, et pourtant il y avait la mer. Il aimait la mer, et moi aussi. C'était un sentiment profond, déchirant, indéfinissable. Nous effectuions de longues expéditions au cours desquelles nous n'échangions pas un mot, ou presque. J'entendais uniquement son souffle dans le tuba, et le mien, plus haletant. Il m'apprit à nettoyer mon masque avec de la salive quand il s'embuait. Nous nous aventurions dans des lieux déserts, entre les rochers, au-delà des promontoires et encore plus au large. Le monde sous la surface, ce monde à la fois vivant et fantomatique, nous appartenait. Le bruit-silence sourd, engourdissant, qui bourdonnait dans mes oreilles lorsque je plongeais. Les forêts d'algues, qui dansaient lentement d'avant en arrière en suivant le rythme des vagues. Les anfractuosités des rochers où se cachaient les oursins. Les rayons de soleil qui transperçaient l'eau en diagonale et projetaient des losanges tremblants sur le fond. Le bleu sombre et sans fin qui s'ouvrait devant mes yeux lorsque je regardais vers le large. Cette fatigue était une fatigue heureuse. Quand, après un long périple, je m'écroulais sur la ligne de brisement des flots, épuisée, repue, mes cheveux mouillés pendant sur mon visage, qu'il me caressait et me souriait avec fierté, je me sentais bien, j'éprouvais un sentiment qui ressemblait à de l'amour.)

J'avais onze ans lorsque mon enfance s'acheva subitement : en l'espace d'un mois mon corps libre et asexué se mua en corps de femme, et la puberté me transforma en créature mélancolique, muette et intraitable qui se haïssait et avait peur des autres. Comme on peut l'imaginer, cela n'améliora pas mes relations idylliques avec mon père. Je devins à mon tour féroce. De plus en plus féroce. J'opposais des cris à ses cris. Je répondais à toutes ses provocations. J'étais submergée par la rage. La rage me dévorait, me dépassait, balayait en moi toute pensée rationnelle ; je perdais mon sang-froid tout comme lui, en un reflet monstrueux de son irascibilité. *Talis pater, talis filia.*

J'étais dégoûtée par cette version de moi-même. Je la haïssais encore plus que lui. Ce n'était pas moi. Je ressentais une honte profonde et incessante qui me rongeait les os, me donnait envie de disparaître. Toute compassion, toute aide étaient inutiles : j'étais désormais aussi coupable que mon père ; mieux, je l'étais davantage, car je manquais de respect filial. Voilà du moins ce que pensaient les autres. Les spectateurs.

Une méchante fille. Une mauvaise fille.

À l'âge de dix-sept ans, au cours des vacances, je décidai de mettre fin à cette épreuve. Je m'enfuis littéralement, épuisée, montant dans un train en cachette pour rentrer chez moi. Nous cessâmes de nous adresser la parole durant un certain temps. Mon père n'arrivait pas à me pardonner. Quant à moi, j'avais presque envie de rire : à quoi bon prolonger à tout prix cette abominable mise en scène chaque année ? Ne se rendait-il pas compte que s'en abstenir eût été bénéfique pour nous tous ? Aujourd'hui encore j'ai du mal à comprendre cette violente contradiction entre son désir de vivre avec moi pendant ces quelques semaines et la façon dont il se conduisait là-bas. Je crois qu'il ne le comprenait pas non plus.

Malgré tout, il avait sur sa table de nuit une photo de moi encadrée. J'avais quatorze ans et je lisais, assise en tailleur sous le parasol, au bord de la mer, l'air renfrogné, les cheveux tirés sur la nuque, en me mordillant un ongle. Quand je la vis, j'eus mystérieusement envie de pleurer.

Lorsque prit fin la bourrasque provoquée par ma fuite, les choses s'améliorèrent, comme prévu. Je lui rendais visite de temps en temps, aux occasions importantes. Nous nous voyions trois ou quatre fois par mois pour un déjeuner, un dîner ou un café. C'était même agréable. En tête à tête, il était différent, comme toujours. Il n'éprouvait pas le besoin de jouer un rôle. Il ne tempêtait pas, ne faisait pas le pitre, ne pontifiait pas. Nous nous promenions et bavardions. Nous allions manger une glace. Je lui parlais des livres que je lisais ou de mes cours à l'université. Je me moquais de lui et il se contentait d'en rire ou, tout au plus, de commenter : « Tu es vraiment perfide », ce qui était la vérité. Nos relations étaient empreintes d'une prudente simplicité, mais cela me convenait. La vie avec les êtres que nous avons aimés n'est-elle pas essentiellement constituée de mots superflus et de silences quand nous tentons de nous la remémorer ? Pour la première fois depuis bien longtemps, je revoyais ce qui était à mes yeux la nature authentique de mon père, une sorte de douceur secrète, la joie du partage. Pour la première fois depuis bien longtemps, je ressentais de la tendresse à son égard.

Ce n'était pas toujours facile. Les masques, les blagues rebattues, les niaiseries, les piques stupides qu'il ne pouvait s'empêcher de me lancer lorsqu'il avait un public ou qu'il se trouvait dans une situation à ses yeux embarrassante continuaient de m'agacer d'une façon – je m'en apercevais à l'époque aussi – disproportionnée. En ces occasions, quand il continuait impassiblement de me provoquer, je perdais mon sang-froid et me laissais de nouveau envahir par le désespoir, l'abominable honte de ma personne.

Il me donna des leçons de conduite sur la colline, à Sassi, ce quartier mystérieux qui s'étend derrière le cimetière monumental, dans la voiture de ma mère, qui nous la confiait avec une inquiétude compréhensible.

Il parlait peu de lui. Je savais par ma mère, à laquelle il se confiait parfois, qu'il était préoccupé, car la coopérative dans laquelle il était employé connaissait de graves difficultés financières, et qu'il avait du chagrin, ayant été déçu comme d'habitude par des gens en qui il avait eu confiance. Il ne m'en disait rien. Cependant son visage trahissait une fragilité et des blessures de plus en plus manifestes.

Un jour, je devais avoir vingt ans, un étrange instinct me poussa à lui écrire une lettre que je lui envoyai par la poste. Je ne me rappelle plus son contenu. C'était, je crois, un acte de réconciliation, quoique implicite. Je n'ai qu'un seul souvenir : emportée par une vague mélodramatique, je le remerciais de m'avoir reconnue et d'avoir accepté d'être mon père. Il en fut bouleversé. Il me répondit par une lettre sincère, dans laquelle il affirmait qu'il ne m'avait pas reconnue par obligation, que j'avais été désirée, même s'il l'ignorait alors. Qu'il était heureux et fier de m'avoir pour fille. Qu'il ne m'aurait échangée contre personne d'autre. Il m'écrivit aussi, dans cette lettre ou dans une autre, je ne sais plus (comme tous les sentimentaux, il était prolifique dans le domaine épistolaire), qu'il avait apprécié nos retrouvailles, qu'il aimait converser avec moi, que je lui donnais parfois des « indications » à propos de sa vie. Par la suite, il mentionna à plusieurs reprises ma lettre (la seule que je lui aie jamais écrite, d'ailleurs, à l'exception des cartes de Noël et d'anniversaire), tout ému. Chaque fois, je changeais de sujet de conversation.

Je ne cesserai jamais de me demander comment les choses se seraient passées si nous avions eu plus de temps. Si nous n'avions pas gaspillé toutes ces années.

Puis cela se termina de la pire des façons possibles.

J'aimerais tenter de le décrire en partie.

Il avait une mémoire surhumaine (ce qui, a posteriori, se révèle d'une cruelle ironie). Par exemple, il se souvenait encore, mot pour mot, de dizaines de poèmes appris à l'école et il en récitait de temps en temps une strophe au hasard, comme en vertu d'un automatisme de la bouche, laissant couler les mots sur sa langue, mus par leur propre son. Il lui suffisait de lire un texte une fois pour le mémoriser entièrement, ou presque, avec une précision extraordinaire. Souvent, nous jouions au jeu suivant : l'un de nous énonçait un indice au choix à propos d'un film – l'acteur principal, un acteur secondaire, un thème, le metteur en scène, l'année de sortie. Ou le titre, et l'autre devait le compléter par le nom du cinéaste et des acteurs, au moins des interprètes principaux. Il se rappelait tout, de Cukor jusqu'aux films policiers avec Tomás Milián.

Il savait aussi par cœur des chants de la *Divine Comédie*, ou mieux de l'Enfer : dans le Purgatoire, disait-il, les merveilles se raréfiaient, et le Paradis n'était que de la propagande dénuée de charme. Quand il récitait les vers de Dante il s'illuminait, comme s'il l'avait découvert la veille au soir. « Malheur à vous, âmes perverses ! » hurlait-il, radieux, avec le même accent grandiloquent, balayant l'air de ses mains ; et je crois que je n'entendrais jamais plus personne prononcer « Charon, le diable aux yeux comme des braises » à sa manière. Il me disait toujours que j'avais le monde « en grand mépris » en paraphrasant Farinata degli Uberti. Il me téléphonait et me demandait en ricanant : « Alors, tu as toujours le monde en grand mépris ? » Il adorait aussi interpréter les rôles d'Ugolin, de Paolo et Francesca, d'Ulysse. Leurs mésaventures et la terrifiante répétition de leurs peines l'émouvaient. Quand, adolescente, j'appris à mon tour certains passages, il en fut ravi. Ce fut la seule et unique liturgie partagée, à l'exception des mythes de mon enfance. Aujourd'hui encore, lorsqu'il m'arrive de réciter des vers de Dante à un pauvre auditeur sans défense, je me rends compte que mon ton épouse le sien, ses accentuations extravagantes, dictées par l'enthousiasme.

En vieillissant, il devint de plus en plus colérique, mais il ne perdit jamais sa capacité d'éprouver ce plaisir des choses qui lui était propre, si fébrile. Il avait le don de la joie.

Il ne lisait presque que des essais, surtout de la psychanalyse, naturellement (les dernières années, il employait le mot « imaginaire » comme une serpe). Un jour où je l'interrogeais sur son roman préféré, si tant est qu'il y en eût un, il répondit sans hésiter : « Les *Mémoires d'Hadrien*, je crois. C'est une des plus belles choses que j'aie jamais lues. » Je fus stupéfaite. Un livre sur la vieillesse, sur la mort… et dire qu'il s'obstinait à ignorer aussi bien l'une que l'autre…

Il aimait au moins un autre roman, *Le Tigre dans la vitrine* d'Alki Zei. Je me rappelle la couverture tout usée de sa vieille édition Einaudi, que je trouvais inquiétante : un tableau avec une peau de tigre, ou un tigre empaillé, abandonnée sur une chaise, la gueule grande ouverte tournée de trois quarts vers le spectateur, les yeux vides et perdus ailleurs. Je le lus très jeune, à l'époque de la mansarde (mais je suis certaine que cet exemplaire appartenait à ma mère et qu'il l'avait emporté ; voilà, il avait emporté quelque chose enfin), et je n'y compris presque rien. L'action se déroulait pendant l'instauration de la dictature de Metaxas en Grèce, durant l'été 1936 – je ne perçus probablement que la sensation étouffante du danger qui s'abattait sur la famille au centre de l'histoire. Je me rappelle toutefois les deux héroïnes, deux jeunes sœurs dénommées Melissa et Myrto. Myrto était la plus arrogante, la plus impertinente, la plus intéressante. Elle plaisait également à mon père. Il m'avoua qu'il aurait aimé me donner ce prénom, mais que ma mère (grâce au ciel) s'y était opposée. Ce livre aussi s'est évanoui dans le néant.

Voilà tout ce que je connais de sa vie de lecteur. De temps en temps il me surprenait. Un épisode : j'avais quinze ans et je lisais *Lolita* pour la première fois, par hasard, même si je sentais vaguement qu'il s'agissait d'un événement capital. L'idée du narrateur incertain me mettait en difficulté et je n'arrivais pas à déterminer s'il fallait croire Humbert Humbert quand il racontait la mort de la mère de Dolores. Nous étions sur la plage, il lisait le journal, assis près de moi. Je m'appuyai sur les coudes et lui demandai : « Tu as lu ce livre ?

— Oui.

— Mais Humbert… il n'a pas tué sa femme, n'est-ce pas ? »

Il m'adressa un sourire malicieux.

« *Mais si, bien sûr* qu'il l'a tuée », dit-il. Il reposa les yeux sur son journal et ajouta au bout d'un moment : « Ne prends pas tout ce qu'il dit pour de l'argent comptant. »

Neuf ans plus tard, lorsque je commençai à lire l'œuvre complète de Nabokov et à la lire en connaissance de cause, je mesurai la valeur de ce petit souvenir qui me signalait, pour la première fois, qu'il y avait peut-être chez mon père quelque chose de plus intéressant, de plus énigmatique et de plus complexe que je ne le croyais ; que je ne savais presque rien de son esprit, de son véritable esprit. Mais je n'eus jamais l'occasion d'en parler avec lui : je lus *Littératures* et *Feu pâle* deux mois après sa mort. Je n'ai pas eu la possibilité de lui dire à quel point Pnine me brise le cœur, d'évoquer le casse-noisettes qui tombe dans l'évier et l'anecdote d'Alexandre Tchernychevski sur le point de mourir, dans *Le Don*, sur l'écrivain français imaginaire Deladande qui « quand on [lui] demanda [...] aux funérailles d'une certaine personne, pourquoi il ne se découvrait pas [...] répondit : "J'attends que la mort se découvre la première"». Ni le commentaire de Tchernychevski : « Il y a dans ceci un manque de galanterie métaphysique, mais la mort ne mérite pas plus. » Ce petit souvenir me tient particulièrement à cœur, tel un secret partagé.

Le dernier livre que je lui prêtai fut *Vie et destin* de Vassili Grossman, en raison des conversations difficiles sur le communisme soviétique que nous avions eues. Il le lut à l'hôpital et ne put s'empêcher de dire avec orgueil à son compagnon de chambre, un professeur, qu'il s'agissait d'un prêt de sa fille. Il me rapporta ensuite, radieux, que l'homme, très impressionné, l'avait « félicité ». Il réussit à le lire jusqu'au bout, très lentement. Je ne récupérai cet ouvrage que quatre ans plus tard, quand je retournai dans l'appartement de Dora pour la première fois après sa mort. Ce soir-là, au lit, je cherchai les traits de crayon avec lesquels il soulignait tout ce que je lui prêtais, y compris mon mémoire de maîtrise. À première vue, il n'y en avait pas. Je feuilletai le livre, en proie à une angoisse croissante. Je finis par en trouver – juste trois, au lieu des douzaines auxquels je m'attendais. L'un sous une antiphrase sarcastique à propos des larmes de Kapo et de *Blockälteste* dans un camp de concentration allemand, l'autre sous la description d'un vieillard, qui lui avait sans doute paru belle et curieuse : « Evguénia avait été frappée par les reflets bleus sur le visage du vieillard. Il était de très vieille noblesse et comme ses yeux étaient bleus, eux aussi, Evguénia s'amusait à l'idée que, s'il lui avait fallu faire le portrait de Chargorodski, elle l'aurait peint en bleu. » Le dernier était beaucoup plus loin, là où la belle-mère d'un homme qui a tout perdu dépose un baiser sur sa tête alors qu'il regarde, muet, les murs de la maison qu'il doit abandonner. « Ce n'est rien, ce n'est rien, mon Stépan, c'est la vie. »

Il chantait toujours. Comme je l'ai dit, il était plutôt bruyant. Il chantait aussi dans la rue, et je lui flanquais des coups de coude en murmurant entre mes dents : « Papa, s'il te plaît. »

Lorsqu'il chantait en voiture, il agitait les bras comme les ailes d'un moulin à vent, appuyait certains vers par des gestes hiératiques et braillait : « Tu comprends ? "Les grandes usines de glace à la framboise qui fumaient lentement[1]"! Quelle *poésie*, tu te rends compte ?

— Ne lâche pas le volant, car si nous nous écrasons, il n'y aura plus de poésie du tout », répondais-je d'un ton sec.

En réalité, la plupart du temps je chantais avec lui, aussi faux et en gesticulant autant. Notre interprétation la meilleure n'était autre que *Carlo Martello torna dalla battaglia di Poitiers*. Liste fortuite et partielle des chansons hurlées ensemble en vingt ans de trajets en voiture de brève ou de longue durée : *L'auto targata « TO ». Il Testamento. Brennero '66. Proposta e Tema* (parmi mes nombreux talents inutiles, figure l'imitation parfaite de tous les membres des Giganti). *Canzone di notte. Alice. Il treni per Reggio Calabria. Ballata per Ciriaco Saldutto. L'abbigliamento di un fuochista. Contessa. Nel cuore, nell'anima. Coda di lupo. Berta filava. Noi non ci saremo* (dans la version des Nomadi ; « Augusto ! » hurlait invariablement mon père sur un ton poignant quand il entendait la voix de Daolio – comme nous l'avons déjà vu pour Palinuro, ses deuils étaient éternels). *4 marzo 1943. Sognando la*

1. « *Le grandi gelaterie di lampone che fumavano lente* », dans l'original. Chanson pacifiste de Francesco De Gregori, *Cercando un altro Egitto*, 1974.

*California. Il feroce monarchico Bava* (« *tu non riiider, sabauda marrrmarglia* »). *Pezzi di vetro. Dio è morto. Il signor Hood. Singapore. Per i morti di Reggio Emilia. Bartali. Escluso il cane. Il mio canto libero. La locomotive. Pablo. Ho visto un re. Tammurriata nera* (ici j'émettais des sons sans queue ni tête parce que je ne comprenais pas un mot de cette chanson, qui me plaisait pourtant beaucoup). *Stalingrado* et *La fabbrica. Ma come fanno i marinai.* Compilations en cassettes de chansons de rock'n'roll années cinquante, même s'il ne chantait que les refrains ou gémissait en rythme en remuant un doigt sur le volant parce qu'il ne savait pas l'anglais : *Why Do Fools Fall in Love, Oh, Carol, La Bamba, See You Later Alligator, Tutti Frutti, Let's Twist Again, That'll Be the Day, Only You, Under the Boardwalk, Summertime Blues,* et ainsi de suite. *Rimini. Il leone e la gallina. Generale. Disperato erotico stomp. Pugni chiusi* (« *in me c'è la noo-tte più neeeraaa* » à prononcer avec un hoquet, à l'américaine). *Lugano addio. Il vestito di Rossini. Sant'Antonio a lu desertu. Bufalo Bill. Vengo anch'io (no tu no). Porta Romana bella. 29 settembre. Santa Lucia. Acqua azzurra, acqua chiara. Un altro giorno è andato. Fila la lana. Ballata per Francesco Serantini. Rimmel. Ahi, Maria.* Etc., etc.

S'il existe des archives familiales, les voilà donc, volatiles, éphémères, immatérielles, et il est impossible d'en restituer l'essence unique, la vie, sans que les mots ratent leur cible – « comme la langue de la joie est pauvre ».

Un jour quelqu'un, une personne qui l'avait pourtant aimé, m'a dit avec une sincère compassion : « Ça n'a pas dû être facile de l'avoir comme père. »

Non, ça ne l'était pas. Ça ne l'a jamais été. Et il n'a pas été facile non plus d'entendre, ensuite, répéter par une série d'inconnus qu'il devait être un père merveilleux. Je me bornais à leur adresser une grimace polie.

J'avais l'impression de le connaître. Je le connaissais jusque dans ses recoins les plus troubles, les plus brutaux, les plus sommaires. Je le connaissais également dans ses instants de limpidité. Je pensais l'avoir totalement compris. Mais je dois admettre aujourd'hui que je ne le connaissais pas aussi bien que je le croyais – que je ne le connaissais peut-être pas du tout.

Il était pratiquement impossible de reconstruire sa biographie, ne serait-ce que dans les grandes lignes. Il ne m'avait jamais rien raconté de son enfance. De sa mère, de son père, de ses frères et sœurs, petits, et encore moins de lui-même. J'ignorais s'il s'agissait, de sa part, d'indifférence ou d'effacement volontaire. Je disposais juste de deux anecdotes qu'il répétait souvent au sujet d'une arrière-tante décédée bien avant ma naissance, tante Ziella (enfant, je ne comprenais pas qu'il s'agissait de l'abréviation de Graziella, je croyais que c'était une sorte d'attribut homérique, une *über*-tante[1], disons). Et puis ses frères et sœurs s'étaient tous éteints en l'espace de quatre ans, peu avant ou peu après lui, du plus jeune au plus âgé : il n'y avait donc personne à interroger. Je savais qu'il était né à Monte Sant'Angelo, au sommet d'une montagne, au cours de la dernière année de guerre, en décembre, et que sa famille avait

1. « Tante » se dit en effet « *zia* » en italien.

regagné Trani, sur la côte, une douzaine d'années plus tard. Je me rappelais non sans mal les prénoms de ses parents. Quant à leurs ascendants, ils sont perdus dans l'oubli le plus absolu. Cela vaut aussi pour ma mère, bien qu'elle m'ait beaucoup parlé de son enfance, de son frère et de ses parents, de son père qui racontait des histoires dans les étables quand le village se rassemblait par les soirées d'hiver pour bavarder et se tenir chaud, ou nettoyer le maïs, de sa mère qui avait été domestique de l'âge de huit ans jusqu'au jour de son mariage ; mais elle ignorait presque tout de ses grands-parents, des paysans.

Un jour ma mère m'avait avoué qu'elle éprouvait une jalousie déchirante, honteuse, lorsqu'elle lisait les autobiographies d'écrivains issus de l'aristocratie ou de la haute bourgeoisie, dont les généalogies remontaient jusqu'au pléistocène, ou presque, et qui possédaient, disséminés au cours des siècles et enregistrés dans les histoires de famille, une multitude de fascinants aïeux aux habitudes bizarres, aux aventures héroïques, aux mariages hasardeux, ou seulement au beau profil et à la peau d'albâtre immortalisés dans la composition mielleuse d'un poète amateur contemporain.

« J'ai la jalousie des ancêtres », m'avait-elle confié en plaisantant à moitié.

Je compris ce qu'elle voulait dire. Nous autres n'avons pas d'ancêtres. Nous ne savons pas qui étaient nos aïeux en vertu d'une simple donnée : comme ils étaient pauvres et analphabètes, il n'est rien resté d'eux. Ni de ceux du Nord, ni de ceux du Sud. L'expression usuelle en italien « Pour qui tu me prends ? Pour l'enfant de la bonne ? » ou « pour le parent pauvre », qui m'est arrivé à moi aussi d'employer, a toujours été particulièrement odieuse à ma mère. Elle *est,* de fait, fille de domestique. Nous sommes des descendantes de domestiques, de cette catégorie innombrable et anonyme qui servait d'arrière-fond muet, ayant une pure fonction pratique et décorative, aux scènes des romans et des *récits autobiographiques** des autres. La jalousie de ma mère concernait la culture innée, les bibliothèques transmises de génération en génération, les relations et les maîtres illustres, les accès facilités, la richesse héritée – et je ne parle pas de la richesse matérielle.

Parfois, ce genre de jalousie m'envahit moi aussi.

En vérité, je n'ai jamais éprouvé beaucoup d'intérêt pour la « descendance », les racines et tous ces refrains identitaires que j'évite d'instinct. Mes appartenances, pour ainsi dire, sont d'une tout autre nature. Néanmoins, quand je pense aux destins individuels, le fait qu'ils aient tous été occultés par le temps m'impressionne. Je paierais cher pour avoir une ancêtre folle et clairvoyante, ou un trisaïeul qui tire dans des bibelots ! Or, de tous les êtres qui m'ont précédée, il n'est rien resté, ni un sentiment, ni un désir, ni une pensée fugitive dans cette région liminaire qui précède le réveil, pas même d'anecdote répétée de génération en génération ni de caractéristique saillante.

Il y a quelques mois, la veuve d'un de mes grands-oncles, un frère de ma grand-mère maternelle, est morte. Elle s'appelait Venilia. À l'annonce de ce décès, on m'a raconté qu'elle était « fille de domestique ». Sa mère servait dans une maison de riches lorsqu'elle est tombée enceinte. J'ai longuement pensé, intriguée, à cette servante qui avait choisi un prénom aussi joli et aussi insolite pour sa fille. Je me suis demandé si elle l'avait lu quelque part, si elle savait lire, si elle l'avait entendu par hasard, ou encore s'il lui rappelait une histoire pour enfants qu'elle aimait particulièrement. Une jeune fille seule et pauvre, qui avait voulu donner à son bébé sans père un prénom original, peut-être pour qu'elle ait quelque chose d'unique, de particulier.

La marque d'un individu : une fille, dans les années vingt, qui choisit un prénom.

À propos de descendances. Lors de cette première rencontre ou peut-être quelques mois plus tard – je ne m'en souviens pas –, Agata me confia qu'elle s'était toujours interrogée à propos de la montre gousset que son père avait offert au mien en cadeau de mariage ; c'était une relique de famille, que son père avait hérité du sien, etc. Elle aurait aimé qu'elle me revînt (pas à ses enfants, à moi, en tant que fille de Leonardo), mais cette montre s'était probablement perdue dans un déménagement. Moi, l'enfant de sexe féminin, qui hérite d'un témoin symbolique transmis de génération en génération, d'un homme à un homme d'une autre famille. Ç'eût été très intéressant. Or mon père n'a jamais été capable de prendre soin de ces choses-là, pas même quand elles étaient importantes aux yeux d'autrui.

Donc, son enfance était absente. Je m'imaginais juste son lieu de naissance : un village montagnard de maisons blanches, dominées par un sanctuaire bâti sur une grotte quinze siècles plus tôt, à l'époque où la région appartenait au royaume lombard, et par les tours émiettées du château normand, prison d'État sous les Angevins ; où, lus-je, le vent balayait les rues en toute saison et en automne, persistait un épais brouillard. J'essayai aussi de me le représenter, enfant : j'entrevoyais sa petite silhouette qui se tournait vers moi dans une des ruelles en montée, au milieu de la brume ; mais je ne parvenais pas à distinguer son visage.

Et Rome ? Rome était tout autant fantasmée. Qu'y avait-il fait ? Qui avait-il été ? Je ne pouvais le demander à personne. Ou mieux : un jour d'été, je m'en souvenais, nous étions passés devant l'affiche publicitaire d'un film (je devais avoir douze ans) et il m'avait lancé de ce ton nonchalant sur lequel on commente la météo de la journée : « Tu sais, j'ai vécu un moment avec ce cinéaste quand j'habitais Rome. » Nous avions poursuivi notre marche. Puis j'avais interrogé Agata qui l'avait confirmé : à un moment indéfini des années soixante, mon père avait cohabité avec le metteur en scène et l'acteur suédois qui travaillait fréquemment avec lui à l'époque. Quand je lus qu'ils avaient tous deux, cinéaste et acteur, appartenu à Servire il popolo, je n'eus pas de difficulté à deviner comment leurs chemins s'étaient croisés. Malgré plusieurs tentatives, je n'ai pas réussi à entrer en contact avec eux, seul lien ténu dont je disposais, seule chance de mieux connaître cette partie de sa vie. C'était trop compliqué et je finis par abandonner cette piste. Peut-être, un jour…

Plus tard, Agata mentionna une fille avec laquelle mon père avait été fiancé à Rome, dont elle ne connaissait que le prénom, Clara, et la haute extraction. Le jour où elle avait découvert qui elle fréquentait, sa famille l'avait enfermée chez elle, et mon père était allé manifester solitairement et burlesquement dans leur cour, muni d'un mégaphone et d'une banderole, pour la « libérer ». Cette scène avait été si réussie que les parents, embarrassés, avaient ouvert la porte, et l'amour avait triomphé de la bourgeoisie. Agata ignorait toutefois ce que Clara était devenue : elle n'avait existé, à ses yeux, que dans le récit de mon père ; et, bien entendu, son nom de famille demeurait un mystère, la reléguant au rang de fantôme. À cause de son prénom, je l'imaginais avec des cheveux allemands, très blonds, longs, vaporeux et, pour une raison que j'ignore, dans une tenue des premières années du XX^e^ siècle, comme une adolescente sur la plage de Balbec. Clara *disparue**.

Je pouvais supposer que mon personnage fuyant, qui, je m'en rendais compte, vivait à présent dans mon esprit comme une figure autonome, séparée de l'homme que j'avais connu – et que nous appellerons désormais L.B. –, avait participé, à Rome, aux assemblées et aux occupations de l'hiver et du printemps 1967-1968, à la faculté de médecine, de lettres, ou d'architecture, ou dans toutes, je l'ignorais. Une chose était certaine : il m'avait confié un jour qu'ils étaient obligés « lors des occupations » de redoubler d'ardeur dans leurs études, parce qu'il leur fallait aussi remplacer les professeurs afin d'être en mesure de se présenter aux examens. L'affirmation selon laquelle les étudiants avaient occupé les universités parce qu'ils n'avaient pas envie de se consacrer à leurs études était, à ses yeux, une injure répugnante. Les études étaient pour lui sacrées, le sens ultime de sa vie sur terre. Je pouvais supposer qu'il se trouvait là – aux assemblées, aux occupations – par devoir ou, compte tenu de son caractère, en vertu d'un impératif moral. Il songeait peut-être aux enfants des banlieues auxquels il avait donné des cours de soutien, au sort qui les attendait, et il se demandait s'il s'agissait là d'un moyen qui leur permettrait d'échapper au déterminisme, à la solitude séculaire et invincible dont ils étaient prisonniers. Et puis côtoyer d'autres gens de cette façon devait être extrêmement libératoire, incroyablement *nouveau*. Le sens de la justice, la volupté de l'aventure, un sentiment vague mais puissant de l'époque. Les mots qui ne cessaient de couler. La jeunesse.

Il avait vingt-deux ans. Fort de l'arrogance de cet âge, il pensait sans doute savoir tout ce qu'il était important de savoir : le reste viendrait avec ces mots apparemment parfaits, qui semblaient dissiper et résoudre le mystère du monde. Il se croyait probablement immortel, incassable, total. Le temps n'existait pas encore.

Je le cherchais partout. Des semaines durant je regardai des dizaines et des dizaines de photos et de reportages, les blessés traînés par les bras à la Valle Giulia, les camionnettes incendiées, les ombres courant dans les volutes de fumée, les silhouettes qui grimpaient sur les collines ou les dévalaient, les photos des cortèges de manifestants ou des assemblées que j'agrandissais au maximum et scrutais pendant des heures dans la tentative de le débusquer, les images floues du 16 mars, le jour de l'expédition punitive des fascistes et des bancs lancés par les fenêtres, mais aussi, dans une autre partie du monde – on ne l'apprendrait que bien plus tard –, celui où les soldats du lieutenant William Calley tuèrent et jetèrent dans la rue, dans les puits et les fossés, trois cent quarante-sept vieillards, femmes, enfants et nouveau-nés à My Lai, avant d'incendier leurs habitations.

Or les images étaient trop rapides, trop détériorées, trop lointaines pour que je puisse le distinguer. J'ignore pourquoi j'étais obsédée de la sorte. J'avais besoin de le voir. S'il m'était impossible d'apprendre quoi que ce fût sur cette partie de son existence, je voulais au moins le voir. Il avait participé à un événement historique. Et pourtant il n'apparaissait jamais. C'était insupportable. Se pouvait-il simplement que, ignorant l'aspect qu'il avait alors, je ne fusse pas capable de le reconnaître ? Je rêvai même que je retrouvais un reportage en noir et blanc dans lequel il était longuement filmé, courant à côté d'une manifestation, reconnaissable, gai, jeune, comme dans une scène heureuse de *Heimat*. Le voilà, L.B., à jamais figé dans le temps : dans mon rêve je souriais, triomphante, enfin apaisée.

On raconte que, sur les rives du lac Svetloïar, perdu dans les forêts de la région de Nijni-Novgorod, au nord de la Volga, se dressait la fabuleuse cité de Kitej. Quand les Tatars se présentèrent pour la conquérir en parcourant le sentier secret qu'un traître leur avait révélé, la ville s'enfonça dans le lac et disparut lentement sous les yeux stupéfaits des envahisseurs. La coupole dorée de son église fut la dernière lueur qui brilla sur l'eau avant de s'évanouir avec tout le reste. Dix jours et dix nuits durant les Tatars tentèrent de la retrouver, en vain.

On raconte aussi que la cité de Kitej vit encore, sous l'eau, secrètement, avec tous ses habitants. Qu'il peut arriver à des voyageurs chanceux, disent les chroniques anciennes des schismatiques, d'entrevoir ses contours blancs et or sous la surface du lac et d'entendre le son sourd de ses cloches.

Ce furent des mois étranges. Je m'adonnais à mes occupations habituelles de lectrice professionnelle, je ratais des occasions, je me promenais avec N. le dimanche et regardais des films en sa compagnie, je lui faisais la lecture à voix haute dans le parc ou sur le canapé de mon petit appartement. En mars, nous allâmes à Paris chez S., grande amie d'adolescence et de mes vingt ans, qui avait partagé avec moi une table au lycée pendant un an, des dizaines de films d'art et essai dans des salles à moitié vides où il n'y avait en général que nous et deux ou trois fous, ainsi que de magnifiques voyages rocambolesques. Elle s'était installée quelques années plus tôt à Paris avec le jeune Français qui deviendrait son mari et elle préparait un doctorat de chimie. C'était une fille pragmatique et son pragmatisme m'effrayait parfois, tout comme l'opiniâtreté presque militaire avec laquelle elle menait à bien tous ses projets ; elle connaissait les pensées les plus secrètes, les plus tristes et les plus terribles que j'eusse jamais avouées, avant que N. n'entrât dans ma vie.

Elle m'avait accompagnée au mariage de mon père sept jours avant sa mort – la dernière fois où je l'ai vu – et il en avait été ravi car il s'était attaché à elle. Durant cet épouvantable après-midi, S. avait veillé sur moi comme une sentinelle, au milieu d'étrangers, et son regard vert, attentif, m'avait empêchée de me dissoudre. Elle m'avait emmenée dîner dehors le jour où il était mort et m'avait écoutée lui raconter froidement cette journée (je n'avais pleuré qu'en mentionnant les gazes sur ses paupières), puis nous avions continué de parler un moment dans le parc, de l'autre côté du fleuve, assises dans l'herbe par cette nuit torride. Je lui avais dit que cela ne me perturbait pas tellement, qu'on n'est pas orphelin à vingt-quatre ans, que les vrais deuils sont tout autres, le refrain habituel. Je le croyais vraiment. Je lui dis que ç'aurait été mille fois pire si j'avais perdu ma mère – je n'arrivais même pas à envisager cette hypothèse sans que ma gorge se serrât. S. gardait le silence. Nous contemplions la place éclairée de l'autre côté. Puis elle m'avait raccompagnée chez moi. Avant d'atteindre la porte de mon immeuble, je m'en souviens, elle s'était immobilisée au pied de l'échafaudage qui recouvrait le bâtiment voisin et avait affirmé d'un ton paisible : « Tu es la première d'entre nous », soit la première de nos amis et connaissances à perdre un parent. « Cela te situe ailleurs. Tu as franchi une ligne, que tu le veuilles ou non. Et il faudra un jour que tu t'en occupes. »

Cette semaine-là à Paris, au cours des seuls moments où nous pûmes nous ménager un tête-à-tête, un soir après dîner, je lui rapportai ce que j'avais découvert et lui expliquai que des idées inattendues se formaient dans mon esprit. Elle m'écoutait, concentrée, en fixant ses mains croisées sur la table. Puis elle pointa sur moi son beau visage sérieux de chat et déclara d'une voix sèche, sans émotion, sans agitation, exactement comme je le souhaitais : « Fais-le. »

Pendant ce séjour, je vis également Valérie Z., une écrivaine franco-israélienne qui habitait le Marais et que je connaissais depuis des années. Nous nous étions rencontrées en 2009, à un festival – j'étais censée présenter un de ses romans pour la jeunesse – et nous nous étions entichées l'une de l'autre : c'était une créature délicieuse aux immenses yeux noirs et aux longs cils, aux cheveux d'un noir de jais coupés très court, qu'elle ornait de couronnes de fleurs, et au rire contagieux. Nous avions bavardé longuement en français, assises sur un banc de pierre, puis ce soir-là au dîner. Elle était ce genre même de personnes auxquelles on ouvre naturellement son cœur au bout d'une conversation de quelques minutes. Son histoire aussi était pleine de charme : née à Nice dans une famille juive, elle avait suivi, adolescente, ses parents en Israël et avait dû affronter ce déracinement de nature exceptionnelle, service militaire compris. Adulte, elle avait décidé de regagner la France.

Je l'avais revue à un autre festival de littérature en Barbagia[1], deux ans plus tard. Deux semaines seulement

1. Région montagneuse située au centre de la Sardaigne.

s'étaient écoulées depuis la mort de mon père, et pourtant j'avais tenu à m'y rendre, à l'occasion de la publication de mon deuxième livre pour la jeunesse. Il était sorti six semaines plus tôt, et mon père avait assisté à la présentation au Salon du livre de Turin, malgré son état de santé. Les gens le dévisageaient avec effroi, ou détournaient le regard, je m'en rendais compte. Il avait du mal à tenir assis, toussait sans cesse et s'assoupissait de temps en temps, ce qui obligeait Dora à le réveiller en lui touchant tout doucement le bras, m'avait ensuite raconté ma mère.

En Barbagia, je me sentais dépaysée, entourée de gens, de bruit et de questions incessantes, talonnée par une enfant de dix ans, fille d'un des organisateurs. Comme le font souvent les fillettes en présence de jeunes femmes, elle m'avait élue au rang de préférée. Je bavardais volontiers avec elle, cependant j'avais l'impression de lui parler et de l'écouter à l'intérieur d'un aquarium. C'était la première fois que ma mère m'accompagnait à un festival : sans elle, je n'aurais pas pu résister. Durant cette période, je refusais d'être prise en photo, mais elle avait insisté, un soir, après que nous nous étions préparées pour le dîner de clôture. J'ai du mal à reconnaître la personne qui figure sur ce cliché, le visage curieusement plat, les yeux impénétrables, les lèvres formant une ébauche de sourire forcé, les cheveux fixés en une longue tresse autour de la tête (je me coiffais fréquemment ainsi à l'époque), les doigts entrelacés dans son giron, vêtue d'une robe à fleurs en cotonnade dénudant les épaules. C'était justement à ce dîner que, à mon grand étonnement, j'avais retrouvé Valérie : je n'avais pas remarqué son nom dans le programme, auquel j'avais uniquement jeté un coup d'œil furtif. Nous nous étions embrassées, heureuses, puis elle s'était assise à côté de moi, à table, et nous avions poursuivi notre conversation comme si nous l'avions interrompue quelques minutes plus tôt.

« *Qu'est-ce qu'il y a, Marta* ?* » m'interrogea-t-elle d'un ton sérieux au bout de quelques instants, me surprenant, car je me croyais habile à dissimuler. Je m'y employais depuis des semaines, des mois, des années.

« *Il y a deux semaines, mon père est mort** », me contentai-je de répondre. Elle écarquilla ses gentils yeux, les pointa droit devant elle et déclara qu'elle était désolée en posant une main sur la mienne. Je lui tins un discours semblable à celui que j'avais adressé à S. le soir, au bord du fleuve, dans une version édulcorée. Valérie me dit bien d'autres choses, au cours de ce dîner, pour me réconforter ; mais je les ai oubliées (à ma décharge, j'avais bu beaucoup de vin de Barbagia).

Et voilà que nous nous retrouvions dans un salon de thé, place des Vosges, un de ces lieux tout en or, miroirs et cristaux, si beau que ma présence y semblait déplacée. Elle me raconta qu'elle écrivait (ou qu'elle venait d'écrire) un roman sur un jeune oncle mort à la guerre, Jacob, qui appartenait à la communauté juive d'Algérie chassée après l'indépendance, et que tout était parti d'une photo qu'elle me montra. Je lui confiai que j'exhumais moi aussi des informations sur mon père qui m'intéressaient beaucoup plus que je ne l'aurais jamais imaginé. Elle était enthousiaste.

« Tu sais, lui dis-je, frustrée, après avoir cherché en vain le terme approprié à un concept, il est terrible de ne pas trouver ses mots, même lorsqu'on connaît bien une langue. Cela me donne l'impression d'être… idiote. Comme si tu connaissais une version de moi-même plus pauvre, plus stupide que la version originale.

— Oh, répondit-elle avec douceur, je te comprends parfaitement. Quand je me suis installée en Israël, je ne connaissais que cinq ou six mots en hébreu. Je suis devenue muette. Personne ne savait qui j'étais parce que j'ignorais comment le dire. Et tout ce que j'avais été avant, ma complexité… tout avait disparu. Les adjectifs exacts, les nuances, l'ironie, tout ce qui constitue ta personnalité, *n'est-ce pas** ? Je n'étais plus que l'ombre de moi-même. Avec le temps, j'ai appris, et cela m'a passé. Mais je n'ai pas oublié ce que cela signifie. »

Plus tard, avant de nous séparer, nous nous attardâmes un moment sur la place. Il faisait enfin beau après des jours de pluie et d'humidité. Je cherchai du regard le bac à sable devant lequel, à l'âge de dix-huit ans, S., G., une autre amie que je connaissais depuis la primaire, et moi nous étions reposées en regardant longuement jouer les enfants de deux ans. Sur les pelouses, des adolescents lisaient et mangeaient des gâteaux, allongés au soleil. Valérie déclara soudain, comme si elle reprenait le fil de notre conversation : « D'une certaine façon, toute notre existence est une traduction entre ce que nous essayons de dire et ce que nous parvenons à dire vraiment. »

Le printemps avançait, je voyais des gens familiers et des gens nouveaux, je me rendais parfois à des soirées littéraires, je m'inquiétais des factures, je m'inquiétais du loyer, je m'inquiétais en général, je suivais les nouvelles du monde avec effroi et un sentiment d'inanité – le monde s'était élargi d'une façon démesurée, mais le fait même de savoir tout ce qui se produisait, ou presque, en temps pratiquement réel, dans des régions plus lointaines ou très proches, tremblements de terre, tortures, individus qui se noyaient en mer en essayant d'atteindre l'Europe, persécutions de peuples dont j'ignorais jusqu'à l'existence, attentats sur tous les continents, ne faisait qu'augmenter le sentiment d'impuissance que j'éprouvais.

Je tombais tout le temps malade, j'hébergeais des amis habitant d'autres villes, je tenais des ateliers pour enfants, je collaborais à des projets frustrants et mal payés, voire pas payés, je m'emportais contre moi-même puis baissais les bras, parce que je baissais toujours les bras, je laissais les événements couler sur moi comme si j'étais endormie ou abrutie, alors que je ne dormais pas. Je continuais de me conduire de la sorte et, en apparence, je n'avais pas changé ; mais j'étais également – comment dire ? – habitée, et ce qui m'occupait m'insufflait de l'audace, m'ensorcelait, me poussait en avant. Ma façon même de me déplacer était plus avide que d'habitude.

Il semblait qu'une vie souterraine se dévidait parallèlement à la vie visible : l'attente de la prochaine rencontre avec un témoin susceptible de me raconter un autre fragment de L.B. ; la lente et patiente recherche de noms, visages et circonstances dans les documentaires, dans les livres, sur les photos, dans les archives des journaux ; et l'émotion perceptible dans la voix des inconnus, au téléphone, avec lesquels j'étais mise en contact, qui me bouleversait immanquablement. Bien que plusieurs décennies se fussent écoulées, bien qu'ils n'eussent plus rencontré mon père qu'à la dérobée dans la rue, la seule idée de passer une heure ou deux à l'évoquer – et à évoquer ce qu'ils avaient eux-mêmes été autrefois – les remplissait apparemment d'une chaleur qui me surprenait et suscitait chaque fois en moi une tendresse poignante envers eux et envers leur fantôme.

C'était en mai, je crois. Un jour, subitement, avec rage, ou presque, je m'assis à ma table et rédigeai un texte sur le garçon qui courait dans la nuit, couvert de sang, ainsi que l'ébauche du chapitre consacré à la mort de mon père et à ce que je connaissais sur son compte. J'écrivis pendant trois heures sans m'arrêter, un grondement sourd dans les oreilles. C'était la première fois, mon mémoire de maîtrise excepté, que j'écrivais plus d'une page en l'espace de quatre ans. J'étais en proie à un mélange d'exultation et de terreur ; j'avais le sentiment de trahir, par cet acte révélateur d'un choix bien précis, mon roman impossible et son héroïne, de les tuer définitivement. J'avais le sentiment de capituler. Et si je commençais vraiment *cela*… oh, je ne voulais pas penser aux difficultés, aux efforts et au temps nécessaires pour transformer cet écrit ne serait-ce qu'en un pâle reflet du fleuve iridescent qui coulait en moi et qui grossirait de plus en plus au fil des ans. Cependant, je reconnaissais sans peine ce désir de chasseur qui se réveillait après un long, très long sommeil. *On ne choisit pas son sujet**, écrivait Flaubert à Madame Roger des Genettes dans une lettre de 1861. Ces mots m'avaient paru absurdes quand je les avais lus.

Je n'avais pas encore idée de la forme que cela aurait, néanmoins cette réflexion se construisait devant moi comme un pont suspendu. J'étais extrêmement excitée et tout autant effrayée. J'écrivis encore le lendemain ; de mauvais gré, je fus contrainte de parler de moi : j'étais tout de même le narrateur. J'écrivis que ma vie avait été banale et privée d'événements significatifs. Je citai ce qu'écrivait Mandelstam à propos des *raznochintsy* : « Pour un intellectuel de médiocre origine, la mémoire est inutile, il lui suffit de parler des livres qu'il a lus, et sa biographie est faite. » Au fond, pensais-je, c'était vrai : il n'y avait pas grand-chose d'autre qui donnât un contenu et une direction à mon ennuyeuse histoire de *raznochinets* occidentale, née à la fin du XX^e^ siècle dans la paix, le bien-être, l'amour, l'ouverture culturelle. J'écrivis que ma vie « réelle » ne m'intéressait pas. Qu'elle ne m'avait jamais intéressée. Adolescente, j'avais essayé à plusieurs reprises de tenir un journal intime, mais je m'interrompais par ennui au bout de quelques jours : il n'y avait rien à dire. J'avais toujours préféré inventer.

Je décrivis aussi les relations avec mon père de façon expéditive, ne leur consacrant que deux ou trois pages. Ce n'était pas cette histoire qui m'importait, c'était l'autre. J'étais satisfaite : je m'étais abolie. J'avais mis les choses au clair.

Il ne me restait plus qu'à réunir les voix des autres et à décider de ce que j'en ferais.

Quelques jours plus tard, une image privée de contexte me revint à l'esprit : mon père, chez moi, au cours de je ne sais quelle conversation, me disait avec un petit sourire hésitant en me lançant un regard en biais : « Un jour tu écriras un livre sur ton père. »

J'avais soupiré. « Je t'en prie ! »

Il avait réussi à me coincer.

L'écrivain était maigre et sec, de structure trompeusement fragile : on aurait dit qu'il avait les os creux, comme les oiseaux. Son long nez effilé, à la pointe incurvée vers la lèvre, tenait aussi de l'oiseau, du héron. Ses pommettes saillaient sous la peau fine et légèrement bronzée. Il portait des lunettes rondes, une barbe blanche en pointe et avait les yeux un peu enfoncés sous ses paupières lourdes, qui lui donnaient un air las et pénétrant (las, mais pénétrant). Il était gentil et triste, semblait dégager une tristesse immense et fatale, beaucoup plus vaste que son corps menu. Nous étions assis à une table, sous le portique presque désert de la Rotonda della Besana, par une journée de soleil. Il parlait d'une voix basse et polie. J'arborais une robe bleu marine et prenais des notes que j'ai perdues par la suite dans un déménagement. C'était la première fois que nous nous rencontrions.

Voilà ce qui était arrivé. Environ quinze jours plus tôt, je lisais un de ses romans, autobiographique, qu'on m'avait prêté (« Il parle aussi de ses années dans les rangs de Servire il popolo, ça pourrait t'être utile », m'avait dit un ami). Dans un passage où il s'adressait à Brandirali, le fondateur, en évoquant l'école de cadres située à l'intérieur d'un hôtel de Boco, dans la Valsesia, apparaissait soudain un personnage que j'avais reconnu avant même d'atteindre la fin du long paragraphe qui lui était consacré. J'avais été secouée de frissons au point de claquer des dents, ou presque. C.C., « le vieux vantard » dont Brandirali s'était « entiché », qui parlait des luttes des mineurs de son village avec des mots que l'écrivain lirait des années plus tard dans un roman de Zola. Le vieux mineur qui tripotait les militantes, lesquelles n'avaient pas le courage de le repousser, craignant d'être prises pour « des petites-bourgeoises jalouses de leur privilège de classe ». Au réfectoire il montait sur la table, trépignait, proposait des toasts à Brandirali, lui criait de se trouver une femme. Je savais qui était C.C. et je savais comment les choses s'étaient terminées. C'était l'homme de l'affaire de la via Artisti. Enfin, l'auteur revenait sur cette affaire, mais avec quelques imprécisions : il n'en avait sans doute eu qu'un récit indirect.

Peu m'importait. Il fallait que je lui parle. S'il connaissait C.C., il connaissait peut-être mon père. J'avais obtenu ses coordonnées par un ami éditeur. L'écrivain avait accepté de me rencontrer. Nous nous étions donné rendez-vous devant un ancien magasin de disques dans le quartier de Porta Romana. Voilà comment nous en étions arrivés là.

Je lui montrai quelques photos de mon père en espérant qu'il le reconnaîtrait, même si elles étaient récentes. Or il déclara avec un faible sourire : « Je ne sais pas. J'étais comme embué au cours de ces années-là. Et puis nous couvrions des secteurs différents. Nous nous sommes peut-être croisés… mais il y avait beaucoup de barbus à l'époque. »

Il parlait de Servire il popolo de la même façon qu'Agata : comme d'une longue maladie. Il m'avoua qu'il se soûlait toujours, ou presque, avant de s'exprimer lors des meetings, afin de supporter cette épreuve. Il avait apparemment détesté tout cela au moment même où il y participait : pas un instant il ne me donna l'impression d'avoir répondu à une sorte de mission pour laquelle il valait la peine d'accomplir des sacrifices surhumains et de fermer les yeux sur tant d'aspects, le lyrisme, le culte du chef, l'art utile, le mythe puéril de la Chine maoïste, la réhabilitation de Staline (que tous les membres du parti, ou presque, estimaient folklorique, précisa-t-il), les ingérences dans les muqueuses des militants. J'étais déconcertée. J'étais surtout déconcertée par le fait qu'un individu de son espèce avait pu adhérer pendant des années à ces thèses antiartistiques, antilittéraires, antihumaines (dans le sens des profondeurs humaines, des sentiments des humains). Et pourtant, il était resté fidèle à son engagement – et ce jusqu'au bout.

« Je n'arrive pas à comprendre », me contentai-je de commenter.

Ses longs doigts dessinaient des cercles sur la table.

« À l'époque, il était très facile de se retrouver dans un camp ou dans l'autre en ayant le même parcours. Il régnait une atmosphère de tempête, d'apocalypse imminente. On éprouvait le besoin d'adhérer à quelque chose, d'appartenir à quelque chose qui vaille la peine d'être défendu, et en fin de compte il suffisait de suivre le premier venu. Les jeunes fascistes, les jeunes communistes… Si tu fais attention, leur discours contre le capitalisme et la bourgeoisie, leur dégoût des valeurs institutionnelles et des règles, se ressemblaient. En même temps ils servaient le système qu'ils auraient voulu abattre. Car, pendant qu'ils se tabassaient ou s'entretuaient, les hommes qui représentaient le système avaient les mains libres pour faire ce qu'ils voulaient. »

Il cligna plusieurs fois des paupières sans cesser de fixer la table.

« Ne crois pas que les aspects absurdes, stupides, inquiétants, nous échappaient. Mais nous n'y accordions pas d'importance. Servire il popolo était le seul parti, en dehors du Pci, à posséder une patine scientifique et théorique, il semblait idéologiquement plus sérieux que les petites formations de la gauche extraparlementaire, plus programmatique. C'était ce dont nous avions besoin. Et tant pis si l'on republiait les écrits de Staline. Rares étaient ceux qui les lisaient, je crois. Personne, ou presque, n'était vraiment persuadé qu'il avait uniquement commis des erreurs de jugement, qu'il avait été calomnié par la propagande philo-américaine, même si nous ne pouvions pas savoir à l'époque *tout* ce que l'URSS avait été et était encore. En fin de compte, Staline, Mao et Castro étaient des figures légendaires, et ces territoires, ces personnes, à des années-lumière de nous. Nous étions ignares, et nous l'étions par choix. Peu importait la vérité. Nous avions besoin de mythologie, d'une lumière idéale à suivre. »

Il posa les yeux sur moi.

« J'ai connu un tas de gens qui ont été broyés par Servire il popolo. Qui ont tout perdu, qui ont été détruits et dont le talent a été balayé. » Il illustra son propos par quelques exemples, qu'il me pria de ne pas mentionner si j'écrivais à ce sujet. « Certains se sont suicidés par la suite, d'autres sont devenus alcooliques ou héroïnomanes. Il était difficile de survivre à une expérience aussi intrusive, aussi obsédante. Il était impossible d'en sortir intact. »

J'avais cessé de prendre des notes et je gardais le silence.

L'écrivain me lança : « Tu veux raconter cette histoire ?

— Oui, je crois. Mais je ne sais pas encore sous quelle forme. J'ai un tas de gens à voir. Il faut que je comprenne comment réunir tous les témoignages. »

Cette tentative d'explication me plongeait dans l'embarras. Je craignais de paraître stupide ou prétentieuse, alors que j'étais vraiment atterrée (toujours ce mélange : peur et désir, désir et peur, le fleuve et la forme).

« C'est une chose… à laquelle je ne m'attendais pas, conclus-je vaguement en détournant le regard.

— Dans ce cas écoute-moi bien. » Il marqua une pause. « Quand tu parleras de Servire il popolo… Tu appartiens à un autre monde. Tu as un regard abasourdi, ironique. Et c'est compréhensible. Mais ne sois pas seulement ironique. C'est trop facile. Aie pitié de ces gens. Ils croyaient à ce qu'ils faisaient et ils n'ont, pour la plupart, fait de mal qu'à eux-mêmes. Ils ont été dévorés par l'Histoire. Ne te moque pas trop d'eux, ne fais pas trop de sarcasmes. Aie pitié. »

Il possédait encore un certain nombre d'opuscules de Servire il popolo, qu'il pouvait me prêter. Ils étaient quelque part dans son bureau, situé non loin de là.

« Pour comprendre, il est important que tu en connaisses le langage », m'expliqua-t-il.

Je n'étais pas certaine de vouloir connaître ce langage, mais je le suivis docilement. Une fois dans le petit appartement qui lui servait de bureau, il se mit à chercher et il passa même deux appels téléphoniques parce qu'il avait oublié où il avait fourré ces documents ; pendant ce temps-là, je lorgnais les livres qui recouvraient un mur de la pièce calme, blanche, nue, meublée d'un seul bureau, près de la fenêtre, et peut-être d'une plaque pour le café. Ses lectures me plaisaient et j'éprouvai de la sympathie pour lui. Quelques années plus tard, dans un de ses recueils d'essais, je découvris un parallélisme envoûtant entre le jeune Melville s'embarquant sur des baleiniers et Emily Dickinson confinée dans sa chambre au cours de la même période, « autre grande aventurière », et j'eus l'impression de retrouver ce que j'avais vaguement perçu en regardant sa bibliothèque.

Les opuscules finirent par ressurgir (une bonne dizaine aux couvertures vives) et ils me furent livrés dans un paquet en papier. Je promis de les rendre intacts et les emportai sous le bras, comme un commis-voyageur au chargement bizarre.

En fin de compte, avec le temps, le fait que L.B. fût entré dans l'Union des marxistes-léninistes, et probablement dès la fondation, à l'automne 1968, me parut moins extravagant. Le mouvement étudiant était au point mort : sans programme, il était devenu incompréhensible du point de vue politique comme du point de vue moral (tels sont les termes qu'employa bien des années plus tard Elia Morgari, autre membre du Pcim-l turinois, un des premiers amis de L.B. à son arrivée à Turin). Une fois le premier enthousiasme passé, L.B. avait sans doute commencé à déplorer la nature dispersive et chaotique du mouvement, et l'Union était arrivée au bon moment : comme me l'avait dit l'écrivain, elle semblait incarner le besoin de systématicité, d'organisation, de perspectives concrètes. L'enquête sur le terrain, l'intérêt pour les paysans, et pas seulement pour les ouvriers, le travail utile jour après jour, l'appareil idéologique du maoïsme qui fournissait une explication sur mesure à tout et effaçait apparemment la sclérose du socialisme européen, ainsi que l'idée soviétique du socialisme dans un seul pays. Ce n'était pas en « tirant des pétards à la Rinascente[1] » qu'on résoudrait les problèmes. Ils voulaient détruire le système qu'ils estimaient répugnant, mais ils voulaient le faire de manière rigoureuse. Au fond, ils passèrent d'une église à l'autre.

Et pourtant, nombre d'entre eux comprirent assez vite la nature du piège dans lequel ils tombaient, et ils s'en allèrent au bout d'un an ou deux. Ce qui était inexplicable, donc, n'était pas que mon père y fût entré. Mais qu'il y fût resté jusqu'au bout, comme l'écrivain et bien d'autres.

1. Chaîne de grands magasins haut de gamme.

Ainsi L.B. partit un jour pour Turin. Quand ? Personne n'est en mesure de le dire avec précision. Selon l'hypothèse la plus probable, c'était en 1971.

Une chose est certaine : il y alla et s'y fixa définitivement. Certes, Servire il popolo l'y expédia, mais je crois qu'il s'était produit quelque chose entre-temps, un événement qui l'avait poussé à prendre cette décision de but en blanc, après ses examens, juste avant de préparer sa thèse. Un journal romain avait même publié un petit article qui le mentionnait en qualité de jeune promesse de la médecine légale (il avait conservé cette coupure de presse qu'Agata avait vue, avant qu'elle ne s'évanouît dans le néant comme tout le reste). Pourquoi cet homme qui nourrissait une vénération religieuse pour les études avait-il choisi cette voie ?

Hélas, cet événement, comme tous ceux qui ont compté dans l'étrange histoire de L.B., demeure dans la zone d'ombre des récits partiels et des souvenirs erronés, sans preuves, sans données, sans faits. Et dire qu'Agata me le raconta *en passant** des années plus tard, alors que nous attendions un ascenseur, comme un détail négligeable, une anecdote ou presque… non comme l'explication, peut-être pas de toute, mais au moins d'une bonne partie de la vie compliquée et contradictoire de mon père, ainsi que je le compris clairement par la suite : un de ces points cruciaux qui marquent un carrefour irrémédiable sur la route d'un homme ; un de ces points où l'on est obligé de prendre une direction, de se choisir un destin.

Bref, je sus qu'il avait conçu un dégoût intolérable pendant son internat dans le service d'oncologie d'un hôpital romain, un dégoût lié à l'atmosphère de cet endroit, à l'hypocrisie putride, à la vulgarité satisfaite, aux vassaux et aux vavasseurs, aux jeux de pouvoir ; il avait même appris, semble-t-il, qu'il existait un système d'achat et de vente de lits pour les patients. Le système contre lequel il se battait depuis des années était celui où il s'apprêtait à entrer : une perspective insupportable, je crois.

Mieux valait donc renoncer à ses ambitions, en admettant qu'il en ait eues, au plaisir d'exercer la médecine et de pratiquer la recherche ; le seul moyen concret de se rendre utile sans céder à des compromis trop douloureux consistait peut-être à se fondre au milieu des gens, comme le parti le voulait ; à prendre totalement cette direction, à se soumettre à l'injonction de ressembler aux prolétaires qu'on souhaitait aider et persuader de la nécessité d'une révolution. Un reste catholique de volonté de témoigner : aller parmi ses *lumpen*, plutôt que de lécher les pieds aux chefs de service. Et puis il ne pouvait se sauver en sachant que, dehors, tous les autres, les autres infinis, n'auraient jamais accès au moindre salut. S'anéantir, effacer sa propre identité, était un pas presque obligé : il était impossible d'avoir des sensations propres, comme le clamaient les opuscules, sinon on perdait de vue la bonne fin, la vraie fin, le vague idéal de bonheur pour tous les vivants qui oblitérerait les maux du monde.

Il est donc plausible que la proposition ou l'injonction de partir pour la ville des usines, ou mieux, de l'Usine[1], qui était en effervescence au cours de cette période, soit arrivée à ce moment-là. Il partit. Il partit sans avertir personne, pas même sa famille, qui n'eut aucune nouvelle de lui pendant des mois, il disparut tout simplement. Au bout de plusieurs semaines de silence, ses parents téléphonèrent aux membres de la famille qui le recevaient de temps en temps à dîner à Rome : « Où est Leonardo ? » Et les autres répondirent : « Nous l'ignorons. Il est parti. »

Une nuit, je fis un rêve particulièrement bizarre. Je découvrais qu'il existait une cassette vidéo sur laquelle mon père avait enregistré l'histoire de sa vie ; il l'avait laissée à Dora, qui organisait une sorte de projection dans son salon, et je me trouvais dans le public, une situation douloureuse car j'aurais voulu être la destinataire de cette cassette. La vidéo montrait des images tremblantes

1. Il s'agit bien sûr de Fiat.

en noir et blanc, en Super 8, d'un paysage montagneux, aride et vaste, censé être son lieu de naissance, qui évoquait davantage, en réalité, des panoramas de la Basilicate ou du Gennargentu ; la voix off de mon père, légèrement brisée, relatait son départ : « De l'autre côté de la vallée du Vij, la vie. »

Si je m'en souviens avec autant de précision, c'est probablement à cause de cette étrange allitération et surtout de l'image très forte et insolite du Vij, le mauvais génie du folklore ukrainien. En était-il vraiment ainsi ? S'agissait-il de la « vallée du Vij » ? Détestait-il vraiment cet endroit, ou était-ce mon imagination qui apportait des teintes sombres à un sentiment plus complexe, plus ambigu – la certitude d'une différence inéluctable, mais aussi d'une tendresse désespérée ? Je l'ignorais. Et si le Vij de L.B. avait été L.B. ?

Il est possible que son arrivée dans la ville fatidique eût été précédée par des repérages. Certains, en effet, se souviennent de l'y avoir vu en 1969, mais ce n'est peut-être qu'une confusion temporelle et ce n'est pas très important. En 1969, les données concernant les morts et les blessés sur leur lieu de travail sont les suivantes : un accident toutes les vingt secondes, un invalide toutes les vingt minutes, un mort toutes les deux heures. On dirait un bulletin de guerre, commentait un délégué syndical dans un reportage de l'époque. On avait imprimé ces chiffres sur de gigantesques panneaux accrochés derrière l'estrade. Ces panneaux semblaient vibrer. À Battipaglia, où « si tu réussis à avoir un contrat de trois mois tu es un dieu », rapportait avec lassitude un garçon interviewé dans la rue avec d'autres, une sucrerie venait de fermer et une manufacture de tabacs était menacée de fermeture. Une manifestation eut lieu le 9 avril : il y eut une sonnerie de trompette, les premières charges, les camionnettes sur les trottoirs et les coups, des lancers de pierres auxquels la police répondit par des tirs de fusil-mitrailleur à hauteur d'homme (dans le même documentaire, un homme fatigué indiquait le bas des murs, criblé de balles qui n'avaient certainement pas été tirées par erreur comme le prétendait la version officielle). Des dizaines de personnes furent blessées et deux tuées – un garçon obsédé depuis plusieurs mois par l'image de Jan Palach en feu et par cette idée de justice tempétueuse, et une femme, professeur de lycée, qui se tenait au balcon. Quelques mois plus tôt, à Avola, lors d'une grève générale de solidarité avec les journaliers luttant pour le renouvellement de leur contrat de travail, la police avait tiré pendant environ une demi-heure. Quarante-huit manifestants avaient été blessés, deux journaliers avaient perdu la vie. On avait ramassé sur le sol deux kilos de douilles. Mais ce fut Battipaglia qui mit le feu aux poudres.

Le 11 avril 1969 eut lieu une grève générale nationale de trois heures pour protester contre les événements de Battipaglia. Dans l'Usine de Turin, où régnait l'obsession de la discipline et du rendement à tout prix ; où se promenaient, tels des fantômes, les chronométreurs de la chaîne de montage, comptant également le temps que les ouvriers passaient aux toilettes ; où il n'y avait plus eu de protestations après la purge des cinquante-cinq ouvriers communistes qui avaient fait grève le 22 janvier 1953 ; où les cadences de travail étaient toujours plus inhumaines, car la production augmentait sans cesse – chaque mois, près de mille ouvriers abandonnaient l'atelier de Carrosserie, au rythme infernal, et étaient aussitôt remplacés ; où tout apparaissait comme un royaume pétrifié de mécanismes parfaits et d'hommes dociles, fidèles, désintégrés, qui, de retour chez eux, répétaient les gestes de la chaîne en une série de tics nerveux et rêvaient des lignes de production ; le 11 avril 1969 donc, se déroula la première grève depuis quinze ans. Les ouvriers abandonnèrent leurs machines et sortirent en masse, silencieux, défilant devant les chefs d'atelier et les gardiens sidérés.

Des milliers d'hommes jeunes et seuls, surtout des Méridionaux, avaient gagné la ville quelques années plus tôt pour travailler à l'Usine. Ils couchaient à la gare ou dans des chambres pouilleuses qui leur coûtaient cher, voire, à tour de rôle, dans des pensions à heures. Quand ils étaient accompagnés de leur famille, on les entassait dans des caves et des greniers. La ville était vaste, méprisante, mauvaise : il n'y avait pas de place pour eux, il n'y avait personne pour eux. Je lus dans un livre une interview de Salvatore F., né en 1940, venu de Potenza, qui avait travaillé neuf ans à l'Usine. Je fus impressionnée par les détails : « Le grenier où l'on m'a conduit à mon arrivée était un taudis, et la Vénitienne qui a ouvert la porte pour voir le nouveau venu m'a raconté qu'un vieillard s'était pendu au même endroit la semaine précédente. On ne savait pas pourquoi. Elle m'a montré le clou où il avait accroché sa cravate. Il était dur de vivre à Turin dans une telle solitude. Je ne parlais à personne, en dehors de l'usine et des magasins où je faisais les courses. J'avais l'impression d'avoir la langue coupée. »

Je vois bien la fille, en savates et collants en nylon, les cheveux tirés sur la nuque, indiquant le clou dans le grenier à titre de curiosité, d'anecdote de l'horreur, au garçon perdu, ses bagages à ses pieds. Je les vois tous les deux. Je peux les imaginer dans les moindres détails.

De nombreux ouvriers devenaient fous – quel que soit le sens de ce mot – et passaient directement des caves aux asiles psychiatriques.

Plus tard, on les poussa dans les banlieues lointaines, dans des quartiers bâtis tout exprès pour eux et pour leurs familles, des quartiers de grands immeubles-fourmilière dont les rues portaient de jolis noms d'arbres et de fleurs. Les enfants avaient tous un an ou deux de retard à l'école : ils ne s'exprimaient qu'en dialecte à la maison, et comme leur italien était défectueux, ils étaient recalés à tour de bras. Ma mère travailla plus de vingt ans dans un de ces quartiers avec d'autres instituteurs qui avaient choisi de s'occuper justement de ces enfants ; ils allaient chercher les absents de maison en maison, les réveillant s'ils dormaient encore, négociant, suppliant, essayant d'expliquer – eux qui étaient également jeunes, mus par cette foi héroïque et inébranlable de la jeunesse. Sur une photo en noir et blanc de l'année scolaire 1973-1974, ma mère, qui avait vingt-trois ans, le visage fin, les cheveux tirés en queue-de-cheval, le crâne entier (pour quelques semaines encore), une chemise à carreaux sous un cardigan blanc, un jean à pattes d'éléphant et un corps menu, androgyne, ne semble pas plus âgée que ses élèves, vêtus comme elle. La plupart d'entre eux ont les bras croisés et un visage d'adulte hautain, sans l'ombre d'un sourire.

Le 11 avril marqua le début : suivirent des dizaines d'autres grèves en chaîne ; des assemblées qui établirent des demandes précises pour rendre l'organisation du travail plus supportable et réglementer les salaires ; des rencontres de plus en plus fréquentes avec les étudiants et les groupes de militants devant les grilles des établissements au moment de la relève, où ces deux mondes distincts et parallèles parvenaient enfin à se parler, où la ville entrait à l'Usine, et l'Usine, les usines, entraient soudain dans la ville ; des batailles féroces, telles que la longue révolte de corso Traiano, le 3 juillet, où des ouvriers de l'Usine, des étudiants et des habitants du quartier affrontèrent la police pendant quatorze heures, ramassant des pierres dans la rue qui n'était pas encore asphaltée, construisant des barricades et lançant des pots de fleurs des fenêtres ; et puis les manifestations de l'automne et les grèves pour le renouvellement des contrats, comme dans le reste du pays, à Milan, Gênes, Terni, Porto Marghera, Brescia et dans de nombreux autres lieux, comme si soudain quelque chose de souscutané avait explosé et qu'il fût impossible d'y mettre fin.

Il y eut le premier mort parmi les policiers, lors d'une manifestation contre la cherté des loyers, au cours d'une charge avec des bombes lacrymogènes et des camionnettes, tué par un tuyau ramassé et lancé par les manifestants, puis la bombe à la banque[1] et tout ce qui en résulta.

Un jour d'août 1971, alors qu'il effectuait une perquisition dans le bureau d'un coursier de l'Usine qui avait protesté contre son licenciement subit, en s'appuyant sur le nouveau statut des travailleurs obtenu grâce aux luttes des années précédentes, et qui était en réalité un mouchard, un procureur découvrit cent cinquante mille fiches signalant les « qualités morales » des employés et des aspirants employés de l'Usine depuis la fin des années quarante, rédigées par un gigantesque et efficace réseau d'espionnage intérieur. « C.C. : récemment encore (décembre 1949) il jouait de la flûte à l'église paroissiale de M.C. » (Note suivante, janvier 1950 : « … Il n'est pas confirmé par l'Église M.C. que le dénommé C.C. jouait de la flûte, en revanche il apparaît que toutes les branches de sa famille, C. compris, sont de tendance communiste. ») « F.A. (1952) : … employée Fiat Mirafiori… sympathisante du Pci… était semble-t-il dans un état de grossesse avancée lorsqu'elle s'est mariée… Sérieuse,

1. Il s'agit du célèbre attentat de la Piazza Fontana. Le 12 décembre 1969, une bombe explosa à la Banque nationale de l'agriculture, faisant seize morts et une centaine de blessés. Cet attentat marque le début des « années de plomb » en Italie.

honnête, dotée d'une intelligence moyenne et de bons sentiments. Mais arrogante et pleine de morgue... [Les membres de sa famille] ont tous des idées extrémistes plus ou moins modérées [*sic*]... des sentiments si peu religieux que, le soir du 31 mai 1950, durant le passage de la Vierge Pèlerine (qui a lieu une fois tous les cent ans), ils refusèrent de participer avec les autres locataires à l'illumination de l'immeuble. Il est également établi que son grand-père maternel... a été enterré civilement et incinéré. » « C.R. (1957) : est abonné depuis plusieurs années au quotidien l'*Unità* qu'il lit avec passion en compagnie des membres de sa famille. » « F.T. (décédé à Turin le 14.04.1960) [*fiche de renseignements sur un homme mort depuis huit mois*] : situation familiale : Femme B.F., ouvrière tricoteuse dans une petite usine des environs. Situation financière : Modeste de la femme. Emploi : chez Fiat Mirafiori en qualité de... licencié pour raisons politiques il y a environ 5 ans. Précédents politiques : Néant. Orientation politique : indifférent. Partis de Centre : Droite : Gauche : oui. Était communiste actif et violent. A eu des obsèques civiles, porté sur les épaules de ses camarades de parti jusqu'au cercle communiste "Avvenire". Réputation en public : Médiocre. État de santé : Précaire. Nouvelles de la famille : Orientation politique : La femme communiste active et violente. Elle conserve le logement et domicile mentionné plus haut. Réputation : Médiocre. » « C.G. (octobre 1962) : ... ouvrier chez Fiat Mirafiori depuis 1951... Fiché... pour preuve de sa sympathie envers le parti communiste, chaque fois que le prêtre passe pour bénir les habitations, on lui en interdit l'entrée. » « R.I. (1963) : … est sympathisant du PCI… Réputation : mauvaise, est considéré par l'opinion publique comme un homosexuel. »

Etc.

C'est plus ou moins à cette période, au cours de l'été ou de l'automne, que L.B. se présenta à Turin. Il avait peut-être pris un train de nuit, un de ces trains qui quittaient Rome très tard et qui atteignaient à l'aube la gare de Porta Nuova, et, dans ce cas, il avait sans doute vu à travers la fenêtre la campagne piémontaise, d'abord vallonnée et ondulée, puis plate, à l'heure nacrée qui précède le lever du soleil ; les étendues d'un vert argenté, humides de rosée, où se dressaient de temps à autre une ferme ou une rangée de peupliers ; le paysage privé d'hommes, un ciel immense et encore pâle s'ouvrant lentement, tel un rideau, au-dessus des montagnes à l'arrière-plan. Ou bien il était monté dans le train de jour et était arrivé au crépuscule, et alors il avait vu la lumière jaune, magenta, puis bleue du soir se poser sur ces mêmes prés, champs et collines, et de petits bancs de brume s'élever de l'herbe, peut-être une silhouette humaine marcher sur un sentier, un chien courant devant elle. Je me demandais quels sentiments il avait éprouvés lorsque le train était entré en gare, quel regard il avait posé sur les bâtiments étrangers, ce matin-là ou dans la soirée fuligineuse, sur l'esplanade semi-circulaire de la gare et son square au milieu, sur les longues rues droites et sur les arcades que, pour ma part, je connaissais par cœur. En vérité, j'avais du mal à l'imaginer, et cela valait également pour ma mère, qui avait gagné la ville un peu plus tard. À mes yeux, ils avaient toujours appartenu à la ville et ils n'auraient jamais pu être ailleurs ; comme si la ville leur appartenait par descendance, comme si elle avait carrément jailli d'eux, en était une émanation directe ; et ainsi, le jour où ils disparaîtraient tous deux, elle cesserait forcément d'exister d'une façon ou d'une autre.

Et voilà que L.B. se trouvait au cœur de la ville, peut-être en possession d'une adresse froissée dans sa poche. Il avait jeté un regard circulaire, à la recherche d'un café voisin ; peut-être se sentait-il égaré et sans défense, peut-être était-il en proie à la sensation électrisante d'un nouveau début, ou les deux à la fois, à moins qu'il ne fût uniquement épuisé par le voyage. Mais peut-être, le temps d'un instant, d'un bref instant, là, dans le cœur de la ville, quelque chose, un sursaut dans le sang, un présage si rapide qu'il n'eut pas le temps de le percevoir, quelque chose lui dit qu'il resterait là, que son destin s'accomplirait là, quel qu'il fût, que là tout aurait lieu.

# II.

## *Lacune*

Il était difficile de suivre les traces de L.B. au cours de ses premières années dans la ville. Il apparaissait un instant dans les témoignages, avec son sourire enchanteur, et s'évanouissait aussitôt : éclats en vrac où il haranguait les foules devant l'université, participait à un piquet de grève, à une distribution de tracts, à une manifestation, tombait amoureux deux ou trois jours, mettait sens dessus dessous la cuisine d'un hôte en préparant le repas, disparaissait des semaines entières avant de ressurgir, fascinait un inconnu ou une inconnue lors d'une conversation chez des amis – inconnu ou inconnue qui se souviendrait de lui des décennies durant, malgré la brièveté de leur rencontre –, se lissait la moustache quand il était satisfait, était régulièrement arrêté par la police et immédiatement relâché avec l'imperturbabilité de ceux qui pointent en fin de journée.

On ignore chez qui il logea au début et s'il était arrivé en été, mais à partir de novembre 1971 il coucha pendant plusieurs mois dans l'entrée du minuscule appartement d'Elia Morgari et de sa femme, Madruina, dite Druina. Morgari avait vingt-cinq ans, un de moins que lui, et il militait lui aussi à Servire il popolo : il était le fils d'un médecin connu, directeur de l'Institut d'anatomie et d'histologie pathologique et ayant déjà donné au parti l'appartement que ses parents lui avaient acheté, il en louait un avec son maigre salaire de professeur. Comme lui, Druina provenait d'une bonne famille et était inscrite au parti. Héberger des camarades n'avait rien d'insolite. Je fis la connaissance de Morgari au cours de l'été 2016, devant le restaurant sur la colline où j'avais rendez-vous avec lui et deux autres amis de L.B. de l'époque, un couple, Alberto et Lucilla, qui n'étaient pas encore arrivés. Elia Morgari avait une grosse moustache grise, l'air souffrant, les traits tirés – sa femme, sa seconde femme, était malade depuis longtemps –, et ses yeux se remplirent de larmes à ma vue. Il me serra la main avec force et déclara d'une voix tremblante : « Tu ressembles à Leonardo » en soulignant le mot « ressembles ». Mon visage le bouleversait apparemment jusqu'au cœur le plus tendre de sa lointaine jeunesse.

On me l'avait toujours dit, dès ma petite enfance, et en effet je lui ressemble de façon impressionnante, en une version plus jolie, comme il le précisait lui-même en ricanant ; au fil des ans, j'ai hérité également de traits maternels. Cette remarque n'avait donc rien d'insolite, toutefois la façon dont la formulaient ces êtres qui avaient connu mon père à un plus jeune âge que le mien, la stupeur incrédule qu'ils éprouvaient en revoyant ce visage aimé dans le mien, me rendant à moi-même et me transformant également en fantôme vivant, en faisaient un acte de nécromancie aimable, une présentification du passé qui balayait le temps et la mort. Je l'avais entendue aussi, empreinte d'étonnement et tout autant accentuée, dans la bouche de l'avocat qui l'avait défendu lors de son troisième procès (« Vous ressemblez à votre père ») même s'il ne l'avait pas vu depuis les années quatre-vingt, s'il n'avait entretenu avec lui que des relations formelles – ç'avait même été la première phrase qu'il m'avait adressée.

Morgari travaillait essentiellement au siège du parti ; L.B. et Druina, en revanche, avaient été formés à l'agit-prop, ils s'occupaient en d'autres termes de la propagande et des enquêtes sur le terrain, partageaient souvent leurs heures de travail.

Leur mission chez Servire il popolo, comme je le découvris à la lecture des opuscules que l'écrivain m'avait prêtés, tous rédigés dans le même style péremptoire, exalté et soporifique (par le chef du mouvement lui-même, Brandirali, dans la plupart des cas), consistait à aplanir la route de la révolution en révélant aux masses leurs véritables sentiments. Les masses étant, bien entendu, intrinsèquement bonnes, dotées d'un sens inné de la justice et de la vérité, leurs sentiments ne pouvaient qu'être révolutionnaires, prêts à renverser les patrons et les oppresseurs.

Leur pire ennemi était le pessimisme, comme je l'appris dans l'opuscule *Contre l'idéalisme*, dont le pessimisme était l'inévitable produit car « dans la mesure où l'on ne prend en considération la matière [...] on s'aperçoit sans cesse que les choses ne correspondent pas au schéma idéal de départ et, à la fin, on considère tout comme un échec ». Je reproduis la conclusion en raison de sa splendeur dialectique : « Le pessimisme ne peut être issu que de sensations qui se sont séparées des vérités universelles. Voici une vérité universelle, par exemple : la révolution socialiste est gagnante à notre époque. Mais quand on se fonde uniquement sur ses propres sensations et perd de vue cette vérité, qui est une vérité de la matière prouvée dans la pratique de toute l'humanité, un échec particulier ou une initiative ayant mal tourné suffisent à vous précipiter dans le pessimisme, à vous écarter de la vérité universelle et à vous amener à la nier.

« Cette unique sensation aurait-elle donc le droit de contester l'autre, qui est en revanche une vérité universelle ?

« La seconde forme d'idéalisme débouche sur le pessimisme des individus qui se troublent en constatant que la victoire n'est pas facile, que la lutte est dure, et qui en concluent que la victoire est impossible. [...] Nous autres communistes tournons le regard au loin et voyons l'avenir lumineux, car le mouvement réel ne progresse qu'en surmontant tous les obstacles, car il existe une loi universelle selon laquelle la révolution socialiste l'emportera dans le monde entier. »

Cette vision catégorique et rêveuse de la réalité excluait le doute, tout comme les êtres, leurs contradictions (qualifiées d'égoïstes, de perte d'un temps qui aurait pu servir à bâtir la révolution) et la complexité de la vie. Et quand, par hasard, cette complexité osait s'insinuer dans les mailles serrées du credo, il suffisait de la résoudre au moyen de l'autocritique – ou de l'expulsion. Idolâtres du concept abstrait d'Homme, ils ignoraient sciemment tout ce qui constitue un homme vivant, ainsi que toutes les différences entre deux hommes vivants.

Ces opuscules évoquaient aussi des problèmes concrets, et ce toujours avec des accents mystiques : le droit à un logement décent, à un travail digne et à l'éducation, les loyers qui engloutissaient souvent la moitié d'un salaire d'ouvrier, la spéculation sur les prix, la corruption à tous les niveaux de l'État, la misère économique et culturelle noire dans laquelle vivaient encore des centaines de milliers de personnes, l'exploitation criminelle du sud de l'Italie. Les militants du parti étaient censés se transformer en instruments d'agrégation des masses, soutenir les luttes des ouvriers et des journaliers, s'unir à eux, conduire le parti lui-même dans une bataille incessante pour l'affirmation de la « conception prolétaire du monde ».

La tactique était apparemment toujours la même : « Diffuser inlassablement parmi les masses populaires la critique communiste, la conscience historique, la conscience du présent, la conscience de l'avenir, pour que le peuple soit l'interprète subjectif de ses batailles. [...] Veiller sans cesse à ce que le peuple prenne conscience de lui-même. » Ce qui signifiait avant tout : collaborer à l'organe de Servire il popolo, le diffuser obstinément de façon capillaire. Leur aveuglement au sujet des masses, qu'ils voyaient comme un tout unitaire dont l'indubitable splendeur morale, certes étouffée par l'abrutissement dans lequel elles étaient contraintes de vivre, surgirait comme par enchantement une fois accomplie la « prise de conscience de soi », était si total, si naïf et si confiant qu'il en devenait presque touchant. « Il n'y a rien d'égoïste dans les revendications des ouvriers. Ils savent aimer parce qu'ils se battent et travaillent, ils savent s'unir parce qu'ils s'organisent dans la production, ils savent diriger parce que ce sont eux qui changent le monde. Il y a dans la classe ouvrière la force dirigeante de l'humanité : l'arme puissante de l'altruisme. » Le peuple était bon et il fallait s'adapter au peuple.

Ce qu'il se produirait *après* cette fantomatique révolution demeurait enveloppé dans un flou inspiré. Les points du « programme » du futur gouvernement révolutionnaire étaient exceptionnellement vagues. Pour sûr, les exploiteurs du peuple seraient emprisonnés et, s'ils manifestaient du repentir, rééduqués ; on construirait des crèches dans toutes les usines pour aider les travailleuses ; les salaires les plus élevés n'excéderaient pas le triple du salaire moyen d'un ouvrier ; on instituerait des tribunaux du peuple, etc., etc. Bien qu'ils ne fussent qu'au nombre de dix mille, écrivait Brandirali, les membres du parti réussiraient à convaincre le pays entier, petits-bourgeois inclus, de la bonté de ce projet et de son authenticité. Dans un des opuscules, je trouvai une vue panoramique de la future Arcadie depuis le céleste balcon de la Vérité

Universelle : « Les villes s'étendront harmonieusement en s'unissant à la campagne, les montagnes et les rivages de la mer seront habités par les vieillards réunis dans des centres sociaux, par des enfants et par des travailleurs pour les moments de repos et de loisirs. Le vin et les bons aliments de notre pays seront produits pour tous, chaque région donnera aux autres ce qu'elle a de meilleur. Les plus beaux usages du peuple renaîtront dans la vie collective. Et l'Italie sera un jardin fleuri. »

Longtemps je me demandai si L.B. prenait au sérieux *tout* cela. J'ignorai ce qu'il pensait vraiment du Pcim-l, jusqu'au jour où je fis la connaissance d'Emanuele Pariante et d'un texte dactylographié. Cela se produirait toutefois de nombreuses années plus tard. Pour le moment, je disposais uniquement des opuscules, que je lisais avec un mélange de stupéfaction et d'irritation, mais je ne pouvais m'empêcher de songer que parfois, au cœur de la nuit, dans son logement provisoire, dans des draps prêtés, le doute, le pessimisme trompeur que condamnait le parti et, peut-être même, le sentiment que tout cela était grotesque lui traversaient l'esprit au moins quelques instants.

Il était cependant impossible d'en avoir la certitude. En vérité, aujourd'hui encore j'ignore ce qu'il pensait ou ressentait. Je ne possède qu'une poignée de témoignages, vidés de la richesse du temps passé, déformés par la mémoire. Je ne suis pas en mesure de connaître ses pensées ou ses sentiments, et c'est une condition irrémédiable. Non seulement parce que je ne peux plus le questionner, mais aussi parce qu'il n'est pas possible de se représenter (et encore moins de décrire) la totalité de la vie d'autrui. Nous n'avons qu'une maigre connaissance de nous-même, et cette maigre connaissance est parfois erronée.

Il y avait entre lui et moi une distance trop vaste pour être comblée, et je la percevais avec de plus en plus de netteté au fur et à mesure qu'il cessait d'être uniquement mon père et qu'il devenait avant tout mon personnage, le garçon du passé doté d'un visage flou, digne d'une mauvaise photo de journal. Le garçon. Quelles sensations physiques étaient les siennes ? Comment percevait-il le monde sur son corps ?

De temps en temps, dans des circonstances fortuites, il m'arrive de prendre conscience de mes mains et de mes jambes en mouvement, de la chaleur du soleil sur une épaule ou d'autres sensations épidermiques d'une manière qu'il est possible de qualifier d'animale. Comment l'expliquer ? Pendant quelques instants, j'ai pleinement conscience de mon corps vivant (de son contact) et de ses gestes. Durant ce laps de temps j'ai particulièrement du mal à croire qu'il me faudra un jour mourir. Il ne s'agit pas de terreur : la peur, la négation, la répudiation de la mort, la mienne et celle des autres, appartiennent à d'autres moments. C'est une incrédulité absolue. Comment se fait-il que je cesserai un jour d'exister ? Je vis, je vis ! Voici les yeux qui me permettent de regarder ce pot de fleurs, sur la table du balcon, voici les oreilles grâce auxquelles j'entends le bruissement du vent, et voici la caresse du vent sur ma nuque. Ma nuque vivante. Je suis en vie, c'est indiscutable. L'instant où je vis durera éternellement. Mon corps ne peut mourir, ma raison ne peut mourir.

Eh bien, quand cette prise de conscience se produisait après que j'eus découvert l'existence du garçon, je me demandais comment il avait vu, comment il avait entendu, comment il avait senti le passage du temps sur lui, son corps dans l'espace.

Au cours des trois jours que je passai à Rome pour un mariage – j'y retournai après un unique séjour effectué dix ans plus tôt, à la fin de mes études secondaires –, il m'arriva souvent d'y penser. En fin de soirée, alors que je me promenais avec N. et ses amis dans les quartiers Monti et Trastevere, je jetais un regard circulaire en proie à un sentiment de séparation secrète, comme si nous nous trouvions, eux et moi, sur deux plans différents : la nuit où il se mouvait, cinquante ans plus tôt, était donc ainsi. Cinquante ans. Cela paraissait irréel, terriblement lointain. Et pourtant je percevais sa présence avec une singulière intensité, comme la vapeur bleue qui montait des trottoirs et m'enveloppait presque constamment, même si je continuais de juger incroyables que ces choses étrangères – les immeubles jaunes et rougeâtres de style Humbert Ier, les bâtiments hypertrophiques de la cité millénaire, les pins parasols avec leurs frondaisons sombres et vastes, semblables aux coquelicots en pleine floraison, l'escalier de la faculté d'architecture où je m'immobilisais quelques minutes pour écouter le bourdonnement du temps qui se déversait sur moi, l'avenue bordée d'arbres que nous empruntâmes après avoir visité la Sapienza, Campo de' Fiori en cette soirée de juin, le contraste étrange que formaient la langueur conventionnelle de la place et la sombre statue de Giordano Bruno –, que ces choses étrangères lui avaient un jour appartenu, qu'elles avaient appartenu à ce garçon tout aussi étranger, ce jeune animal libre et pur envers lequel j'éprouvais un sentiment de fraternité, ou presque, moi qui étais désormais plus âgée qu'il ne l'était au moment où il était parti (et cela aussi, cela aussi était incroyable). Et je me demandais comment elles avaient traversé ses yeux et quelle consistance elles avaient pour lui ; comment avaient été la Valle Giulia et les longs mois qui s'étaient ensuivis ; ce que signifiait être L.B. à cet âge-là, à ce moment-là et à cet endroit-là.

Mais je me rendais compte qu'il était impossible de le savoir, comme ça l'était du reste pour quiconque en dehors de moi.

Certes, le reconstruire, lui, était encore plus compliqué que reconstruire d'autres êtres, des êtres qui avaient laissé des papiers, des lettres, des journaux intimes dans lesquels ils s'exprimaient, qui avaient conservé des souvenirs et dont il ne restait pas seulement des impressions fugaces produites sur des tiers. Paradoxalement, j'en savais à peine plus long sur l'esprit de mon père que sur celui de mes ancêtres effacés, et je le savais par personnes interposées. Il m'était intolérable de songer à ce qui s'était perdu : je voulais toute la vie, dans son entièreté concrète, je voulais tout sauver, bien que je fusse consciente que c'était impossible. L'unicité, la complexité unique d'une vague parmi les autres, d'un jour oublié de la vie d'un être humain, d'un seul battement de cils. Et en même temps : combien d'heures, de journées, de conversations, de rencontres inutiles ou marginales s'additionnent au cours d'une vie ? Cette contradiction me donnait le vertige. Malgré tout, subsistait un désir stupide, mais, je crois, naturel, de totalité, d'évocation de la totalité ; et voilà que j'en étais réduite, au contraire, à construire une histoire pleine de trous, un grain de poussière insignifiant dans l'immense machine sanglante de l'Histoire, où la voix de l'être qui en occupait le centre faisait toujours défaut.

Et dire que j'avais passé des années fructueuses à détourner mes pensées de lui, à refouler avec succès les souvenirs les plus désagréables des étés où je le détestais, de sa maladie et par conséquent de tout le reste. Il est bien vrai que les morts finissent toujours par vous revenir et que vous devez vous attabler avec eux.

Chaque matin, à 5 heures, L.B. et Druina se réveillaient pour aller distribuer des tracts aux grilles de l'Usine. Ils apportaient les nouvelles qu'ils avaient recueillies la veille, lors de la relève des équipes de l'après-midi : ce qui se produisait à l'atelier Carrosserie, à l'atelier Peintures, etc. Les ateliers et les hommes étaient si nombreux, l'Usine si vaste, que c'était le seul moyen de transmettre des informations entre deux sections. Après 1969, la longue avenue ouverte sur les montagnes – par temps clair, elles se détachent, belles, pures et poignantes, au-dessus de cette voie désormais déserte, que plus personne n'emprunte, avec une telle netteté qu'on les croirait à portée de main –, où se trouvaient les grilles latérales de l'Usine de jour, était en permanence remplie d'individus munis de mégaphones et de tracts, du bruit de conversations. À la relève de 14 heures, on revenait chercher les nouvelles de la journée et ainsi de suite, en un cycle continu.

Le soir, les membres du parti se réunissaient au siège et parlaient à tour de rôle du lieu où ils étaient allés, de ce qu'ils avaient appris en discutant avec les ouvriers ou avec les femmes au marché, de ce qui se passait dans les quartiers et dans les autres usines. Après quoi, il n'était pas rare qu'ils partent en groupe à une heure du matin en des expéditions aventureuses pour placarder des affiches, puisque c'était interdit et qu'on ne pouvait pas le faire à la lumière du jour. Ils dormaient environ trois heures par nuit. L.B. et Druina montaient en voiture et traversaient la ville dans l'obscurité de l'hiver, avant même que les ouvriers commencent à sortir de chez eux.

J'imagine L.B. dans ces aubes brumeuses, vêtu d'un manteau trop long, les cheveux ébouriffés, une grosse écharpe autour du cou, s'adressant aux hommes encore à moitié endormis dans leur longue procession silencieuse, leur donnant un tract ou un journal, je vois les bandes de vapeur glaciale s'échapper de sa bouche. Était-il possible de se sentir seul et las à côté de ses propres camarades, par un matin nocturne d'hiver aux grilles de l'Usine, tandis que les ouvriers défilaient devant vous et peut-être vous repoussaient d'un geste brusque, d'un mot impoli ? Ou alors l'enthousiasme de l'idéologie l'emportait-il, et L.B. se sentait-il juste vivant, au bon endroit, plein d'enthousiasme ? Avait-il froid ? Avait-il quelqu'un à aimer ? Était-il désespéré ?

Quand je pense à ces 6 heures du matin devant les grilles de l'Usine, le désespoir s'empare de moi.

Et pourtant, il y avait aussi du bonheur dans ce mode de vie insolite, exténuant. On ne cessait jamais de courir de toutes parts, on ne cessait jamais de parler, du sort du monde ou de quelques bêtises, on se retrouvait au bistrot avec les camarades, les siens et ceux des autres organisations, on se raillait mutuellement, on allait au cinéma, on écoutait des disques, on chantait ensemble, on se querellait, on lisait des romans que le parti n'aurait certainement pas approuvés parce qu'ils n'étaient pas assez édifiants, on expérimentait une sorte de frénésie, de proximité, de chaleur continue, une curiosité inépuisable pour autrui, sans oublier l'ivresse des manifestations, des meetings (L.B. était un excellent orateur et il adorait parler en public, il semblait fait pour ça), et si on finissait tard dans la nuit peu importait qu'on n'eût pas de lit : on dormait sur les chaises de la section, ou sur les bancs, en fin de compte ce n'était pas grave, on était si jeunes, on était si heureux.

Le slogan était très simple : du pain, la paix et du travail. Le problème le plus sournois et le plus irrésolu, soit le fait qu'il fallût en passer par la violence – violence armée – pour arriver à la révolution, demeurait souterrain. Les militants n'en discutaient jamais entre eux. Ils ne parlaient pas de leurs tourments, pas même à leurs amis les plus fiables, et ils n'avaient pas l'habitude de se poser trop de questions. Avouer des doutes constituait en soi une trahison de la ligne. Du reste, ils étaient trop occupés pendant la journée pour réfléchir. L'idée de la violence restait abstraite et lointaine, un tremblement agaçant à l'arrière-plan qu'on pouvait effacer d'un geste de la main, ainsi qu'on nettoie une vitre embuée. Lorsque Druina y songeait, elle avait un goût métallique dans la bouche. Elle ignorait si L.B. éprouvait ce même malaise, parce qu'il était inenvisageable d'aborder un tel sujet. Mais elle soupçonnait que cette pensée lui déplaisait tout autant.

Et puis, jusqu'à ce moment-là au moins, la violence et le crime avaient été l'apanage de l'autre camp. Des fascistes et de la police. Bien sûr, on en venait de temps en temps aux mains, on résistait de temps en temps, cependant on n'était encore jamais allés plus loin, si l'on exceptait la mort de ce policier à Milan qui, avait-on décidé, n'était qu'un incident de parcours. Cette crête incertaine, évanescente, effrayait, je crois. Et mieux valait ignorer ce qui effraie. Le présent, le jour même et tout au plus le lendemain étaient le seul horizon concevable.

L.B. était fidèle à la ligne, mais la ligne ne le lui rendait pas. Les chefs ne l'aimaient guère. Bien qu'il fût une ressource, à leurs yeux, il demeurait un indiscipliné dans leur livre noir virtuel. Il avait noué trop d'amitiés en dehors du parti, et le parti considérait tous les « autres » comme des ennemis du véritable communisme, comme des réactionnaires, des traîtres à la cause, des révisionnistes qui s'aventuraient sur la voie des réformes et de la médiation – soit le compromis les plus ignoble qui fût, hurlaient les opuscules. L'Union se transformait officiellement en parti communiste marxiste-léniniste, l'hystérie déclenchée par l'épouvantail du « fractionnisme » était à son apogée, les appels à l'unité à l'ordre du jour, unité contre les autres, secrètement bourgeois, qui avaient pour but de diviser les camarades ; et les vagabondages de L.B. avec des individus les plus divers, qui échappaient aux radars vigilants du comité central, constituaient un affront. On l'accusait sans cesse d'introduire dans le parti des positions mouvementistes. Ce qui comptait, c'était la ligne générale, la terre promise du radieux avenir, alors que Druina, lui et d'autres ne s'occupaient que du contingent, des petits problèmes de tous les jours.

En vérité, ils avaient honte d'aller à l'Usine parler de Mao alors que les enjeux y étaient totalement différents. Comment pouvait-on catéchiser des gens qui pensaient en termes de carrosseries, d'horaires de travail, de pauses, d'élections de délégués dans leurs rangs, de représentants syndicaux de base ? Ils voulaient rédiger des tracts qui avaient un sens pour ces ouvriers, et non d'embarrassants petits textes de propagande sans aucun rapport avec la réalité (le journal qu'ils distribuaient y suffisait). Et ils s'y employaient. De fait, Druina était sans cesse rappelée à l'ordre. Le problème, c'était leur intelligence, face à un Pcim-l faible, sans grands effectifs sur le territoire. Difficile de trouver un prétexte pour les expulser : ils étaient les plus actifs, les plus aptes à communiquer avec tout le monde et les plus persuasifs lorsqu'ils le décidaient. Agata décrivait Druina avec admiration.

« Elle était comme Leonardo. Aussi courageuse, aussi altruiste, toujours prête à s'aligner aux côtés de ceux qui étaient en difficulté, toujours sur le front », raconta-t-elle un jour. Assise dans un fauteuil, elle se pencha légèrement et écarta les bras en tournant les mains vers l'arrière, comme pour mimer un bouclier humain.

Telle était Drina, et tel était aussi L.B. dont la générosité, ajouta-t-elle, frôlait l'inconscience, car il se précipitait, ventre à terre, dans toutes les situations, prêt à en payer les conséquences – c'est-à-dire à se faire arrêter.

En effet, au cours de cette période, la presse locale mentionne L.B. à plusieurs reprises : il est arrêté en janvier 1972 au terme d'une perquisition massive dans le quartier de Porta Palazzo. Une Fiat 500 munie de haut-parleurs s'était engagée dans les ruelles en criant : « Police fasciste ! Citoyens, opposez-vous à la fouille de vos domiciles ! » Les carabiniers avaient bloqué le véhicule, avant d'être encerclés par une centaine d'habitants menaçants, et la bataille qui avait eu lieu s'était soldée par plusieurs blessés. L'étudiant Leonardo Barone, âgé de vingt-six ans, qui se trouvait dans l'habitacle, avait été arrêté pour résistance et outrage en compagnie des trois autres, auxquels s'était uni l'oncle d'un de ces derniers, survenu à la caserne en criant qu'il casserait tout en l'absence d'un avocat. Le même après-midi une manifestation extraparlementaire s'était dirigée vers la prison pour réclamer la libération des cinq détenus ; peu après le procureur leur avait accordé la liberté provisoire. Suivait un autre procès pour un piquet de grève en mars 1972 chez L'Oréal, au cours duquel il avait tenté, avec un autre groupe de « fainéants », d'empêcher les briseurs de grève de pénétrer dans l'usine et avait « injurié les carabiniers pendant leur service ».

Entre 1971 et 1972, les arrestations et les condamnations pour délits d'opinion avaient augmenté de façon effrayante. Il n'était pas rare qu'on moisît des semaines et des mois en prison, en attente de jugement. C'était le lot des militants de la gauche extraparlementaire, exclusivement, par centaines, des appelés, des catholiques contestataires et des objecteurs de conscience. Un certain C.C., le mineur héroïque qu'appréciait Brandirali, fut incarcéré pendant un mois et quatre jours parce qu'il avait tenu un meeting près de Caltanissetta en 1971.

En mai 1972, le leader du Pcim-l, Vanni Pasca, fut arrêté après un meeting concluant sa campagne électorale à Reggio Calabria. De nombreux intellectuels, cinéastes, psychiatres, journalistes et hommes politiques signèrent des pétitions en faveur de sa libération – un comité pour l'abolition des délits d'opinion se formerait plus tard, réunissant pour la première fois le Pcim-l, d'autres groupes de gauche, des juristes et des magistrats démocrates.

C'est alors qu'eut lieu le procès pour outrage qu'illustrait la photo que j'avais trouvée, montrant L.B. ricanant, la tête baissée, à côté d'une camarade ennuyée : le 8 juin de la même année, l'infatigable casse-pieds était allé avec cette fille à bord d'une Fiat 500 (je suppose que c'était le même véhicule, mais il y en avait semble-t-il toute une flopée) sur la place du marché de Venaria distribuer des tracts ronéotypés pour protester contre l'arrestation de Vanni Pasca. Ils s'y étaient employés, tandis que leur haut-parleur diffusait un enregistrement sur cassette de *Bandiera rossa* et un discours contre le gouvernement et l'arrestation de Pasca. Un agent en civil s'était approché et leur avait demandé s'ils avaient l'autorisation de tenir un meeting. L.B. et sa camarade avaient répliqué qu'ils ne tenaient pas de meeting, et l'agent, révélant en un coup de théâtre sa véritable identité, leur avait réclamé leurs papiers. La fille avait les siens, mais pas L.B. L'agent le pria donc de l'accompagner à la caserne. Un instant, je termine de distribuer les tracts, répondit L.B., pardon, hein. Alors le carabinier partit chercher des renforts et, pendant qu'il s'éloignait « Barone aurait insulté la police » au mégaphone (il aurait prononcé une expression du genre « police fasciste »). Quatre hommes revinrent et entraînèrent le couple, malgré la résistance et les cris injurieux de la femme. Ils furent tous deux condamnés l'année suivante à une peine de quatre mois et dix jours de prison ferme pour outrage et à une autre de dix jours pour avoir tenu un meeting sans autorisation.

Ils avaient beaucoup travaillé à La Venaria, me raconta Elia Morgari. À l'époque, la rue principale, le centre historique, formaient un quartier infect et menaçant ruine où vivaient les ouvriers immigrés, employés dans les usines de banlieue, entassés comme des bêtes à l'abattoir. Il y avait également ce qu'on appelait les

« petites casernes », des taudis bourrés d'immigrés, disposés autour d'une vaste cour remplie d'herbes sèches et d'ordures ; des familles entières habitaient les anciennes chambrées de soldats. Les plafonds s'effritaient, les murs étaient couverts de taches d'humidité, les lits consistaient souvent en des matelas jetés à même le sol ; des rats couraient sur le carrelage infect et encombré. Morgari se rappelait en particulier un garçon aux yeux vitreux qui dégageait une impression de décrépitude malgré son jeune âge. Il vivait au rez-de-chaussée d'un trou à rats littéralement envahi par des ordures qu'on aurait dit amoncelées là depuis des siècles. Il en sortait à l'aube pour aller travailler et rentrait dormir, épuisé, résigné, dans la saleté, comme si tel était le destin qu'on lui avait attribué.

Les militants du Pcim-l, dont L.B. et Morgari, formèrent des équipes et tentèrent d'apporter leur aide : ils nettoyaient les logements, plâtraient les murs, effectuaient des réparations sommaires, mettaient des vitres aux fenêtres qui en étaient dépourvues, distribuaient des objets banals, susceptibles d'améliorer la vie des habitants, couvertures, vêtements, savon, couches, lait de longue conservation, conserves et parfois quelques aliments frais, amenaient les enfants chez le médecin, tout en expliquant pourquoi la révolution était nécessaire (ne le voyaient-ils pas ?). Ils recevaient en contrepartie une gratitude lasse et vide, puis les voyaient s'éloigner une nouvelle fois. Nous les avons perdus, déclara Morgari, nous les avons presque tous perdus. Sa voix était résignée.

Au cours de l'été 1972, L.B. s'installa pour quelques mois chez Emanuele Pariante, un autre fonctionnaire du Pcim-l, et sa femme. Il partait avec cette dernière à l'aube distribuer des tracts devant les usines.

Pour le reste, il effectuait les travaux manuels qu'on lui imposait en guise de rééducation, livrant tous ses gains au parti qui lui versait toutefois un petit salaire de fonctionnaire, allait et venait, participait aux occupations des usines, tenait des meetings enflammés. C'est à l'un de ces meetings, alors qu'il pérorait dans les escaliers du Palazzo Nuovo, encore vêtu d'un bleu maculé, que Cecilia Longoni le vit pour la première fois. C'était peut-être au printemps 1972.

Elle ne se rappelait pas pourquoi ni comment ils se lièrent d'amitié, et ne sut pas non plus me l'expliquer : il n'y avait pas plus différents qu'eux et ils fréquentaient des milieux cloisonnés. Issue d'une bonne famille libérale de province, Cecilia avait découvert au début de ses études de droit, à Turin, que la gauche lui convenait mieux, et était entrée dans le groupe du *Manifesto*. Elle avait emménagé avec trois amies, également issues de bonnes familles de province, dans un grand et bel appartement de la via Petrarca, dans le quartier de San Salvario. Elles s'y étaient présentées un beau jour à 3 heures de l'après-midi, après avoir aperçu l'affichette « À louer », et étaient tombées sur l'un des locataires précédents, un intellectuel quinquagénaire de la gauche pré-68, endormi, nu, sur le canapé. Les murs étaient tapissés d'affiches des Black Panthers, et, en vérité, plusieurs membres des Black Panthers avaient séjourné là, peut-être même plus d'une fois. Les propriétaires du bel appartement étaient encore sous le choc. Ils furent ravis à l'idée de confier leur bien à ces charmantes étudiantes joliment habillées aux visages ronds et innocents.

Or elles y furent bientôt rejointes par leurs amis, et par les amis de leurs amis. On ne savait jamais sur qui on allait tomber là-bas. Des filles errant parmi les volutes de fumée, une cigarette fine tenue langoureusement entre les doigts, dans de ravissants peignoirs chinois, portés sur de gigantesques pull-overs couleur moutarde ; des ouvriers licenciés et des ouvriers en activité ; des étudiants, surtout en architecture, faculté qui était étrangement la plus politisée, lesquels discutaient avec ferveur jusqu'à 4 heures du matin, moment où on les flanquait à la porte ou leur cédait un lit ; de petits intellectuels songeurs aux lunettes imposantes ; des fiancés, d'anciens fiancés, d'éventuels fiancés, des amants, des chats venus des cours voisines, L.B. qui passait, bavardait, mettait un album sur le tourne-disque, lisait un peu (n'ayant jamais de quoi s'acheter des livres, il les lisait chez les autres) et s'écroulait quelque part. Chaque soir, dix ou quinze personnes, dont un certain nombre se voyaient pour la première fois, dînaient ensemble à la longue table qui occupait toute la salle à manger. Une colocataire dotée d'un grand esprit pratique fixa un prix prolétaire à ces repas où se pressaient des pique-assiettes : cinq cents lires, ou rien.

Cecilia n'arrivait pas à comprendre comment L.B. pouvait appartenir à ce parti de fous, qui lui apparaissait comme une entité déjà morte, calcifiée, artificielle. À ses yeux, il était en effet trop vivant, trop terrestre, trop drôle et trop débraillé pour adhérer à cette église de fanatiques. Mais quand elle l'interrogeait à ce sujet, il agitait le bras, comme s'il chassait une mouche, et disait : « Mmmmh… »

Elle finit par ne plus lui poser la question, et ils cessèrent de parler politique afin d'éviter les disputes. Cecilia avait beau être une femme pragmatique, dotée du sens de l'humour, et L.B. un intégriste distrait, ils se lièrent aussitôt d'une amitié forte et fraternelle qui perdura, y compris après que leurs routes se furent éloignées. Elle perdure aujourd'hui encore sur le visage rose et aimablement ironique de Cecilia qui se trouble parfois lorsqu'elle l'évoque, même si ses lèvres continuent de sourire. Les amitiés sont le matériau le plus négligé de la littérature, alors que c'est justement dans les mécanismes secrets, dans les correspondances occultes qui les déclenchent et les alimentent – je parle de ces amitiés privées de sexualité et de sentiments, de ces amitiés triomphant des discordes – que se jouent souvent les aspects les plus intéressants d'une existence. Parmi les poèmes et romans plus ou moins autobiographiques, j'aime particulièrement ceux – plus rares qu'on ne le pense – qui sont consacrés aux amis (où l'ami est le seul personnage central, ou une voix morte à laquelle le poète s'adresse avec amour – cet amour sans explications, cet amour qui renferme sans se briser tous les manquements de l'autre et de soi, les distances, les silences, les décennies).

Nul doute, il y avait chez L.B. quelque chose d'extraordinaire, d'ensorcelant, que tous mes interlocuteurs évoquèrent sans parvenir à le définir ; ce n'était pas seulement sa générosité, son charisme ou son exubérance, c'était une sorte de feu violet, une lumière mystérieuse, unique et particulière qui conquérait immédiatement les êtres qu'elle effleurait. « Sa grandeur », dit un jour Cecilia dans la tentative d'attribuer un nom à cette lumière incantatoire. Je ne saurais dire. Pour sûr, elle était si intense que, près de cinquante ans plus tard, ses rayons donnent naissance à ces mots.

Tout le réjouissait, et en particulier les gens, qu'il était capable d'accueillir totalement, d'écouter en prononçant les mots appropriés et d'épauler sans se ménager lorsqu'ils avaient besoin d'aide. Au cours de cette période, par exemple, l'un de ses amis perdit sa très jeune compagne, asphyxiée par un petit poêle à gaz défectueux dans leur appartement trop froid. Alors que tout le monde l'évitait, par crainte de cet épouvantable deuil, L.B. lui rendit visite régulièrement pendant des mois, lui apportant de quoi manger, l'écoutant lorsqu'il avait envie de parler, ou passant des heures en silence auprès de lui, dans la pièce sombre. Et il en irait ainsi avec de nombreux amis, au fil des ans.

Néanmoins, bien qu'il eût de multiples amis et connaissances, bien qu'il fût envoûtant et apparemment ouvert à tous, bien qu'il ne fût jamais seul, il demeura étrangement opaque, inaccessible, à son entourage. S'il savait écouter, il ne parlait pas de lui. Il se donnait aux autres, mais il leur échappa toute sa vie. Il resta une énigme. Personne ne peut affirmer l'avoir vraiment connu, me dit un de mes interlocuteurs. Personne ne peut le dire avec certitude.

Un exemple. L.B. racontait à ses amis que son père était magistrat, raison pour laquelle il avait coupé les ponts avec sa famille. Il le dit aussi à ma mère quand il fit sa connaissance. Elle découvrirait que c'était faux lors de sa première visite à ses beaux-parents, dans les Pouilles, juste après ma naissance, au cours d'une conversation avec ma grand-mère, qui fut déconcertée. Le père de L.B. était un simple huissier, un employé qui remettait les notifications du tribunal, métier plus qu'honorable grâce auquel il entretenait sa famille dans un bien-être relatif, payait des études à ses fils (les filles, naturellement, n'étaient pas concernées) et assurait à sa femme, aux origines très pauvres, une certaine déférence et le titre de « madame » dans le village. Et puis, avait raconté ma grand-mère à ma mère, il remplissait ce devoir souvent désagréable de façon si fine et si courtoise qu'on le respectait avec sincérité, non en vertu d'une affectation mielleuse.

Pourquoi donc proférer un mensonge de ce genre, que mes interlocuteurs croyaient encore au moment où je les rencontrai ? C'était aussi le cas de ses avocats et même, me confia l'un d'eux, du procureur du procès pour organisation terroriste, qui lui avait lancé pendant un interrogatoire : « Quand je pense, Barone, que votre père était magistrat… N'avez-vous donc pas honte de souiller ainsi sa mémoire ? » (Mais comment une telle chose était-elle possible ? La profession des parents ne figurait-elle pas sur les papiers, dans les registres ? Il ne l'avait certainement pas dit au procureur. Alors, qui s'en était chargé ?)

Je n'ai jamais réussi à m'expliquer ce mensonge, pas plus que tant d'autres, farfelus, inutiles. Avant la rupture, que je sache, son père s'était montré plutôt gentil, attentif envers ses enfants, il les aidait le soir à faire leurs devoirs et, le matin, astiquait leurs chaussures qu'il plaçait près de la porte afin qu'ils les y trouvent toutes prêtes au moment de partir à l'école. « J'aurais aimé que tu le connaisses, me dit un jour mon père. C'était un brave homme. » Il en resta là. Néanmoins il y avait bien eu une rupture. Pour sûr, il s'était senti renié, rejeté, et cette souffrance, ajoutée à celle qu'il avait lui-même causée à son père en décevant ses attentes, puis en disparaissant du jour au lendemain peut-être par une sorte de douloureuse vengeance, ne pouvait être expliquée dans les termes doctrinaux, privés d'émotion ou d'ambiguïté, qui dominaient son langage et celui des autres. Il était plus facile de le transformer en un ennemi bourgeois : c'était à la fois logique et romanesque. Le juge et le fils révolutionnaire ! Comme je le lirais dans les délicieux mémoires d'Umberto Silva[1], qui avait milité au PCI : « Nous étions des fils prêts à trucider des pères souvent gentils, et parfois même aimants, pour devenir les esclaves de féroces despotes des steppes et du fleuve Jaune qui nous auraient pendus pour le vol d'un bonbon. »

J'ignore combien de temps et de quelle façon ils se parlèrent encore. Et puis quand on est jeune, que tout le monde est éternel, on ne pense pas vraiment à ces choses-là, à l'éventualité invraisemblable que l'homme avec lequel on aura sans doute l'occasion de se réconcilier un jour meure subitement, soit balayé de la face de la terre, avec ses lunettes à monture carrée, sa calvitie et ses lèvres fines.

C'est ce qui se produisit en octobre 1972. Depuis son installation à Turin, mon père n'avait peut-être revu le sien qu'une ou deux fois. Le 21, soit la veille de la grande manifestation organisée par les ouvriers mécaniciens et métallurgistes de Reggio Calabria contre les violences fascistes qui continuaient de faire rage dans la ville deux ans après la révolte que le transfert du chef-lieu à Catanzaro avait provoquée, tandis que les trains conduisaient les ouvriers, hommes, femmes et adolescents, du Nord au Sud, en un long voyage vers la ville hostile sur une voie ferrée parsemée de bombes qui causèrent d'incessants

1. Écrivain et psychanalyste italien, né en 1943.

arrêts et déviations – ils furent ensuite cinquante mille à défiler, « Nord et Sud unis dans la lutte » –, tandis que cette grande épopée se déroulait à l'autre extrémité de l'Italie, L.B. prenait le train dans l'autre direction, tout seul, pour se rendre à l'enterrement de son père.

Au printemps 1973, un stage pour les cadres de Servire il popolo eut lieu à Valganna, un village situé dans la province de Varèse proche de la Suisse, où le parti avait acheté un ensemble de hangars pour y installer un réfectoire et des salles de réunion, ainsi que des petits préfabriqués à l'intérieur desquels les chambres étaient séparées par des cloisons en tôle empêchant toute intimité. L'enseignement portait sur la Question du Sexe, la nouvelle obsession de Brandirali : le discours du féminisme commençait à s'insinuer aussi dans les rangs obéissants et trompeusement libérés des femmes du parti. En effet, malgré l'égalité de façade, elles seules prenaient soin des enfants, se livraient aux travaux domestiques et à diverses obligations vulgaires auxquelles les hommes, trop occupés à bâtir la révolution, ne pouvaient à l'évidence s'abaisser. Le féminisme était donc pernicieux, il fallait le réguler à tout prix. La suspicion, à défaut d'une condamnation ouverte, entourait également l'avortement, tout comme la masturbation et l'homosexualité.

On avait même défini des préceptes relatifs aux positions à adopter pendant l'acte sexuel (rien de trop créatif, pour éviter de déboucher dans la perversion bourgeoise) et aux rapports oraux, interdits à moins qu'ils ne fussent suivis de l'*accouplement*. Les orgasmes de l'un et de l'autre, prêchait Brandirali, devaient être simultanés : suprême expression de l'altruisme et du sexe vertueux qui cimenterait le couple et améliorerait les partenaires, les rendant encore plus favorables à la cause.

Amour et politique s'entrelaçaient d'une façon de plus en plus inquiétante, dont les mariages communistes étaient la plus haute expression. Extrait d'« Un mariage communiste », texte tiré de l'enregistrement du premier mariage célébré au sein du parti en janvier 1972 : « Nombreux ont été ceux qui ont pensé, par le passé, que le communisme ne devait pas intervenir dans le domaine des problèmes familiaux, comme s'il existait une vie privée en dehors des conditions de la société et de la lutte des classes qui s'y déroule. C'était une grave erreur, qui entraînait chez les camarades des moments de corruption et de libéralisme, et dont pâtissaient surtout les femmes, éloignées du Parti et opprimées. À présent, ayant mené en son sein des luttes victorieuses pour l'unité, le Parti s'introduit aussi dans la vie privée, il veut que le communisme devienne pour chaque camarade une conception valable dans tous les aspects de la vie. » Dans son discours, le marié remerciait « le Parti qui m'a donné plus que ma mère ; je dis merci au Parti parce qu'il ne m'a pas seulement donné la vie, comme me l'a donnée ma mère, il m'a aussi donné ma raison de vivre, il m'a donné la conduite de la vie, le Parti m'a donné la protection de la vie, il m'a donné la force de la vie, et je ne peux que dire merci au Parti, merci au Parti pour ma vie ! »

Il arrivait également au parti de former des couples en associant les partenaires de manière scientifique : en général une intellectuelle (censée se prolétariser) et un prolétaire.

Une atmosphère de plomb régnait pendant le stage des cadres. L'enseignement débuta par un violent psychodrame collectif où les militants furent obligés de se lancer dans de longues confessions humiliantes. Rien ne devait échapper aux chefs de l'appareil, pas même le détail le plus infime de leur vie privée. Les célibataires se virent contraints de faire leur autocritique, les couples d'évoquer leurs crises, leurs faiblesses, leur comportement sexuel. Les larmes coulaient à flots. Emanuele Pariante, qui, deux ans plus tard, irait vivre quelque temps aux États-Unis et exercerait le métier de publicitaire – « J'ai choisi l'argent », me dit-il en ricanant –, me décrivit les conférences sur la sexualité où il reconnaîtrait plus tard la marque des systèmes publicitaires américains, que les leaders avaient peut-être étudiés en vue de cet enseignement, des conférences visant à la fois un véritable lavage de cerveau et une ostentation du pouvoir. Même les plus fidèles en sortirent bouleversés et dégoûtés.

C'est justement au moment où le contrôle sur les militants atteignait le summum de la psychose que le parti commença à s'effriter. Les militants le quittèrent par petits groupes, sans bruit, ou avec le fracas de l'expulsion. Druina, qui avait eu un enfant en mars 1973, s'en détacha presque imperceptiblement au cours des mois suivants, parce qu'elle avait cessé de croire dans le Pcim-l, parce que les tâches de la vie pratique – son travail, son enfant – étaient plus concrètes que la perspective d'une révolution aux allures de plus en plus invraisemblables. Le monde était cruel, certes, mais le parti, comme elle acheva de s'en convaincre au fil du temps, fournissait des réponses erronées.

« Ne prends pas tout ce que nous te dirons pour de l'argent comptant, m'avertit-elle. Les gens altèrent les faits. Ils choisissent de raconter leur vie d'une façon bien précise. Ils oublient. » Elle observa une pause, comme si elle réfléchissait. « Les trois grands péchés de l'humanité sont la mystification, la jalousie et le refoulement de ce dont on a honte. »

Quant à Elia Morgari, qui ne croyait pas en la bonté intrinsèque des masses, ni au fait que l'expression collective fût nécessairement positive, il subit plusieurs procès au cours des réunions, où il fut accusé d'être un « fataliste intimiste ». Une définition parfaite, commenta-t-il avec un petit sourire. Il était las des refrains du Pcim-l, de tout ce vacarme, de la promiscuité incessante, de la rhétorique. Un jour, me raconta-t-il, il tint un enseignement en Suisse à des ouvriers du bâtiment italiens, presque tous originaires de Campanie, qui vivaient pratiquement comme des esclaves dans des baraques en bois. Il leur parla pendant deux jours, puis les quitta dans des adieux mélodramatiques. Les ouvriers arrachaient leurs maillots de corps en hurlant : « Je veux revoir ma famille ! » Morgari, qui ne supportait pas ce genre de scènes, éprouvait un malaise étouffant.

« C'était peut-être leur seul moyen d'exprimer une souffrance authentique, objectai-je timidement.

— Bien sûr, tu as raison. Mais je ne pouvais pas m'empêcher d'être agacé et je me sentais coupable de ma réaction. »

Je le comprenais beaucoup mieux qu'il ne le croyait. Je repensai à cette conversation un soir – j'avais quitté depuis plusieurs années mon petit appartement milanais et vivais avec N. à Côme – devant un documentaire consacré aux émigrés en Suisse. Dans les années soixante, la RAI avait enregistré une émission – qui était diffusée en Suisse – au cours de laquelle les parents proches des émigrés intervenaient pour saluer leurs bien-aimés au loin. En général, il s'agissait d'enfants accompagnés de leurs grands-parents, qui ne savaient pas bien comment se conduire devant la caméra. À un moment donné, une fillette d'environ douze ou treize ans, une fillette robuste et grande, s'adressa à sa mère et lui raconta qu'elle faisait son apprentissage chez une couturière. Elle dit d'une voix déjà tremblante : « Quand tu reviendras, maman, je te coudrai une robe magnifique, avec plein de dentelles. » Puis son visage rond se troubla et, le couvrant de ses mains, elle ajouta : « Arrêtez, s'il vous plaît, je suis trop émue. » Je me levai et me précipitai dans la cuisine, où je pleurai à chaudes larmes. Y avait-il une différence entre cette fillette réservée et les hommes emphatiques qui arrachaient leurs maillots de corps ? Ne traduisaient-ils pas le même sentiment ?

Y avait-il une différence entre les émotions de mon père, exprimées de manière si théâtrale que je les considérais immanquablement comme fictives, et les miennes ?

Morgari ne fut pas expulsé pour son fatalisme intimiste. Il quitta précipitamment l'un de ces terribles stages pour cadres. La première ou la seconde nuit, après avoir longuement fixé le plafond, il se dit qu'il n'en pouvait plus. Il rassembla ses quelques affaires dans son sac à dos, enfila ses chaussures et sortit discrètement du préfabriqué. Il devait être deux ou trois heures du matin. Sans savoir dans quelle direction il allait, il traversa des bois toute la nuit et, au matin, épuisé, atteignit enfin Varèse. Là il prit un train – il n'avait pas encore fermé l'œil – et, une fois arrivé à Turin, se rendit au siège où il déclara en posant les mains sur la table : « Je m'en vais. »

Malgré tout, malgré la dureté du monde qui les entourait, le nombre des tués qui ne cessait d'augmenter en une lugubre liste, malgré la mort de son père sans réconciliation, malgré les arrestations, les quatre mois de prison pour une bêtise, les restrictions, le fait que tout ce qui venait du Pcim-l, comme me le dit Elia Morgari, était en grande partie pauvre et appauvrissait l'esprit de ses propres membres, malgré la possibilité du coup d'État qui planait comme des ténèbres invisibles mais nullement abstraits sur leurs têtes, ce furent à mon avis de très belles années pour L.B.

Il vivait un présent absolu, dans la perspective d'un avenir imaginaire (mais n'est-ce pas toujours le cas ?), entouré d'affection, en bonne santé, plein d'énergie, en proie à l'espoir, un espoir entier, tantôt inconsidéré, tantôt aveugle, et pourtant un espoir tout de même.

J'aimerais l'abandonner là. Là pour quelques heures encore, pour quelques jours. Le retenir par la manche, comme si c'était moi le fantôme de son passé. J'aimerais rallonger ces mois innocents, ralentir les aiguilles des pendules, lui laisser sa foi, sa joie, sa pureté et même sa stupidité le plus possible intactes. Mais c'est impossible.

On était en 1973, le Chili survint comme une explosion d'étoiles maléfique, suivi de la crise du pétrole, promesse encore imprécise de malheur. Les villes s'assombrirent sous l'effet des coupures de l'éclairage public. Ma mère, dans un hôpital de province, subissait sa deuxième ou troisième opération à la tête. À Turin, la prison, bondée, n'avait plus de place pour les nouveaux arrivants, et bientôt celles de la province furent à leur tour remplies. C'était un hiver noir et amer.

On était en 1973, et Noël se présenta au numéro 13 de la via Artisti.

Images de mon père.

Son bras couvert de taches de rousseur appuyé sur la vitre baissée de la voiture, l'été. Les trains de nuit, les interminables trains de nuit du Nord au Sud et du Sud au Nord, que nous avons empruntés ensemble. L'odeur âpre, sale et métallique ; le crissement des draps en papier tirés de leur emballage ; les paysages rapides sur lesquels la nuit tombait très vite et le scintillement fabuleux des montagnes de Ligurie toutes illuminées, que je regardais de ma couchette, allongée sur le ventre, jusqu'à ce qu'un passager tire le rideau, occultant aussi le nom des gares où le train s'arrêtait en gémissant ; la petite lampe vers laquelle il fallait pousser son livre pour parvenir à lire, le souffle des inconnus. La danse maladroite de mon père dans le compartiment de wagon-lit pour riches (comment avait-il réussi à se payer ça ?) qui nous conduisait à Naples, où nous prendrions le ferry pour Lipari. J'avais sept ans. Il me montrait avec excitation les merveilles de cette chambre, les vrais lits, les matelas moelleux, le lavabo, ouvrant tous les casiers, tous les battants, puis, par mégarde, la porte qui donnait sur la cabine voisine. « Pardon », murmura-t-il avant de la refermer en toute hâte. Les marches silencieuses vers les criques, sous un soleil aveuglant, parmi des rochers tachés de genêts et de lentisque. L'or et le rouge profond de la Vierge de la Miséricorde, œuvre du gothique tardif, étalant son manteau dans un musée d'Arezzo, devant lui, immobile, qui tournait vers moi un sourire plein de charme alors que je me rapprochais. Je me rappelle le rouge qui resplendissait derrière sa tête. La cueillette de fenouil sauvage dans les champs, au crépuscule. Le jardin des trois sœurs à Santa Maria di Leuca, qui, le soir, paraissait aussi vaste et mystérieux qu'une forêt, ou qu'un rêve. Les rochers sur lesquels nous grimpions au milieu de la mer quand, ayant trop nagé, j'avais besoin de me reposer, la consistance douce et visqueuse des algues, au fond, sous mes pieds. Le clapotis hypnotique de l'eau. D'avant en arrière, d'avant en arrière. Le sentier qui menait à la maison de Lipari lors des dernières vacances en tête à tête, au milieu de la campagne et des pierres. Il faisait noir, nous rentrions d'un dîner, peut-être chez des Anglais, le jasmin embaumait la nuit, et nous parlions… de quoi parlions-nous ? De chauve-souris, je crois, car l'une d'elles venait de nous survoler. Je n'arrive pas à m'en souvenir.

Je n'avais plus pensé à ces choses-là, mais l'année où je découvris L.B., au printemps, ces souvenirs commencèrent à revenir à ma mémoire par intermittence, aux moments les plus inattendus : lors d'un trajet en tramway, pendant que je lavais la vaisselle, que je marchais dans les rues où fleurissaient cerisiers et magnolias, ou que, le soir après un rendez-vous, je regagnais mon domicile presque toujours à pied, y compris lorsque je me trouvais loin de chez moi, parce que j'aimais cette durée, cet étirement du temps dans les rues calmes aux fenêtres éclairées, aux réverbères jaunâtres à travers les frondaisons sombres et profondes – je n'ai jamais autant marché, aussi longtemps et aussi inutilement qu'au cours des deux années où j'ai vécu à Milan.

Elles se présentaient donc à mon esprit par hasard et s'évanouissaient aussitôt dans un battement d'ailes, formant toutefois une constellation vague, illisible. Elles ressemblaient aux paysages qu'on regardait dans des visionneuses stéréoscopiques au XIX^e^ siècle : surgies du noir, privées de liens entre elles, nimbées dans une illusion de tridimensionnalité qui ne m'en donnait ni le sens ni la profondeur.

Alors que je croyais depuis toujours non seulement me remémorer presque tout, mais aussi avoir compris – *posséder* – ce que je me remémorais, j'étais soudain perdue face à mes souvenirs.

Je n'arrivais à extraire Lipari de ma mémoire que par fragments plongés dans une sorte de brume rosée, imprécise et impénétrable, de même que la période de la mansarde, encore plus éloignée dans le temps, et cela suscitait en moi une sensation d'impuissance semblable à celle que j'avais éprouvée en découvrant la mort. Dans les efforts que je déployais, un vieux livre de contes illustrés surgit inexplicablement de l'obscurité de la mansarde ; c'était le seul livre pour enfant qu'il y eût dans ce logement, peut-être oublié là par un précédent locataire. J'étais incapable de retrouver – à l'exception du *Tigre dans la vitrine* – un autre objet, une autre couleur ou un autre détail, en dehors de la pénombre de ces deux ou trois pièces. Oui, trois : l'une d'elles hébergea pendant quelques mois un jeune homme aux allures de sage indien et à la longue barbe sombre que je vis un jour, assis en tailleur sur le sol de sa chambre. Il m'avait adressé un sourire et un signe de salut. Puis il avait disparu à son tour. Je pensais au livre. La vision vague d'une de ses illustrations, joliment désuètes, flottait dans mon esprit. C'était, je crois, le conte des frères qui se transforment en cygnes sous l'effet d'une malédiction. À moins que je ne confonde avec autre chose. Je n'arrivais pas à me rappeler, je n'arrivais pas à me rappeler. J'ignorais où ce livre avait échoué – il était probablement resté là. Soudain, j'éprouvais pour lui une nostalgie absurde et lancinante : j'aurais aimé le relire, ainsi que je relisais les livres de mon enfance, chez ma mère. Rendu désirable par sa disparition et parce que c'était le seul objet visible dans la brume, ce livre devenait d'une certaine façon le symbole de la vie perdue, de la vie effacée, comme s'il attirait sur lui toute la lumière qui jaillissait de cette vie, ne laissant tout autour qu'ombre et incertitude.

J'avais la sensation désagréable que ces moments lointains et désormais insaisissables dissimulaient peut-être quelque chose d'important, une énigme qu'il ne m'était plus possible de résoudre. Cette énigme n'existait peut-être pas ; de toute façon, je n'y avais plus accès et je n'y aurais plus jamais accès, raison pour laquelle je ne le saurais jamais. D'autant que j'étais désormais la seule à me remémorer ce peu de chose.

L'effort même, le haut-le-cœur de la mémoire, constituait une énigme. Pourquoi me donner tant de peine pour des événements aussi insignifiants et arbitraires, sans rapport entre eux, sans rapport avec mon présent et surtout avec l'histoire dont je m'occupais ?

Mais Lipari continuait de flotter autour de moi, comme un chagrin.

Parmi les couples qui s'unirent sous l'égide du Pcim-l, il y eut aussi celui que formèrent C.C., le vantard dont l'écrivain avait parlé dans son livre, le mineur sarde quinquagénaire qui racontait ses anciennes batailles avec une ferveur zolienne, et une enseignante d'italien trentenaire qui vivait à Rome. Nous l'appellerons Adele. Il sera quant à lui Cabras – le premier « C » n'était pas l'initiale de son prénom, mais du surnom sous lequel il était connu. Un prolétaire (quoique fonctionnaire du parti) et une intellectuelle : la combinaison idéale, selon les préceptes du comité central. Au début, sans doute, Adele fut très attirée par Cabras : les femmes me confièrent qu'il avait du charme. C'était un homme de grande taille qui marchait à larges enjambées, au visage sinon beau, du moins puissant, sauvage, à la voix vibrante et au passé romantique. Néanmoins tout cela cessa rapidement de produire de l'effet sur elle : peu après le début de leur liaison, il se mit à la battre sauvagement et à la tourmenter par d'atroces scènes de jalousie, si bien qu'elle s'enfuit avec son nouveau-né qui portait le prénom de son père.

Le parti éloigna Cabras, le renvoyant à Carbonia. Adele gagna Turin et commença à enseigner dans un lycée de la via Artom. Elle hébergeait souvent des amis et des camarades dans son appartement de la via Artisti, un logement dépouillé mais gai, envahi par du matériel de propagande, tracts et journaux du parti. Elle recevait de Cabras des lettres délirantes, remplies de menaces et difficilement compréhensibles, qu'elle s'efforçait d'ignorer. C'était une femme sensée, elle pensait que le monde avait du sens.

Il demanda à lui rendre visite la veille de ce Noël 1973. Leur enfant avait maintenant près d'un an. Adele accepta parce qu'il lui semblait juste, malgré tout, que le père vît son fils. Elle pria toutefois deux amis de rester auprès d'elle, par sécurité. L'un d'eux était L.B. ; l'autre, un militant du parti avec lequel il avait noué récemment une solide amitié, un garçon de vingt-trois ans, étudiant dans une école d'ingénieurs, qui occupait une des pièces de l'appartement. Il se prénommait Roberto. Il était originaire de Riva del Garda. Sur la seule photo publique qui lui a survécu, le cliché en noir et blanc que publia la presse, il a un beau visage large et souriant, les yeux animés d'une lueur amusée, des cheveux sombres séparés par une raie sur le côté. Tout le monde l'appréciait : il était amical, gentil, plein d'esprit et avait le don de la légèreté, une qualité remarquable dans la déprimante grisaille monastique du Pcim-l. Il écrivait des poèmes, à ce qui paraît assez beaux. Le mois précédent, L.B. et lui avaient servi de témoins au mariage de deux camarades du parti : Roberto était le témoin du marié, L.B. de la mariée.

Ils avaient accepté de bon gré de rester, persuadés que la présence de deux hommes dissuaderait Cabras de faire un esclandre. Pourquoi se trouvaient-ils là à Noël, plutôt que chez eux, dans leurs familles ? Roberto, rapportent les journaux, avait lui aussi perdu son père depuis peu. C'étaient trois solitaires qui se protégeaient mutuellement.

Cabras se présenta dans l'après-midi. Il se montra aimable et cordial, joua avec le petit en présence d'Adele, puis s'attarda pour dîner avec eux. Il remplit abondamment les verres d'un vin rouge, charnu, apporté de Sardaigne et raconta ses aventures fascinantes aux deux garçons qui l'écoutaient, malgré eux, captivés. En fin de compte, c'était un vieux héros communiste. Il avait participé en 1948 à la grève des mineurs de Carbonia, qui avaient occupé les mines pendant soixante-quinze jours, et avait passé six ans en prison. C'était un vrai révolutionnaire de la vieille garde. Ils ne remarquèrent pas que, s'ils buvaient verre sur verre au fil des heures, Cabras ne touchait pas au vin. Personne ne le remarqua à ce moment-là.

Après le dîner, le gâteau et les dernières politesses, les deux garçons accompagnèrent Cabras à la pension où Adele lui avait réservé une chambre. À leur retour, Adele les pria de dormir sur place car elle ne se sentait toujours pas en sécurité. Ils acceptèrent et portèrent peut-être un dernier toast avec elle pour la rassurer : tout était normal, la corvée était terminée, elle n'avait plus à s'inquiéter. Après quoi chacun alla se coucher dans une pièce différente, Adele à côté du petit lit de son enfant, comme toujours.

Mais Cabras revint à deux heures et demie du matin. Il n'imaginait pas que les deux autres étaient restés. Il avait un couteau de boucher. Il réussit à entrer – j'ignore comment, sans doute la porte n'avait-elle pas été verrouillée – et alla tout droit dans la chambre d'Adele. Le lit du petit était surmonté d'une pancarte où s'étalait l'inscription « Joyeux Noël » entourée de roses rouges. Cabras s'approcha du lit d'Adele, il s'immobilisa peut-être un instant pour contempler ce qu'il s'apprêtait à détruire et lui assena un coup de couteau. Elle se réveilla et hurla, des hurlements indescriptibles qui scarifièrent l'air inerte de cette nuit tranquille et pluvieuse.

Roberto fut le premier à survenir, débraillé, en tee-shirt et caleçon, L.B. sur ses talons. Quand ils pénétrèrent dans la chambre, ils découvrirent Cabras, assis sur le lit, tel un boucher patient. Chaque fois qu'Adele tentait de se relever, il la repoussait d'un coup de couteau. Il y avait du sang partout, sur Cabras, sur Adele, sur le lit, sur le sol, sur le mur. D'instinct, Roberto s'élança, mais Cabras se retourna au même moment et lui planta son arme dans la poitrine jusqu'au manche, avant de l'ôter tout aussi calmement. Roberto tituba, porta les mains à sa poitrine et les pressa sur la plaie, le regard tourné vers L.B., pétrifié sur le seuil. L.B. le soutint et le conduisit à son lit, où il l'allongea. Le sang jaillissait à flots, imprégnant son tee-shirt. Étrangement, Roberto était lucide. Il dit : « Il a peut-être touché l'aorte, je vais mourir. Va chercher de l'aide, appelle une ambulance. »

L.B. hésita. Un moment de silence s'ensuivit, puis les cris déchirants s'élevèrent de nouveau.

Il retourna donc à toute allure dans la chambre d'Adele, où la lutte avait repris : elle essayait de se dégager, mais, comme dans *Le Cauchemar* de Füssli, Cabras ne la lâchait pas, il la blessait sans cesse. L.B. se jeta sur lui et parvint à le précipiter au sol, se blessant à la main. En vain : Cabras se releva immédiatement en vacillant, le visage non plus de bouc mais de démon, torve, terrifiant, ruisselant de sang, comme engendré par les ombres mêmes de cet hiver ensorcelé. Il se rua sur L.B., qui réussit à lui échapper et à sortir, en pyjama, pieds nus. Il frappa à toutes les portes de l'immeuble en appelant au secours, et comme personne – personne – ne lui ouvrait, il descendit dans la rue et se mit à courir.

Le garçon court. Le garçon court dans la nuit. Il court à travers la ville, il court dans la ville sans fin. Demain il aura vingt-huit ans. La ville dort sous la pluie, indifférente, oublieuse, les volets roulants baissés, les volets clos.

Les masques sont tombés, de nouveaux masques viendront. Pour l'heure, le temps et sa personne sont suspendus. Ce qu'il était avant cette nuit s'effrite. Il est dépouillé, effroyablement libre, d'une liberté féroce, insolite et non requise. Il est effroyablement innocent. Le sang, le sang, le sang. La seule *chose* authentique qui éclaire la nuit, c'est le sang.

À force de courir ainsi, sans chaussures, sans chaussettes, sur l'asphalte, il a sans doute les pieds blessés. Cette nuit son visage est invisible. Son corps entier est un acte mécanique qui avance vers un lieu, vers un but. La ville est interminable. Les rues de toujours, les rues du jour vivant, semblent à présent irréelles, aveugles, inconnues. Il n'y a même pas un bar ouvert, il ne sait que faire. Il est innocent. Il a peur. Il ne sait encore rien, il sait déjà tout, définitivement.

Le garçon court dans la cité de pierre.

Il courut sous la pluie sur des kilomètres sans rencontrer âme qui vive. Enfin, il atteignit le domicile d'Elia et de Druina et se suspendit à la sonnette. Ils descendirent et le découvrirent, tremblant, les yeux vitreux, le pyjama souillé de sang : une apparition inconcevable, une hallucination digne d'un roman gothique. L.B. tenta confusément d'expliquer ce qui s'était produit. Sans perdre de temps, Morgari monta chercher une veste, la jeta sur lui et le conduisit à sa voiture. Pendant qu'ils se rendaient via Artisti, Druina appela les secours.

À l'arrivée des policiers, Cabras était encore assis sur le lit d'Adele. Il ne réagit pas quand ils l'arrêtèrent, il expliqua d'une voix calme qu'Adele aurait dû l'écouter. Chose incroyable, malgré une cinquantaine de blessures aux jambes, aux bras, à la poitrine et aux poumons, elle était toujours en vie. Dans l'autre chambre, en revanche, Roberto était mort. Mais pas de sa première blessure. Alors qu'il agonisait sur le lit, Cabras l'avait achevé de trois autres coups de couteau. On transporta Adele à l'hôpital, où elle fut soumise à une série d'opérations et de transfusions. Au bout de quelques jours, on la déclara hors de danger. Elle survécut.

*

Il existe une photo du garçon – L.B., mon père – prise par un journaliste de *Stampa sera* cette nuit-là. On lui a probablement prêté des vêtements propres. Il porte un pull-over clair et un blouson dont la fermeture Éclair est à moitié remontée. Deux hommes, l'un coiffé d'un chapeau, l'autre regardant quelque chose hors champ, la bouche tordue en une sorte de grimace, se tiennent derrière lui. À gauche, on distingue une main ouverte : c'est vraisemblablement son propriétaire que les deux hommes écoutent. Pas le garçon. Il a les paupières baissées, le regard dans le vide. Il a la lèvre fendue, un sparadrap sur l'arête du nez et les mains réunies contre son ventre comme s'il ne savait pas quoi en faire. Elles dépassent du cadre, mais on devine que l'une d'elles est bandée.

J'aimerais essayer de décrire le visage de L.B. sur cette photo. Du reste, les photos sont les seuls documents dont je dispose pour tenter d'entrevoir ses sentiments. Je me rends compte toutefois que les mots m'échappent, qu'ils s'émiettent. Il est vide, c'est un visage vide. C'est le visage d'un homme dont je ne peux supporter la vue plus de quelques secondes. Il me faut aussitôt détourner le regard.

Agata avait évoqué la nuit de Noël 1973 au cours des quelques minutes qui avaient précédé nos adieux ce soir de février où nous nous étions revues la première fois, et la raison pour laquelle j'étais allée à sa rencontre ainsi que la masse d'informations qu'elle avait déversées sur moi tout au long de l'heure précédente étaient alors passées au second plan. La via Artisti s'était étendue sur le reste, à l'image d'une nébuleuse qui avait perduré longtemps, très longtemps. Au retour, ce soir-là, je marchais à pas lents sous les portiques déserts, les poings dans les poches, la tête baissée ; j'avançais avec prudence et crainte, comme si je devais réapprendre à marcher, tandis que mon interprétation d'une vie entière se désintégrait.

Je m'arrêtai pour acheter le journal à un kiosque juste avant sa fermeture, je m'en souviens, et j'eus l'impression que la voix du jeune kiosquier, mais aussi la mienne, provenaient d'une autre terre.

Plus que toute autre chose, la via Artisti me permit de mesurer l'abîme qui séparait l'homme que je croyais avoir connu de celui qui habitait probablement cet homme ; la distance entre la surface du lac et les toits invisibles, inaccessibles, de Kitej.

Ma mère ignorait tout de cet épisode. C'était aussi mon cas. La via Artisti était située à quelques pâtés de maisons de l'appartement où j'avais toujours vécu. Combien de fois l'avions-nous empruntée ensemble ?

Au cours des nuits suivantes, seule dans mon lit de Milan, je veillai dans le noir en songeant au garçon qui courait, et mon cœur se brisait sous l'effet du chagrin et de la pitié. Roberto était son meilleur ami, m'avait dit Agata. Que ressent-on lorsqu'on soutient la tête de son meilleur ami qui perd son sang ? Que ressent-on en l'abandonnant à son destin pour partir, certes, chercher de l'aide, mais *quoi qu'il en soit* en l'abandonnant ? Quelle forme une personne peut-elle prendre après une pareille épreuve ? J'étais incapable de l'imaginer : je n'arrivais pas à pousser mon imagination sur un territoire aussi monstrueux et aussi inévitablement abstrait ; je savais juste que mes dents se glaçaient à cette pensée et que la douleur irradiait jusqu'à mes tempes.

Je me demandais combien de fois, la nuit, il s'était recroquevillé sur lui-même, sans défense, en revoyant ces images, sans pouvoir se cacher les yeux pour les effacer, sans rien trouver pour apaiser le douloureux amalgame d'horreur et de honte qui lui écrasait la poitrine. J'aurais dû rester, répétait-il d'une voix d'automate à ceux qui lui en parlaient. J'aurais pu le sauver. J'aurais dû rester, rester, rester, rester, rester, rester, rester, rester, rester, rester, rester…

Naturellement, il se leurrait. S'il était resté, il serait mort lui aussi. Il était toutefois inutile de le lui dire et de le lui redire. Il hochait la tête, puis son visage se fermait, de nouveau éteint et lointain.

L'enterrement de Roberto demeure un souvenir terrible pour tous ceux qui y ont assisté. Le chagrin qu'ils éprouvèrent était immense, tout comme le bouleversement que cet événement irréel causait dans le microcosme du parti. L'auteur de ce crime insensé et de la tentative de meurtre contre Adele, qui avait échoué par le simple fait du hasard, comptait parmi ces individus que Brandirali considérait comme l'incarnation idéale de la pureté angélique, courageuse et généreuse du véritable prolétaire : un mineur héroïque, mythologique. Et puis les camarades ne tuent pas les camarades. Personne ne comprit pourquoi Cabras avait achevé Roberto : pour ne pas laisser de témoin ? Il savait pourtant qu'un autre homme était présent, qu'il avait réussi à s'enfuir et qu'il avait tout vu. Et il entendait probablement se livrer. Selon Agata, dont l'hypothèse n'est pas si hasardeuse, il avait envisagé de mettre les cadavres dans le même lit afin qu'on conclût à un crime d'honneur (délit qui ne serait aboli que quelques années plus tard), malgré le vice technique : il n'était pas l'époux d'Adele – qualifiée en effet d'« ancienne maîtresse » dans les journaux. Et lui, de « meurtrier par amour ». De toute façon, quelle que fût la raison qui l'amena à tuer ce jeune inconnu, il ne cessa jamais, au cours des procès, de rejeter la faute sur Adele et sur le parti qui avait d'abord scellé leur union puis les avait séparés, malgré son désir de se marier. Avant de partir pour Turin, il avait même préparé une lettre à l'intention de son fils, dans laquelle il lui expliquait que sa mère était une putain.

Mais il ne parvint pas à la tuer. Après s'être rétablie, Adele vécut longtemps avec son enfant auprès d'Elia, de Druina et de leur fils ; elle craignait d'être seule ne serait-ce que quelques heures. Et il y avait un témoin : L.B. Il existe une photo du procès d'appel, qui eut lieu deux ans plus tard, sur laquelle il s'exprime, l'air à la fois concentré et peiné. Les anciens camarades se gardèrent bien de prononcer un mot en faveur de Cabras ; au contraire, ils le qualifièrent carrément de fasciste. On savait déjà que c'était un homme violent, qu'il molestait les militantes, et l'on découvrit plus tard, me rapporta-on, qu'il avait violé sa petite fille, une vingtaine d'années plus tôt. Cabras fut définitivement condamné à une peine de vingt-huit ans de prison, car les juges estimèrent qu'il n'avait pas prémédité son geste, bien que la lettre à son fils laissât entendre le contraire. « Il tua, aveuglé par la passion. » Je n'ai trouvé aucune nouvelle signalant sa mort, mais je suppose qu'il n'a jamais été libéré.

Un jour, L.B. conduisit Agata sur la tombe de Roberto, à Riva del Garda. Il fixa longuement la pierre tombale en silence, les mains dans les poches. Le vent lui ébouriffait les cheveux et faisait claquer sur ses joues le col de son imperméable. Le cimetière était apparemment désert, le ciel immense et gris, et les montagnes tout autour évoquaient des géants assis sur leurs talons.

« Si seulement… » commença-t-il d'une voix misérable. Agata lui pressa le bras, posa la tête sur son épaule et la secoua doucement en signe de dénégation.

*J'aurais dû rester, rester, rester, rester, rester.*

Cette histoire est désormais oubliée. Un fait divers quelconque, relégué au fond des archives des journaux, comme la plupart des crimes qui n'intéressent personne, parce que l'affaire avait été résolue la nuit même. Il n'y avait pas de mystères supplémentaires. Il concernait uniquement les êtres qui avaient survécu et qui devraient y faire face pour le restant de leurs jours.

Je pensais à la femme. Adele. Je me demandais comment elle avait pu supporter le fardeau de Roberto, le fait qu'il était mort pour la sauver – on ne le lui avait annoncé qu'après son rétablissement. Je pensais à la terreur qui s'était certainement collée à elle comme une boue visqueuse. Aux terribles cicatrices sur son corps qui lui rappelleraient sans cesse ce qui s'était passé, y compris lorsqu'elle n'aurait pas envie d'y penser. Je pensais à son fils, à la vie qu'il avait eue ensuite. J'espérais qu'il était heureux, qu'ils avaient réussi à être tous deux heureux, d'une certaine façon, et à se libérer de la via Artisti. On m'apprit qu'Adele était restée dans les rangs du mouvement quelques années encore, militant dans les groupes féministes, puis qu'elle s'était installée à Milan et qu'elle s'était peut-être mariée, toutefois personne ne savait où elle était.

Je cherchais son nom sans grande conviction dans l'annuaire téléphonique en ligne : j'ignorais si je voulais vraiment la retrouver. Et si oui, pourquoi ? Pour lui rappeler une fois de plus cette nuit terrifiante ? Bien sûr, elle possédait un fragment de mon père, mais ce fragment était inséparable du drame. Il y avait trois Adele S. dans l'annuaire. Mes cheveux se dressèrent sur ma nuque : l'une d'elles, la Milanaise, habitait sur la petite place plantée d'arbres qui était située à quelques centaines de mètres de mon appartement. Il n'y avait donc entre nous qu'un trajet de cinq minutes à pied, plus de quarante ans après les faits ?

Enfin, après mille hésitations, je composai le numéro de cette habitation. J'attendis la sonnerie libre en tremblant et en me demandant ce que je dirais, si je commettais une erreur ou pas. Or une voix enregistrée me répondit que le numéro en question n'était plus attribué.

Le lendemain, j'allai jusqu'à la porte de cet immeuble. Je n'étais pas sûre d'oser sonner, j'avais juste envie de savoir si Adele habitait toujours là, si elle était en vie. En admettant que ce fût bien elle. Mais il n'y avait pas de noms sur la plaque de rue, juste des chiffres à presser pour former un code. J'allai m'asseoir sur un banc. Je me sentais d'une certaine façon soulagée.

Un jour d'été où je rentrais chez moi avec des amies de Turin venues me rendre visite, je croisai sur cette place une vieille dame dont l'âge correspondait plus ou moins à celui que pouvait avoir Adele. Je m'immobilisai un instant : ses traits me rappelaient ceux de la femme que j'avais vue sur les photos des journaux. Mais cette ressemblance était peut-être le fruit de mon regret.

Nous poursuivîmes chacune notre route, la dame et moi.

Ma deuxième rencontre avec Agata eut lieu vers la mi-avril, à son domicile. Elle habitait maintenant un appartement très différent de celui de la coursive duquel on voyait la flèche de l'église. Plus spacieux, il était situé dans le quartier le plus charmant de Turin, où des rues entières d'immeubles Art nouveau ont survécu aux bombardements de la Seconde Guerre mondiale qui balayèrent la moitié de la ville, quartier où fleurissent partout de précieux oriels, des portes aux allures gothiques, des stucs, des créatures de pierre et de vitraux colorés. Agata était contente de me voir : elle me fit visiter jusqu'aux chambres de ses enfants désormais grands, une fille qui s'apprêtait à passer sa licence et qui résidait en Belgique, un garçon qui terminait ses études secondaires ; c'était un bel appartement, élégant et tenu avec soin. L'armoire de sa fille, énorme et couleur saphir, m'apprit-elle, était un des cadeaux de mariage que mon père et elle avaient reçus ; quarante ans plus tard, elle était toujours intacte. La cuisine aussi venait de sa vie précédente, comme les deux tableaux pendus près de la porte, des dessins torturés au fusain imitant le style de Guttuso, qu'un de leurs amis peintre leur avait offerts et qu'ils avaient exposés dans tous les logements où ils avaient vécu. Elle conservait dans sa chambre un coffre et un miroir à cadre en bois d'olivier, issus de Monte Sant'Angelo. Ainsi il y avait encore quelque part des objets ayant appartenu à L.B. et ils s'étaient insinués dans les vies d'autrui, s'adaptant à ces vies, tout en demeurant des témoignages ; cela me parut bien.

Agata prépara le thé et le servit dans le salon en m'invitant à m'asseoir dans un fauteuil, en face d'elle. Puis elle ouvrit un album de photos posé sur la table basse. Il contenait les photos couleur sépia de son mariage avec L.B. en octobre 1974. Les sujets étaient tous très sérieux, presque contrits. Je distinguai ma grand-mère, minuscule, mes oncles et tantes, et je vis la famille d'Agata : son frère cadet et sa petite sœur, sa mère, son père. Les visages ne s'éclairaient un peu qu'au moment de la signature de l'acte de mariage. Je remarquai aussi tante Ziella, la seule à pleurer d'émotion, comme il est d'usage pour un membre de la famille à un mariage, avec un air à mi-chemin entre Anna Magnani et sainte Thérèse d'Avila. Agata, dans un tailleur pantalon dont elle me décrivit avec précision la provenance et les détails, paraissait beaucoup trop âgée et trop triste pour ses dix-huit ans. Elle avait pour témoin une femme blonde au visage émacié, une militante du Pcim-l imposée par le parti. Le témoin de L.B. était un professeur d'architecture qu'il avait rencontré en fréquentant les membres de cette faculté lors des assemblées où il tenait parfois des meetings. L.B. portait un costume clair au pantalon à pattes d'éléphant et affichait un sourire plus convaincu sur les photos prises après la mairie. Agata semblait plus détendue.

Il y avait d'autres photos, de vacances, leurs drôles de vacances où ils partaient à l'aventure avec trois sous en poche, à dix ou quinze, couchant souvent sur la plage ou campant dans les pinèdes ; et puis des photos à bord d'un bateau, peut-être en 1975 ou 1976 aux îles Tremiti. Agata m'indiquait les visages, prononçait des noms et me racontait des histoires, précisant ce qu'Untel ou Untel était devenu, dépeignant des amours malheureux et des amours heureux. Sur l'un des clichés figurait Cecilia Longoni et sa sœur ; Cecilia, la fille de la via Petrarca aux cheveux courts et au visage boudeur de gamine, accoudée au bastingage, à l'arrière. Je ne ferais sa connaissance que l'année suivante, et elle me parlerait du jour où elle avait longé le Gargano avec sa bande de copains en bateau, peut-être le bateau de la photo ; à l'époque, L.B. s'était déjà réconcilié avec sa famille, dit-elle, et soudain ils entendirent crier sur la plage : « Hé ! Hé », avant de le voir nager vers eux, joyeux, incrédule, vous ici, je n'arrive pas à le croire, eux non plus n'arrivaient pas à le croire, c'était une coïncidence phénoménale. Ils le hissèrent à bord et jetèrent l'ancre pour la journée. Il y avait des photos de la Grèce en 1980 avec Misa, Ester et Altea bébé, toute ronde, coiffée d'un petit chapeau en coton, et une où L.B. observait avec curiosité un cuisinier qui préparait quelque chose sur une broche horizontale. Il y avait la photo, cette fois en couleur, du mariage d'une amie de la faculté de droit dans les années quatre-vingt, et là il commençait à ressembler au père que j'avais connu, au front un peu dégarni, aux cheveux et à la barbe grisonnants.

Agata me raconta aussi la seconde partie de ce que je voulais savoir et ses yeux s'embuèrent plus d'une fois. Ce fut ce jour-là qu'elle me parla de Druina en écartant les bras dans son fauteuil. Elle me relata la fin, en un récit très douloureux pour elle. Pas la fin de son mariage, non, la fin de tant de choses. Il était étrange de penser que la fin de leur union avait coïncidé avec mon existence. Mais elle n'y songeait sans doute pas. Elle était – et j'en suis profondément convaincue – très heureuse que j'existe, d'abord en tant que fille de mon père, puis parce que c'était moi. Elle me confia même un jour une pensée curieuse : elle regrettait que son père à elle eût disparu avant ma naissance, car il aurait été heureux d'apprendre que Leonardo avait eu un enfant. Pourtant, cette union lui avait déplu au début : il estimait sa fille trop jeune pour se marier et se méfiait de la politique – il craignait qu'il ne lui arrivât quelque chose.

À la fin de son récit, Agata déclara : « J'ai quelque chose pour toi. »

Je la suivis à la cuisine et découvris sur la table une longue enveloppe blanche que je n'avais pas remarquée plus tôt. Elle en tira d'autres clichés.

« Ce sont des photos d'enfance et d'adolescence que ton père a oubliées chez moi, dit-elle d'une voix grossie par l'émotion. Je les ai toujours gardées. Je te les donne. J'en ai fait des photocopies afin de pouvoir m'en souvenir. »

Je les saisis et, après avoir respiré profondément, les regardai l'une après l'autre. Une seule était datée, d'avril 1956 – il avait donc dix ans et demi ; destinée à des documents officiels, elle montrait un enfant très beau et très sérieux, aux cheveux ondulés et séparés par une raie sur le côté, vêtu pour l'occasion d'une veste élégante. Sur une autre (prise lors d'une excursion scolaire) figurait le même enfant, les paupières plissées par le soleil, le visage halé et couvert de taches de rousseur, la frange en désordre, dans un tricot à rayures, qui semblait s'être immobilisé une seconde dans sa course ; un professeur aux verres de lunettes fumés a une main sur son épaule et l'on voit derrière eux la courbe d'une plage et un ciel nuageux. Enfin la dernière : l'enfant très mince, en maillot de bain, assis sur la ligne de brisement des flots, les mains dans l'eau, une jambe repliée, l'autre tendue, dont le sourire éclaire le noir et blanc fané et remplit la mer calme derrière eux, atteignant même les baigneurs à l'horizon. L'enfant qui a mon visage, l'enfant heureux au bord de la mer.

Je fus surtout frappée par une photo d'identité où il devait avoir une vingtaine d'années, et qui remontait donc aux années 1964-1966, soit à une époque toute proche du début de l'histoire que je reconstruisais.

Il y était méconnaissable, encore plus différent que dans sa version enfantine : un jeune homme beau et austère, la raie sur le côté, un pull-over foncé au col en V, les sourcils plus épais mais toujours droits, le regard pénétrant et de trois quarts, les lèvres charnues. C'était la première fois que je le voyais privé de barbe ou de moustache. Je fus désarmée par ce visage noble, lisse et étranger. Il n'avait rien de familier, c'était donc une nouvelle identité qui suscitait en moi un mélange d'étrange violence et de fascination, un sentiment semblable, d'une certaine façon, à celui que j'avais éprouvé face au mémoire en défense : là, sur cette petite photo qui tenait dans le creux de main, il était pleinement L.B., l'inconnu.

« Ce qu'il était beau… m'exclamai-je, stupéfaite.

— Oui, n'est-ce pas ? » dit Agata. Nous échangeâmes un sourire.

Je regardai encore une fois la photo du garçon, puis celles de l'enfant et les rangeai l'une après l'autre dans l'enveloppe. Tel était donc l'enfant fantôme et fantasmé dans la brume de la ville de montagne que je n'avais jamais réussi à me représenter ; voilà qu'il prenait corps, ou mieux, qu'il se faisait désir, oui, désir : amour perdu, amour non éprouvé…

Mon existence à Milan se poursuivait, d'une certaine façon, même si elle ne me donnait pas l'impression d'avancer ; j'étais sans cesse en proie à une sensation de fixité, d'attente, dont le sens m'échappait. Peut-on mener une vie entière en suspension ? Dans les périodes où je ne prenais pas de somnifères, je dormais au maximum quatre heures par nuit et j'étais épuisée, nauséeuse ; dans les périodes où j'en prenais, j'avais des hallucinations avant de m'endormir et je passais la journée dans un état de somnolence trouble. Pourtant, je tirais toujours le même plaisir de mes promenades, des nouvelles rencontres qui se transformaient en amitiés, des visites de ma mère que j'emmenais voir des expositions, errer dans la ville, manger dans mes restaurants préférés, des week-ends avec N. et de mon appartement dépouillé. Je n'avais rien accroché aux murs et je n'avais pas tenté d'y laisser mon empreinte, à l'exception des quelques dizaines de livres que j'avais réussi à entasser dans la petite bibliothèque :

ce nouvel espace à l'image de ma nouvelle liberté me suffisait.

J'avais commencé à travailler pour de nouvelles maisons d'édition et je lisais donc toute la journée. Le matin, au réveil, je me préparais un café puis m'habillais et, quel que fût le temps, me rendais dans un bar ou dans une bibliothèque du quartier – mais je profitais des belles journées ni trop chaudes ni trop froides pour prolonger ma promenade, ou effectuer une étape sur le banc d'un parc et lire des manuscrits. Le soir, avant le dîner, je rédigeais des fiches de lecture, l'une après l'autre. Quand je ne sortais pas avec quelqu'un, je travaillais aussi après le dîner jusqu'en pleine nuit, surtout dans les périodes où se tenaient des salons du livre, alors que les lectures pleuvaient. Cela ne m'empêchait pas de lire également par plaisir. Je lisais énormément : les auteurs italiens que j'avais ignorés les années précédentes, consacrées aux Américains, puis à la littérature juive et israélienne, aux Anglais, aux Français et enfin aux Russes. Je lus Giorgio Manganelli, Michele Mari, Anna Maria Ortese, qui me bouleversa et dont je m'épris irrémédiablement, même si son exaltation m'agaçait parfois, Juan Rodolfo Wilcok, qui était italien sans l'être véritablement, Lalla Romano, Tommaso Landolfi, Goffredo Parise, d'autres livres de Primo Levi, de Natalia Ginzburg, de Dino Buzzati et de Marina Jarre. Je découvris Clarice Lispector, Danilo Kiš, Aleksandar Hemon, Martin Amis, Annie Dillard, Julio Cortázar,

Magda Szabó. Je lus quelques Italiens contemporains en essayant de surmonter mes stupides préjugés, notamment parce que certains d'entre eux étaient devenus mes amis et que j'avais envie de voir de quelle façon ils mettaient leurs idées en pratique dans leurs pages. Je relisais mes ouvrages préférés en y trouvant chaque fois de nouvelles choses. Je lisais des essais, des témoignages et des documents sur la période que je voulais décrire, tout en cherchant des films, des reportages et des documentaires concernant ces années-là. Je lisais sans arrêt. Ma tête débordait de voix. C'était merveilleux.

Je n'avais plus le sentiment d'avoir renoncé à quoi que ce soit – un doctorat, par exemple : la vie universitaire ne m'attirait pas, même si j'aimais la théorie de la littérature et si j'avais aimé les professeurs qui me l'avaient enseignée –, mais je n'étais pas non plus satisfaite. J'avais beau m'apercevoir obscurément que le temps passait, je ne m'employais pas à conquérir une fonction.

*

J'aspirais à une communauté semblable à celles des écrivains, critiques, poètes et peintres des années dix et vingt à Saint-Pétersbourg, aux *émigrés** russes à Berlin et Paris, aux Turinois entre les deux guerres et des années quarante et cinquante, ou aux Français de l'après-guerre : non pas des groupes fermés et unis par une idéologie artistique, qui ne m'intéressait guère, mais des réunions composites et fluctuantes entre sujets différents qui conservaient fermement leur propre individualité tout en lisant aux autres leurs poèmes ou des passages de leurs romans au fur et à mesure qu'ils les rédigeaient, en discutaient jusqu'au cœur de la nuit, se rencontraient aux mêmes endroits et produisaient cet échange d'idées incessant, multiforme et enthousiasmant qui m'enchantait dans les mémoires et les correspondances de ces auteurs – comment oublier la description que fit Chklovski de la Maison des Arts juste après la révolution, où dans chaque pièce un artiste pensait, travaillait, bavardait avec un autre, emmitouflé dans toutes les couvertures possibles et à moitié mort de faim, et où « Ossip Mandelstam, la tête rejetée en arrière, parcourait la maison », murmurant dans sa barbe les vers d'un prochain poème ?

Non sans hésitation, j'en parlai un jour à un ami écrivain et traducteur, plus âgé et moins naïf que moi, qui avait participé aux expériences des premières revues en ligne avant de s'en éloigner, tandis que nous prenions un café entre deux séances de travail à la bibliothèque, et je songeai que ma voix devait paraître jeune et bête alors que je lui confiais mon désir de se réunir comme cinquante ou cent ans plus tôt, de discuter face à face, et ma nostalgie de ce temps-là.

« Nous avons essayé il y a de nombreuses années. Mais nous n'avons pas continué. Ça ne marche plus, répliqua-t-il.

— Pourquoi ?

— Pour d'innombrables raisons sans doute. C'est comme ça, voilà tout. Ce genre de choses n'existent pas non plus dans les autres pays, si tu y regardes bien. »

Je pinçai les lèvres, irritée, et me gardai d'insister. Voyons, même les *Turinois* y étaient parvenus !

J'étais bien obligée de constater que mes rêveries romantiques étaient irréalisables, même si le motif m'en échappait. On ne pouvait apparemment se voir qu'en groupes de trois ou quatre personnes – et dans ce second cas, c'était un grand événement. Les domiciles étaient inviolables. On ne s'unissait qu'à l'occasion de pétitions contre des événements malheureux ou de récoltes de fonds, pour s'indigner ou pour railler l'auteur d'une gaffe plus ou moins grave, d'un livre ou d'un article prétendument ou réellement médiocre (ou encore, et cela ne cessait de me surprendre, pour encenser un ouvrage tout aussi médiocre). Les auteurs se plaignaient de ne pas être lus ; les traducteurs se plaignaient d'être négligés ; les critiques se plaignaient de la mauvaise qualité de la littérature contemporaine, ou du manque de considération pour la critique ; les auteurs pour la jeunesse se plaignaient de ne pas être considérés comme de « vrais » écrivains (et, sur ce point, il était impossible de les blâmer) et s'enfermaient dans une espèce de réserve d'où ils poussaient leurs cris de colère, quelles que fussent leurs qualités réelles ou prétendues. Ils s'affrontaient dans l'habituelle, ennuyeuse et vieille querelle à propos de l'engagement civil des intellectuels, les uns prétendant qu'ils y étaient obligés, les autres soutenant le contraire – et par la même occasion s'arrogeant ce titre, observais-je avec un amusement perfide. Les discours générationnels (« *nous* avons le devoir de… ») me donnaient envie de prendre mes jambes à mon cou. Quant aux revues, elles ne menaient jamais à des rencontres physiques entre des auteurs qui avaient plaisir à se lire mutuellement. C'était, c'est encore, une époque pauvre, où les élans émotifs et intellectuels ne pouvaient avoir lieu que selon une autre monade, à la table d'un bar ou au téléphone.

C'était la fin des lettres : nous ne laisserions pas derrière nous ces correspondances qui étaient encore à l'ordre du jour ne serait-ce que vingt ans plus tôt, dans lesquelles on déversait des images de personnages célèbres ou pas, de l'humour, des idées personnelles sur l'écriture. Que resterait-il de nous ? De temps en temps, nous nous disions, un ami et moi : écrivons-nous des lettres. Mais cette idée ne se concrétisait pas, nous nous contentions de nous envoyer des messages ou des courriels qui n'allaient pas beaucoup plus loin qu'un banal « Comment ça va ? ». Nous n'étions plus capables de la mettre en pratique.

Il y eut à un moment un projet qui ressemblait un peu à ce que je souhaitais, organisé dans la maison d'édition pour laquelle je travaillais : on se retrouvait et lisait à tour de rôle le passage d'un livre « triste ». C'était l'occasion de découvrir les autres ainsi que des auteurs que je ne connaissais pas. Au cours d'une de ces séances, je lus *L'Évasion* de Katherine Mansfield. Une collaboratrice de la maison choisit un passage de *La Trentième Année* d'Ingeborg Bachmann sur l'angoisse du temps qui presse, sur le sentiment qu'on éprouve face à l'unique voie qui a remplacé l'infinie variété de choix. Elle était jolie, blonde et triste, assortie à la soirée. Dans la rue, je lui dis que cette peur me paraissait très lointaine, ou carrément inconcevable. Un jour, bien plus tard, elle me rappellerait cette conversation en souriant.

Les êtres me plaisaient et m'intéressaient énormément, bien qu'ils fussent réticents à se révéler autant que je le souhaitais. Cet intérêt, depuis que j'avais commencé à m'occuper de L.B. et des témoins auxquels je parlais, s'était étendu comme la rose du *Tombeau des lutteurs* de Magritte, qui finit par occuper toute la pièce. J'avais maintenant l'impression de voir vraiment les gens, j'avais le sentiment que l'étrange distance qui m'avait éloignée les dernières années (peut-être depuis toujours ?) des visages et des existences s'était raccourcie. Elle demeurait toutefois : je me rendais compte que je continuais de vivre de façon très abstraite. Alors que la réalité proliférait autour de moi, je restais spectatrice. Je ne m'expliquais toujours pas l'effet que me faisaient les réverbères qui flottaient dans le brouillard de la via Paracelso par une soirée d'hiver, ou les absurdes flèches sur les pinacles vert d'eau de l'Institut des études chimiques, le « Kremlin de la cité universitaire », qui jaillissaient soudain derrière les cimes des arbres ; ou pourquoi ma conscience se perdait parfois dans ces absurdes vagabondages à reculons qui laissaient uniquement derrière eux, tels des sillages lumineux, un éclat marin bleu, un sentier nocturne sur une île, la pénombre d'une mansarde, l'étendue des temples de Paestum tremblant dans l'air enflammé d'une journée d'août ; je le sentais, mais je ne creusais pas : c'étaient encore ces images éparses, cette contemplation vague.

Ainsi, en octobre 1974, L.B. et Agata se marièrent sur ordre du parti et entamèrent leur vie commune dans l'appartement froid et inhospitalier de Villar Perosa qu'elle détesta tant ; de toute cette période – ils n'avaient certainement pas les moyens d'acheter un appareil photo –, il ne reste qu'un cliché en noir et blanc, minuscule et flou, qu'Agata a récemment retrouvé au fond d'un tiroir et m'a confié en me priant de l'excuser pour sa mauvaise qualité. Je me demande qui l'a pris. On y voit L.B. assis dans une cuisine dépouillée, en pull-over et chemise, une main sur la poitrine : son visage est défraîchi, presque invisible. On distingue juste sa moustache et son sourire. En la regardant, j'ai espéré pour lui, pour eux, que cette vie si pénible, remplie d'efforts et d'amertume, avait également été ponctuée de moments joyeux.

La crise économique continuait de faire rage. Les prix du pain, de la viande, du sucre et de l'essence augmentaient presque chaque semaine. Dans certains quartiers populaires, les militants de la gauche extraparlementaire organisèrent l'autoréduction des factures d'électricité et des loyers, qui se répandrait bientôt en tache d'huile dans presque toutes les grandes villes comme un véritable instrument de lutte contre la vie chère. Bien vite, les ouvriers d'Enel qu'on envoyait couper le courant dans ces appartements s'y refusèrent par pure et simple solidarité. Des « marchés rouges » où l'on vendait des biens de première nécessité à bas prix, à des « prix politiques » comme on les appelait, surgirent un peu partout. Ce fut aussi le cas des premiers chômeurs techniques, créatures anormales, contraintes à une immobilité sans but et peut-être sans fin, qui erraient en ville, perdues dans leur néant subit. Des révoltes éclataient sans cesse dans les prisons, et l'on tira même parfois sur des détenus qui s'étaient livrés. Les Brigades rouges osèrent pour la première fois enlever un juge[1], mais l'État refusa de négocier, malgré les lettres de supplication que ce juge écrivit en quantité. Il fut de toute façon libéré trente-cinq jours plus tard.

Le référendum sur le divorce eut lieu, et il y eut une fête émue quand le non passa et que le divorce ne fut pas abrogé. Puis vint la deuxième bombe, à Brescia[2]. Et la troisième, en août, à bord d'un train[3].

1. Il s'agit de Mario Sossi, enlevé à Gênes le 18 avril 1974.

2. C'est le tristement célèbre attentat de la Piazza della Loggia perpétré le 28 mai 1974 par le groupe néofasciste Ordine Nuovo.

3. L'attentat de l'Italicus Express dans la nuit du 3 au 4 août 1974.

Ce fut également l'année où Agata parvint à convaincre L.B. d'écrire sa thèse et d'obtenir son diplôme de médecine avec les félicitations du jury. Je suis entrée en possession de cette thèse il y a seulement deux ans ; pour une mystérieuse raison, il l'avait laissée chez une amie rencontrée dans les années quatre-vingt. Comme me l'avait appris Agata, elle était consacrée au rapport existant entre les tumeurs broncho-pulmonaires et pleurétiques et le milieu social. Je la lus avec un certain intérêt. Elle était plutôt en avance pour cette époque où l'on poursuivait encore le fantomatique « virus » du cancer, même si l'arrière-fond, bien entendu, demeurait politique : à un moment donné L.B. écrivait carrément que le patronat avait intérêt à ce que les recherches demeurent orientées vers un virus légendaire, plutôt que d'assumer la responsabilité de la mauvaise santé de leurs ouvriers. Et s'il estimait, en citant Dulbecco, que certains types de cancers pouvaient être provoqués par un virus, il pensait que la plupart d'entre eux étaient certainement dus à une dégénération cellulaire causée par l'environnement.

Pendant quelques mois, après son diplôme, il fit des recherches pour le compte de l'Institut d'anatomie et histologie pathologique. Puis, mystérieusement, il interrompit cette collaboration.

L'interrègne de la strada delle Cacce allait commencer, soit la dernière bataille que L.B. mena à l'intérieur du parti.

La strada delle Cacce était située dans un des nouveaux quartiers de HLM construits avec l'appui de l'Usine à la limite de la ville ; un lieu d'une rare laideur, totalement isolé, sans réverbères, sans magasins et très éloigné du dernier arrêt d'autobus, dont les rues non asphaltées se transformaient, l'automne et l'hiver, en un énorme marécage où cinq mille habitants, presque tous immigrés, se déplaçaient avec des torches et des galoches. À cause d'une erreur de construction, les tuyaux avaient été arrachés et, en attendant qu'ils fussent réparés, la route paraissait bombardée. Les enfants, une centaine – il s'agissait de familles de six, sept ou dix personnes –, étaient obligés de parcourir des kilomètres dans la boue pour gagner les écoles les plus proches et de rentrer à la nuit sur cette espèce de parcours de guerre ; quand ils allaient jouer au ballon dans les environs, où les rues étaient asphaltées, on les chassait, de peur qu'ils ne cassent des vitres, aussi leur seul divertissement consistait-il à faire voguer des bateaux en papier sur l'eau de leur marécage, en une pitoyable parodie des petits Parisiens devant le bassin du jardin du Luxembourg. Par chance, il y avait parfois d'autres distractions, par exemple lorsqu'un camion de déménagement s'enlisait dans le lac de boue et d'ordures, et qu'un bulldozer venait l'en tirer. Le ramassage des ordures semblait avoir oublié l'existence de la strada delle Cacce ; quant aux médecins, ils refusaient pour la plupart d'examiner leurs patients à domicile afin de ne pas avoir à traverser ce bourbier.

Malgré tout, des milliers de personnes brûlaient de s'installer dans ces logements flambant neufs au milieu de la boue : vingt mille d'entre eux, précisément, à une centaine près, avaient présenté une demande à la Chambre de commerce pour les deux mille deux cent quarante appartements de ce quartier et de celui de la Falchera, également construit par l'Institut autonome des Hlm (l'Iacp) de l'autre côté de la ville, à la limite de la banlieue nord. Les locataires devaient être désignés selon un système de points calculés d'après la taille de leur famille, les années de cotisations versées, l'état de santé du chef de famille, l'état de l'habitation où ils logeaient, etc. Le problème, c'était que les demandeurs se trouvaient tous dans des conditions similaires. Des gens expulsés ou licenciés, des familles de dix personnes qui vivaient amassées dans une ou deux pièces et partageaient les sanitaires, sur le balcon, avec les autres occupants de l'étage pour un loyer frisant l'indécence, ou encore une main-d'œuvre jeune, récemment arrivée qui ne pouvait en aucun cas atteindre ce score parce qu'elle avait la malchance d'être en bonne santé et de n'avoir cotisé que quelques mois ou quelques années. Cruauté des Critères ! Comment assignait-on un score au désespoir ? Quelles punaises étaient les plus mauvaises, quels rats les plus cruels, quel trou était le plus sordide, quel promoteur le plus assoiffé ?

Vingt mille demandes, et tous les membres d'une même famille cachés derrière une seule demande : combien de personnes cela faisait-il ? Une ville fantôme d'habitants non-habitants que l'autre ville, la ville officielle, la ville *réelle*, la métropole des usines, s'était accaparés pendant des décennies, telle une bouche insatiable, sans jamais songer – ou trop tard – à les doter d'un domicile où ils pourraient mener une existence qui ne fût pas une sépulture vivante, d'un véritable logement, d'un logement pour êtres humains. Même si c'était au milieu du bourbier, de la solitude, et à une distance démesurée des autres.

L'attribution des appartements eut lieu en l'espace d'une seule journée, et le verdict s'abattit comme une pierre sur la tête des exclus, dix fois plus nombreux que les bénéficiaires.

Environ trois semaines plus tard, la nuit du 26 au 27 septembre 1974, Emanuele Pariante, à la tête d'un groupe du Pcim-l et d'autres militants extraparlementaires de gauche, enfonça les portes des logements vides et inachevés de la strada delle Cacce. L.B. était absent, il ne les rejoindrait que quelques jours plus tard, me dit Pariante. À l'aube, ils firent entrer les occupants : cent vingt familles, hommes, femmes, vieillards et enfants. Elles provenaient presque toutes des taudis moisis et peuplés de rats qui subsistaient dans le quartier de la barrière d'Orbassano, entre les immeubles construits dans les années cinquante et soixante. Elles n'avaient emporté que de maigres affaires, jetées dans des sacs. Le comité qui s'était formé pour gérer l'occupation disposait d'un grand projecteur pour éclairer les étages pendant que les familles s'installaient. Aussitôt après, la plupart des hommes, presque exclusivement des ouvriers, allèrent travailler, pendant que les femmes restaient de garde dans les appartements et allumaient des feux dans les cours, aidées par les militants. L'entreprise de construction qui s'occupait de ces immeubles porta immédiatement plainte pour occupation illégale ; police et carabiniers assiégèrent le quartier, prêts à exécuter l'ordre d'évacuation dès qu'il serait donné. Puis ils se replièrent. Les jours suivants furent marqués par un va-et-vient incessant pour apporter de la nourriture, des vêtements, des couvertures, des poêles, des bonbonnes de gaz, de l'eau propre, tandis qu'arrivaient de nouvelles familles d'occupants, dont bon nombre d'ouvriers de l'Usine.

Il ne s'agissait pas, pour eux, de priver de leurs appartements les bénéficiaires légitimes, qui de toute façon ne pourraient pas s'y installer avant la mi-novembre. Ils savaient très bien que les autres étaient tout aussi pauvres et qu'ils en avaient besoin tout autant qu'eux. Ils s'insurgeaient contre le petit jeu infect de la « guerre entre pauvres » qu'on avait immédiatement évoquée. C'était juste une action démonstrative, déclarèrent-ils le dimanche, à la Maison du peuple de Mirafiori, lorsqu'ils rencontrèrent, accompagnés d'un groupe important d'ouvriers du quartier, les représentants de la Mairie, de la Région et de l'Iacp. C'était juste une action destinée à arracher ces gens une fois pour toutes à l'aboulie hypnotique du *fait* : c'est ainsi, il en a toujours été ainsi et il en serait toujours ainsi, on ne peut que l'accepter, l'accepter, l'accepter. Telle est la vie qui nous a été attribuée par un étrange hasard de la bureaucratie céleste ; nous n'avons pas atteint le score requis.

Or le syndic, l'Iacp et la Gescal[1] se moquaient bien des scandales intrinsèques de l'existence : ces occupants étaient hors la loi, et ils devaient partir. Les organisateurs de la protestation furent tout aussi durs. Ils décrétèrent que l'occupation se poursuivrait tant qu'une solution provisoire mais décente n'aurait pas été trouvée dans l'attente de la construction de nouveaux logements pour les familles qui n'avaient pas rempli les critères d'attribution ; par exemple, en réquisitionnant les trente mille appartements vacants de Turin. Pas dans dix ans, pas dans vingt ans : le plus vite possible. D'ici là ils ne bougeraient pas d'un millimètre.

Un délégué du Pci déclara au micro qu'il était impossible de régler de cette façon le problème du logement, qu'il était plus « général », qu'une vaste mobilisation était nécessaire ; mais une voix l'interrompit, criant qu'on lui disait depuis toujours que les grèves et les vastes mobilisations étaient nécessaires, qu'ils les fassent donc, ces mobilisations et ces grèves, et eux, ils agiraient en conséquence ! Elles n'eurent jamais lieu.

Pariante abandonna très vite la strada delle Cacce. L.B., en revanche, y resta. Tandis que le Pcim-l s'effritait ailleurs, il continua cette lutte exténuante et solitaire

1. Fonds destiné à la construction et à l'attribution de logements pour les travailleurs.

avec un petit groupe de militants du parti et de Lotta Comunista[1].

Ils organisèrent l'occupation sur le modèle de l'usine, dotant chaque escalier d'un délégué. Ils s'occupaient de la relève des piquets aux escaliers, s'informaient quotidiennement des problèmes que rencontraient les occupants et les nouveaux arrivés, dirigeaient les assemblées, veillaient à ce que tous les habitants participent de la même façon à la bataille commune, et à ce que des intrus ne profitent pas de la situation pour s'introduire dans un logement dont ils n'avaient pas un besoin urgent.

Quelques jours plus tard l'occupation commença également à la Falchera, et l'Iacp remit aussitôt les clefs des appartements à leurs bénéficiaires ; or, de façon inattendue, la plupart de ces derniers s'unirent aux « illégaux », reconnaissant que cette bataille les concernait tous, que le hasard heureux dont ils avaient bénéficié ne diminuait pas le besoin des autres, et refusant la division créée par le système de points qu'ils estimaient eux-mêmes arbitraire. Ils s'appelaient tous « camarades », insufflant à ce mot une nouvelle pureté, une nouvelle intensité. Ils savaient que cette bataille ne concernait pas uniquement les quartiers en question ou la ville, mais qu'elle incluait tout, l'injustice du passé et du présent, le pays entier, leur propre humanité, et l'effondrement encore indéfini qu'ils pressentaient, dont ils

1. Mouvement révolutionnaire d'extrême gauche et de la gauche extraparlementaire, d'inspiration marxiste-léniniste, fondé en 1965.

entrevoyaient les signes et qu'ils comptaient bien combattre furieusement, éperdument, jusqu'au bout.

L'automne fut long. Toute la ville était enflammée par les occupations, et le problème du logement se faisait de plus en plus tragique, car la construction était en pleine crise et sans perspective d'amélioration à court terme. Les chantiers étaient à l'arrêt, des milliers de maçons risquaient le licenciement, faute d'argent pour leur garantir le chômage technique. Il y avait des manifestations de protestation, d'interminables réunions infructueuses entre la mairie et les délégués des occupants, des atermoiements incessants pour gagner du temps, tandis que les organes compétents se rejetaient la faute les uns sur les autres. Personne ne reculait ne serait-ce que d'un pas : la mairie exigeait l'évacuation immédiate des appartements comme condition préalable au relogement des familles d'occupants ; les comités voulaient une solution pour toutes les parties concernées.

Le froid survint, et le comité de la strada delle Cacce demanda à plusieurs reprises qu'on branchât au moins l'eau, le gaz et l'électricité. Les occupants se débrouillaient avec des bonbonnes pour cuisiner et se chauffer, mais cela ne suffisait plus, les pièces étaient glaciales. Les égouts étaient encore à ciel ouvert et chaque jour des habitants étaient hospitalisés, victimes de maladies infectieuses. Les occupants allèrent manifester devant l'aqueduc pour obtenir au moins de l'eau, en vain. Quant aux chaudières et aux radiateurs, il fallait les « vérifier », aux dires de l'Iacp qui prétendait qu'on les avait détériorés. Attendre, attendre encore. Une semaine plus tard, un enfant de quatre mois, affecté d'une malformation cardiaque, mourut d'une broncho-pneumonie.

Druina se rappelait cet épisode : elle avait manifesté avec d'autres femmes pour protester contre la mort du bébé, et elles avaient bloqué une rue. Adele était présente ce jour-là. Considérée comme une « agitée », Druina fut la seule à échouer en prison, où elle demeura une semaine. Les familles de la strada delle Cacce défilèrent jusqu'à la mairie, qu'elles occupèrent avec des délégations des conseils d'entreprises de tous les quartiers de la ville, exigeant un médecin de l'administration sanitaire, les branchements immédiats, ainsi que les points sur lequel le maire continuait de temporiser : la réquisition des habitations vacantes, un logement pour tous immédiatement, un loyer correspondant à dix pour cent du salaire. Le maire ne se présenta qu'à deux heures de l'après-midi et finit par signer avec les comités un accord pour l'installation des familles en trois étapes : un premier groupe avant quinze jours, un deuxième avant la fin de l'année, un troisième avant 1975.

C'était une victoire partielle, mais ô combien amère.

Il ne restait plus qu'à attendre que les promesses fussent tenues. Et L.B. attendait ce soir-là, vers 6 heures, assis près d'un de ces feux allumés dans la cour, tels d'éternels bivouacs, emmitouflé dans un manteau, une écharpe et un bonnet ; fatigué, il lisait à la lumière des flammes, entouré d'individus silencieux, épuisés par leur journée de travail ou d'organisation. Il hésitait à passer la nuit sur place, comme il le faisait quand il s'attardait, ou à se traîner en bus ou en autostop à une réunion du parti, au terme de laquelle il irait dormir chez des amis ou retournerait auprès d'Agata, en admettant qu'elle fût déjà rentrée, qu'elle eût réussi à prendre à temps le bus pour Villar Perosa. Peut-être se retrouveraient-ils à la réunion. Ni l'un ni l'autre ne possédaient de voiture. Et il n'y avait peut-être rien à manger chez eux. De temps en temps, L.B. abandonnait son livre pour observer les visages qui papillotaient à travers le feu, les fronts plissés sous les bonnets, les mains enfilées dans des gants épais qui pendaient, abandonnées, entre les genoux. Il avait beau connaître presque tous les occupants – même s'ils étaient des centaines désormais – il lui arrivait de se sentir vaguement perdu, comme éloigné des choses du monde, de la vie dans le parti et même d'eux. Voilà, oui, ils se tenaient devant lui, mais qui étaient-ils ? Et lui, qui était-il ? Pourquoi était-il là ? Saisi d'une angoisse irrationnelle, il leva les yeux vers le ciel noir, si vaste en banlieue, puis les baissa aussitôt : le ciel était cryptique et infini, cela l'effrayait.

Un enfant gémit doucement, enveloppé dans l'anorak de sa mère, deux personnes échangèrent quelques mots qui échappèrent à L.B. Il n'écoutait pas. Il pensait, il pensait au bien. Il avait toujours désiré faire le bien. Il était là pour ça. Mais il lui semblait que ce bien n'arrivait pas. Peut-être s'agitait-il pour rien ? s'interrogea-t-il. Et si tout cela était vain ? Qu'était-ce que la vie, et qu'était sa vie en particulier ? Quel mouvement, quelle force le poussait en avant ?

« Tu veux une cigarette, Leo ? lui proposa gentiment son voisin, Sebastiano, un ami du parti au mariage duquel il avait été témoin, comme Roberto.

— Merci. » Il sourit en ôtant un gant pour actionner le briquet, si gelé qu'il ne s'alluma qu'à la dixième tentative. Il remit son gant et recommença à fixer le feu. Cette vision suscitait en lui un curieux étourdissement, qui n'était pas désagréable. Il savait qu'il était tard, qu'il perdait son temps. Il aurait dû se lever et aller, aller… aller où ? Il avait oublié.

Il avait abandonné son libre arbitre sans y réfléchir à deux fois. Il en avait besoin. Il en avait besoin parce qu'il souhaitait le bien. Mais il devinait maintenant que le bien n'était plus là où il croyait le trouver. Cette voie n'était plus aussi claire et aussi droite qu'elle ne le paraissait au début, elle était tortueuse, compliquée, horriblement fausse. Comme le parti était loin, comme il était loin… loin de ce feu, à la limite de la ville, et du ciel indéchiffrable. Et comme ses certitudes étaient lointaines… Où aller ? Que faire ? La liberté aussi l'effrayait. Il ne voulait pas tout perdre.

Pour l'heure, il était là et il agissait pour le bien, songea-t-il. Certes, les occupants n'étaient pas tous bons et ils nourrissaient parfois des sentiments qui n'avaient rien de vertueux, des mauvais sentiments qu'il convenait d'apaiser, car il importait de garder son sang-froid ; mais être là pour eux était une bonne chose, « indépendamment du reste », comme il le disait souvent.

Il s'arracha à la contemplation du feu et posa les yeux sur la rue sombre. Un instant, il eut l'impression, peut-être parce qu'il avait fixé trop longtemps la lumière, de voir une tache qui ressemblait au visage de Cabras ; et il entendit sa voix murmurer d'un ton moqueur : « Le bien n'est pas toujours là où tu désires qu'il soit. »

Il tourna brusquement la tête et éteignit sa cigarette avec rage sous le talon de sa chaussure. Il glissa le livre dans son manteau : il fallait qu'il parte.

J'ignore quand se conclut exactement l'occupation de la strada delle Cacce. Elle se poursuivit sans doute une partie de l'hiver, parce que la mairie continuait de tergiverser : elle n'avait attribué que quelques logements à la deuxième échéance promise, et certains étaient encore inhabitables. J'ignore aussi quand les branchements furent effectués. Puis arriva Diego Novelli – qui était alors conseiller municipal de l'opposition et qui deviendrait quelques mois plus tard le premier maire communiste de Turin –, entièrement vêtu de blanc, se souvient Sebastiano. Il proposa d'intervenir comme médiateur, et dès lors ce fut le Pci qui géra toute l'affaire et s'occupa de l'attribution des logements. Cet épisode, me confia Pariante, avait beaucoup chagriné L.B., conscient qu'on avait privé ses camarades et lui-même de leur bataille ; à ses yeux, le compromis était presque une défaite, et il était peu probable que les occupants reçoivent tous un logement, contrairement à ce qui avait été affirmé au début.

À la Falchera, Tonino Miccichè avait été l'un des membres les plus actifs des comités pour le logement. Âgé de vingt-cinq ans, sicilien, il était membre de Lotta Continua[1] et avait travaillé à l'Usine comme ouvrier avant d'être licencié à la suite d'une arrestation pour des raisons politiques. Il avait de grandes qualités d'organisateur, beaucoup d'enthousiasme, et il avait si bien géré l'occupation qu'on l'avait surnommé en plaisantant « le maire de la Falchera ». Les occupants, qui avaient l'habitude de se réunir dans la rue, avaient demandé à l'un des bénéficiaires « légitimes » des logements, un agent de sécurité auquel on avait attribué par erreur deux garages, de leur en céder un le temps de leurs réunions pour éviter de faire du bruit dehors jusqu'à une heure tardive. En vain : l'homme s'était toujours montré inébranlable. Ils décidèrent un soir de passer outre : ils ouvrirent le rideau de fer du garage et en sortirent la voiture. La femme de l'agent s'en aperçut. Elle descendit dans la rue et se mit à les couvrir d'insultes. Quelques minutes plus tard, son mari la rejoignit, armé de son pistolet. Miccichè se dirigea vers lui avec un sourire conciliant en espérant qu'il parviendrait à la calmer. L'homme lui tira une balle

1. Fondée en 1969, ce fut une des principales organisations de la gauche extraparlementaire italienne, de tendance communiste, révolutionnaire et opéraïste. Adriano Sofri et Enrico Deaglio comptèrent parmi ses leaders.

entre les yeux. Miccichè mourut peu de temps après en murmurant qu'il n'y voyait plus très bien. Neuf mille personnes défilèrent devant son cercueil lors de la veillée funèbre. On le plaça ensuite à bord d'un train en direction du sud, d'où il était venu à l'âge de vingt ans. Sa mort marqua la fin de tout.

Ses vieux parents, qui se présentèrent au procès et refusèrent les neuf millions de dédommagement que leur offrait l'agent de sécurité, firent graver sur la niche du columbarium où reposait son corps dans le petit cimetière de leur village : « Ne jugez pas la vie qui s'achève, mais celle qui commence. »

J'empruntai la strada delle Cacce par un dimanche de mars. C'était une banale rue de banlieue bordée de grands immeubles rouges tous identiques, précédés par une pelouse et par une triple rangée d'arbres. Il n'y avait personne à l'horizon. N. et moi descendîmes de voiture et marchâmes quelques minutes dans ce lieu sans mémoire, qui n'avait rien à me dire. Nous repartîmes presque tout de suite.

Un homme arriva de Milan. Il se rendit chez L.B. et Agata pour leur parler longuement. Il leur annonça qu'il y avait dans l'autre ville un courant du parti qui ne supportait plus la ligne de Brandirali, de plus en plus paternaliste, de plus en plus dogmatique, toujours plus détachée de la réalité présente. Une seule solution s'imposait à eux : le dissoudre. Il énuméra les raisons qui confortaient les militants de Milan dans ce choix. L.B. l'écouta attentivement et, quand l'homme se tut, lui répondit d'un ton calme : « Il est inutile d'essayer de me convaincre. Je suis d'accord. »

La fin du parti fut une lente et douloureuse agonie ; du jour au lendemain, des familles entières furent privées des salaires de fonctionnaires et donc de toute rétribution ; certains individus ne trouvaient plus de sens à l'existence. Qu'y avait-il en dehors du parti ? À quoi avaient-ils confié leur personne, leur argent, leur idéal ? À Turin, trois femmes se défenestrèrent. Il n'y eut rien de ridicule ni de libératoire dans cette déchirante et longue extinction.

Le 22 novembre 1975, à Rome, Brandirali prit la parole lors de la réunion qui devait entériner la dissolution officielle du parti. J'ignore si L.B. y assistait, mais j'en doute. Le père fondateur énuméra d'une voix sinistre les deux cent soixante et onze erreurs que le parti avait commises. Et même si l'on avait en fin de compte joué jusqu'à ce moment-là avec la perspective d'une possible violence future, il conclut son discours en déclarant qu'il valait mieux en rester là, plutôt que de risquer d'être engloutis par les ombres.

Et de fait les ombres se multipliaient dans l'épaisse brume environnante ; on ne comprenait pas bien ce qu'elles étaient, on se demandait où elles allaient. Toutefois, en regardant bien au fond des ruelles, dans la nuit des villes, après que les derniers ivrognes s'étaient endormis dans les entrées et que la dernière réunion d'un collectif s'était conclue, en regardant avec beaucoup d'attention, un long moment, au point d'en avoir le vertige, on aurait vu le temps de quelques instants le corps long, lourd et protéiforme de la chimère ramper lentement dans le noir sur ses petites pattes squameuses. Et l'on aurait sans doute pu distinguer sous un réverbère le nez de la bête, les petits trous de ses oreilles, ses yeux chassieux et embués, qui se tournaient de tous côtés, comme aveugles, tandis qu'elle flairait l'air pour avancer, et son corps formé d'un étrange assemblage de morceaux de créatures différentes, sur lesquels se promenaient, comme projetés par une forte lumière, des bribes de communiqués dans une langue incompréhensible. Elle dégageait une odeur de métal, de sang et d'essence, d'adolescence et de putréfaction, d'adrénaline guerrière. Elle secouait la tête, la chimère, et ses yeux se remplissaient sans cesse de larmes : elle s'émouvait toute seule, enivrée par sa propre odeur. En admettant qu'il fût encore là, notre courageux observateur l'aurait vue disparaître une nouvelle fois dans les ténèbres et il n'en aurait gardé que la sensation d'un rêve étrange.

En mai 2015, je retournai dans les Pouilles pour le mariage d'une cousine. Cela faisait six ans que je n'y étais pas allée. La fois précédente – par un mois d'octobre triste, l'octobre de la mort de Celina –, je m'y étais rendue en voiture, pour un autre mariage, en compagnie de mon père et de Dora, qui s'y étaient ensuite attardés quelques jours, alors que j'avais regagné le Nord seule, par le train de nuit. J'avais partagé un compartiment avec une femme, qui occupait la couchette sous la mienne et qui, pour une étrange raison, n'arrêtait pas de parler, d'un ton nerveux et pressant. Quand elle s'était endormie, j'avais achevé la lecture des *Derniers Jours de l'humanité* de Kraus, commencé pendant l'été et abandonné à un quart de la fin. Je me rappelle le ronflement léger de cette compagne de voyage pendant que je lisais en attendant les rapides lignes obliques des lumières artificielles, au fil des gares, et voyais ressurgir du fleuve où il s'était noyé le bataillon de chevaux fantômes maudissant le général qui l'avait mené à la mort, ainsi que toutes les autres scènes de l'acte final. Par la suite, je n'avais plus repris le train de nuit.

Ce train-là, en revanche, partait à l'aube, et il était beaucoup plus rapide que ceux d'autrefois. Je regardais à travers la vitre avec une sorte de ferveur en attendant que le paysage suscitât en moi la secousse de la reconnaissance. Plusieurs heures s'écoulèrent, puis cela se produisit : après la gare de Pesaro, la mer apparut à côté du train, la mer d'un vert œuf-de-canard à taches rosées, cette mer basse et plate des Marches qui n'était pour moi qu'une image de passage, mais que je reconnus. Par cette journée froide et venteuse, les plages de sable pâle étaient encore désertes ; çà et là toutefois on distinguait des promeneurs solitaires, aux vestes battues par le vent, qui contemplaient l'eau, les mains dans les poches. À San Benedetto del Tronto, le train longea un jardin fleuri sous les palmiers duquel des gens se promenaient, mais dont je ne me souvenais pas. Et puis (ou avant ?) un tunnel qui courait peut-être sous les montagnes, d'où l'on entrevoyait la mer entre de grands arcs de pierre. J'étais allée dans le wagon-restaurant prendre un café et le train avait ralenti. À cet instant-là, je m'étais tournée vers la vitre et j'avais vu ces arcs ; je savais que je les connaissais, je les revoyais, surgissant du puits profond des choses auxquelles nous n'avons jamais prêté beaucoup d'attention. Les gares filaient, elles portaient des noms que j'avais toujours lus de bonne heure à une faible lumière, par les matins d'été, quand je quittais furtivement ma couchette pour me coller à la vitre du couloir.

Les noms du souvenir. Senigallia, Pescara, Francavilla al Mare. Çà et là des carcasses préhistoriques d'usines et d'hôtels abandonnés. Enfin, le Tavoliere se déploya, avec ses champs jaunes et turquoise, et je vis les éoliennes se détacher sur l'horizon – apparemment très lointain, interminable –, géants blancs, mélancoliques et solennels qui agitaient lentement les bras parce que le vent s'était calmé.

Me rendant compte que je m'étais penchée en avant, je m'appuyai de nouveau au dossier et laissai cette vision calme, majestueuse, me submerger. Il serait faux de dire que je n'étais pas émue ; pourtant, ce n'était pas un sentiment de « retour aux racines », ou des bêtises de ce genre. C'était la plénitude de la reconnaissance que j'attendais depuis le moment où j'étais montée à bord du train. C'était la terre de l'enfant dans la montagne, et je venais en paix.

Mon séjour fut bref, juste trois jours, le temps des préparatifs du mariage – je passais des heures en voiture avec ma tante et l'aînée de mes cousines pour aller acheter ou chercher ce qui manquait encore –, puis des photos autour de la mariée en robe blanche dans le beau salon de la maison où j'avais si souvent couché, enfant, lors des vacances, une maison de femmes depuis le décès du père de famille – l'affable Michele, le frère préféré de mon père, le benjamin d'une fratrie de cinq et, en vertu d'un destin perfide, le premier à mourir, deux ans avant lui –, et enfin du mariage et du repas, auxquels j'assistais un peu gênée, en compagnie de cousins que je n'avais pas vus depuis si longtemps, des enfants et des survivants, changés, vieillis, identiques. Le lendemain, je repris le train pour Milan et regagnai mon petit appartement à la nuit en parcourant des rues qui embaumaient le jasmin.

Lors d'un de ces trajets en voiture avec ma cousine, nous avions emprunté le bord de mer devant le vieux Trani, près de la cathédrale. Je n'avais que rarement vu cette partie de la ville. Le Trani que je connaissais bien était celui de sa maison familiale, la partie récente, composée d'immeubles anonymes en béton, de viaducs tapissés d'affiches décolorées des cirques qui passaient par là, l'été. C'était également dans ce quartier que se dressait la petite villa des grands-parents de sa mère, dotée d'un patio et d'un long, d'un étroit jardin, ceint d'une grille basse et planté d'arbres aux épaisses frondaisons que la lumière traversait en diagonales liquides, où se trouvait quelque chose de vieux et d'abandonné à l'effet ensorcelant (*peut-être* une table ronde en métal, à la peinture blanche écaillée, comme dans les jardins des romans anglais, entourée de chaises couvertes de feuilles). Lorsque j'étais enfant, ce jardin me paraissait grand ; quand je le revis de passage durant mon séjour – la maison avait été vendue après la mort des grands-parents de ma tante –, je fus désarçonnée : il était exigu, un mouchoir de poche herbeux autour de la maison. Les arbres avaient-ils été coupés ? Avaient-ils jamais existé ? Seigneur, comme je détestais ces lézardes dans ma mémoire…

J'étais allée à deux ou trois reprises dans le vieux Trani, le centre historique, proche de la mer. Il était magnifique et j'aurais aimé avoir le temps de parcourir ces ruelles entrevues à la dérobée. Ma cousine m'indiqua de la voiture la rue où – plus au fond, plus en hauteur, toutefois invisible – la famille de nos pères avait vécu des années durant. J'aurais aimé la voir, elle aussi. Mais je ne pouvais pas m'attarder, j'avais déjà acheté un billet de train pour le lendemain du mariage.

Ce désir s'ancra cependant en moi et s'accrut, tout comme celui de voir Monte Sant'Angelo. C'était à mes yeux un acte juste, un acte final – la fin de quoi, je ne saurais le dire ; peut-être la conclusion parfaite de ce que j'entendais écrire et qui n'avait pas encore pris forme. Jonction-accomplissement, fermeture du cercle. Cette idée me plaisait.

J'y retournais donc l'été suivant en compagnie de N. à la faveur d'un autre mariage. Cette fois, pour une semaine. Nous fîmes le trajet en voiture, autre voyage auquel je tenais, et atteignîmes les Pouilles à la fin de l'après-midi. N. s'était endormi, et j'affrontais seule le Tavoliere que survolaient de gros et rapides nuages cendrés annonçant la tempête. L'autoroute était déserte. En traversant cette plaine énorme et vide j'éprouvai un sentiment de pouvoir absolu : cette fois, c'était moi qui conduisais, j'étais la femme sur l'échiquier et je m'approprierais tout ce que je pouvais, je ne me distrairais pas un instant.

Mes attentes furent toutefois déçues. Ce fut un voyage incertain, aussi incertain que le temps : il pleuvait par intermittence, le ciel était presque toujours dissimulé derrière une épaisse chape grise, bleuâtre, qui s'ouvrait pour se refermer aussitôt ou presque. Quand le temps semblait assez clair pour qu'on se risquât à aller sur la plage, les nuages ressurgissaient au bout d'une heure ou deux, suivis par les grondements du tonnerre. Nous nous contentâmes donc d'errer dans d'étroites ruelles pavées le long du port, dans le ghetto qui avait prospéré sous les Souabes, sur les fortifications médiévales, dans le jardin public construit sur un terrassement surplombant la mer, parmi les palmiers, les pins et les yeuses humides, les bancs plongés dans d'immenses flaques vert émeraude. Le jour, la vieille ville était paisible et silencieuse. Dans cette lumière blafarde, les bâtiments en pierre trapus, carrés, ainsi que les places, étaient jaunes et d'un gris délavé, parés de reflets roses et violets, comme la nacre ; le soir, sous les réverbères, ils adoptaient un ton vieil or et acquéraient dans les ruelles sans éclairage une ombre de caverne. C'était l'heure où les clients des restaurants et des bars se déversaient sur la promenade du bord de mer, brisant le calme par un joyeux vacarme. Dans la journée, en revanche, on n'apercevait que de rares habitants, une dame âgée, vêtue d'une robe sans manches, assise sur une chaise en plastique sur le trottoir, le dos tourné à la rue, ou un groupe de vieillards aux casquettes sombres qui bavardaient sur un banc. Pas une fois je ne vis, à ma grande stupeur, d'enfants en liberté. Le deuxième ou troisième jour, nous visitâmes la cathédrale. En sortant, nous avisâmes près des arcades du clocher une fille blonde, très menue et très jeune, qui sanglotait en retenant à grand-peine des soupirs, le visage rougi, les yeux – bleus, semblait-il – bouffis, comme si elle pleurait depuis longtemps. Elle portait une robe claire à petites fleurs et des chaussures de tennis blanches. J'ignore pourquoi, quatre ans plus tard, je me rappelle ces détails, plutôt que la couleur de ce qui aurait pu être la maison de mon père, ou les mots que j'échangeai avec N. ; à cet instant-là, la fille fut une apparition mystérieuse et incongrue, seule à cet endroit, étreignant son propre corps et pleurant sans bouger, telle une Niobé transformée en rocher ; enfin quelque chose de sincère, de *vivant*. Je pivotai deux ou trois fois pour la regarder, tandis que nous nous éloignions en direction du quai.

Nous marchions dans les rues somnolentes. Je scrutais les édifices, et N. prenait des photos. Je crus, comme je l'ai dit, avoir repéré la maison où avait vécu la famille de mon père. Cependant ces façades belles et inertes ne me parlaient pas, ne s'ouvraient pas à mon féroce désir. Les traces que je cherchais étaient inexistantes. J'avais beau analyser scrupuleusement mes sentiments, je ne trouvais qu'un froid découragement. J'avais l'impression de sonner à la réception déserte d'un hôtel, après avoir cassé la clef de ma chambre dans la serrure, de sonner et de sonner encore au point d'égarer le sens de mon geste.

Le quatrième jour, nous nous rendîmes à Monte Sant'Angelo, le véritable but de ce périple. La route qui gravissait la montagne, montrant à chaque virage le ravin, me parut interminable. Je songeai qu'il devait être bien compliqué, dans les années quarante, de descendre et de remonter, en particulier l'hiver. À l'époque, c'était sans doute un lieu très isolé.

Je n'y étais jamais allée, du moins le croyais-je. En réalité, j'y avais déjà séjourné, mais j'étais alors trop jeune pour m'en souvenir, m'apprit ensuite ma mère. J'avais cinq mois, et mes parents étaient partis pour la première fois ensemble dans les Pouilles. De ces vacances, il ne reste qu'une vingtaine de photos que j'avais vues à d'innombrables reprises en feuilletant les albums de mon enfance : des gens dont ma mère a oublié l'existence, une jeune femme seule avec une fillette, un moustachu aux cheveux frisés et noirs, deux gamines d'environ dix ans sur la plage, peut-être à deux endroits différents ; mes parents assis côte à côte sur un muret, devant une corde à linge, bronzés, ma mère souriant de son habituel petit sourire de chat dans une robe à fleurs lilas sans manches, ses cheveux courts éclaircis par le soleil, son bras fin passé autour des épaules de mon père ; sur la photo suivante, elle pose le menton contre son épaule et sourit à mon père en lui disant quelque chose (c'est une des deux seules photos que je possède où ils échangent un geste affectueux). Les autres ont toutes été prises par ma mère : le bébé dans la poussette qui lui adresse un sourire enthousiaste en soulevant ses jambes, mon père qui plonge le bébé dans la mer, mon père, le bébé allongé à plat ventre sur ses genoux, pendant qu'il lit le journal sur une chaise-longue, tous deux coiffés d'un bob en coton, enfin deux photos où, ne se sachant pas photographié, il serre contre lui ce bébé gracile et en mauvaise santé en regardant dans le vide, l'air perdu, vulnérable, comme si c'était lui qui cherchait un refuge, comme si le corps du bébé était un flotteur auquel il s'était accroché. Sur la seconde, il pose la joue contre celle du bébé, les paupières légèrement baissées. Ces photos constituaient pour moi une énigme.

En revanche, il n'y a pas de photos de Monte Sant'Angelo, à moins qu'elles ne soient restées dans un rouleau jamais développé ou qu'elles n'aient été perdues. Ma mère se rappelle que mon père ne fut guère bavard au cours de leur séjour. Il parla de l'histoire du village, où, depuis le haut Moyen Âge, on accomplissait un pèlerinage à la basilique de l'archange saint Michel construite dans une grotte, étape obligatoire pour les croisés destinés au massacre ; il parla de neige en hiver, du panorama, de la côte âpre, plantée d'amandiers et d'oliviers, de la Foresta Umbra, qui tire son nom de son ombre même, du feuillage épais et obscur de ses arbres, au nord-est du promontoire. Notions incolores, dignes d'un guide touristique. Nous n'y étions jamais retournés par la suite, quand nous passions dans la région tous les deux ou avec Dora.

En l'absence de souvenirs, j'étais prête à accueillir toutes les impressions possibles. En ce 16 août, les touristes avaient envahi le bourg, d'une blancheur irréelle, malgré la réalité bruyante aux chaussettes bariolées qui encombrait les rues. Il dévalait la montagne en de larges escaliers, avec ses maisons mitoyennes, blanchies à la chaux, si semblables et si régulières, cheminées fantaisistes mises à part, qu'on aurait dit des feuilles de papier. Au fur et à mesure que nous nous éloignions du centre, les quartiers se faisaient déserts et silencieux. S'il n'y avait pas eu du linge séchant à quelques fenêtres, on aurait pu croire que leurs habitants avaient disparu depuis un temps immémorial. Sans doute à cause du ciel qui s'assombrissait de nouveau, les façades semblaient de plus en plus blanches, d'une fluorescence laiteuse. Un vent froid se leva ; comme je n'avais qu'une robe légère, N. me prêta son caban, énorme sur moi.

« Il va de nouveau pleuvoir, commenta-t-il en jetant un coup d'œil aux nuages sombres qui commençaient à s'agglutiner au-dessus de la montagne.

— Oui. »

Ayant perçu une note de découragement dans ma voix, il se tourna vers moi, mais ne posa pas de question, ce dont je lui fus reconnaissante.

« Marchons encore un peu », dit-il gentiment.

Je posai un moment la main sur la sienne en acquiesçant et nous continuâmes notre promenade. Nous errâmes en vain dans cette espèce de planotype. Rien ne se produisit. Il n'y eut pas de sorcellerie, pas de révélation, pas de fantôme, pas d'éclair fatal de compréhension subite. Emmitouflée dans le caban de N., je m'immobilisai sur le belvédère, côté golfe de Manfredonia, et contemplai la tempête qui venait de la plaine en colonnes turquoise et tourbillonnantes, la mer métallique, les nuées d'oiseaux sombres qui fendaient les nuages les plus bas. Le visage battu par le vent, j'attendais en me demandant ce que je cherchais et pourquoi j'avais de nouveau échoué. En vain. J'avais essayé de voir, de voir avec *intelligence*, avec méthode, dirais-je, j'avais déployé plus d'efforts que tout au long de ma vie, mais le geste symbolique que j'avais tenté d'accomplir avait été repoussé poliment par une force imprévisible qui me dépassait.

Il se mit à pleuvoir, d'abord de larges gouttes distinctes, puis de plus en plus fort. Nous nous réfugiâmes dans un bar pendant le gros de l'orage, avant de regagner notre voiture en toute hâte, les pieds trempés, en proie au seul désir de partir au plus vite. Nous étions tous les deux épuisés. Tandis que nous traversions la campagne en direction de Trani et de l'hôtel, une pensée indéchiffrable me frappa : mon père n'était pas là-bas. C'était une vérité totalement évidente, aussi claire que les maisons luminescentes avant le déluge, mais je ne comprenais pas d'où elle venait, ni ce qu'elle signifiait.

« Ça n'a servi à rien, dis-je à N. d'une voix angoissée.

— Il fallait que tu y ailles. Même si ça n'a servi à rien. Il fallait que tu t'en libères.

— Oui. »

Je m'abandonnai contre le dossier et regardai les champs.

Je cessai de penser à ce voyage – nous avons tendance à balayer les événements qui ne se déroulent pas comme prévu – jusqu'à l'année suivante. Dora m'avait fourni une clef USB où elle avait enregistré les copies des cartes de Noël et d'anniversaire que j'avais écrites à mon père, ainsi que des photos de lui des dernières années, dans des lieux et avec des gens que je ne connaissais pas ou peu, et donc qui ne m'intéressaient guère. Surtout, j'évitais soigneusement les clichés de sa dernière année, car j'étais épouvantée par cette créature grise au visage desséché, aux yeux de plus en plus exorbités et jaunâtres, attifée d'horribles survêtements, trop grands, en toute occasion, que ce fût sur un banc public ou dans les forêts allemandes du dernier printemps, quand il était allé faire une « cure thermale » comme les tuberculeux d'antan et qu'il m'écrivait avec ferveur qu'il se portait déjà mieux, qu'il sentait déjà les bénéfices (comme il était petit et seul sur ces photos dans le bois, enveloppé dans sa parka bleu marine, semblable au personnage perdu d'une fable sur une vieille illustration, comme son sourire effrayé était poignant...).

Voilà pourquoi je m'abstins de les regarder toutes et rangeai la clef. Je ne la retrouvai que deux ou trois ans plus tard, alors que je cherchais autre chose, et tombai par hasard sur un fichier de l'été 2010. On y voyait mon père, plus maigre que d'habitude, mais bronzé et apparemment normal – la tumeur au foie avait été retirée fin mai, après une attente d'une semaine ou deux à l'hôpital, en raison des greffes incessantes qui empêchaient le chirurgien de l'opérer, une semaine ou peut-être deux qui se sont dilatées dans ma mémoire en un mois étouffant, et il venait de commencer une cure de chimiothérapie – dans les escaliers et sur les places où j'avais été avec N. : sur deux ou trois photos, il posait près de la porte d'une maison. J'écrivis à Dora pour lui demander s'il s'agissait de sa maison d'enfance et s'il était retourné à Monte en pensant que ce serait la dernière fois, pour solder ses comptes. Elle me répondit par un long message dentelé, où elle parlait de cet été-là, des tentatives qu'il avait faites pour accomplir les longs parcours marins dont il avait l'habitude, tu t'en souviens peut-être, depuis les rochers de Scalea jusqu'à la baie de Carpino (oui, je m'en souvenais), le dos protégé par un tee-shirt : s'il réussissait à répéter les mêmes activités que l'année précédente, pensait-il, il pourrait s'autoriser à espérer ; et puis oui, c'était vraiment la maison où il était né. Il l'avait retrouvée par hasard en déambulant dans le village et il était à la fois ravi et stupéfait qu'elle n'eût pas changé en l'espace de soixante ans. Il avait sonné, parce qu'il aurait aimé revoir l'intérieur, mais il n'y avait pas de noms sur la plaque de rue et personne n'avait répondu – c'était probablement une maison de vacances, vide pour le moment. Dora me révéla plus tard qu'il avait eu l'idée de se rendre à Monte Sant'Angelo en vertu d'une de ces coïncidences tellement bizarres qu'elles dépassent l'imagination : il avait découvert, en effet, que l'oncologue qui s'occupait de lui était originaire de ce même village, qu'ils avaient presque le même âge, avaient habité la même rue et fréquenté la même école à des années différentes. Il y avait peut-être vu un signe trop important pour le négliger. Et le choix de rentrer obéissait peut-être à ces deux raisons : l'espoir de durer et le sentiment que l'avenir se raccourcissait irrémédiablement.

Les dernières photos avaient été prises sur le belvédère. Comme dans un folioscope, ces livrets qui, feuilletés rapidement, procurent l'illusion de silhouettes en mouvement, elles suivaient matériellement le passage d'un état à l'autre : il souriait sur la première, posant du côté qui donnait sur le village ; puis, tandis qu'il longeait le muret vers l'autre côté, son visage adoptait des expressions de plus en plus inquiètes et distraites, qui culminaient dans la dernière où, immobile à l'endroit même où je m'arrêterais cinq ans plus tard, il fixait un regard absent sur la vue, les lèvres pincées, l'air grave. C'était une image angoissante, cependant ce minuscule sortilège – avoir été immobiles au même endroit, à la même hauteur du belvédère, je vérifiai sur la photo qu'avait prise N. – me coupa le souffle : je m'étais trompée, il y avait bien eu un lien invisible et inconscient, mon père avait été vivant là où j'avais été vivante pendant quelques minutes, dans ce village étranger, dans ce village manqué.

Soudain je compris pourquoi mon expédition avait échoué. C'était très simple : je n'avais rien. Je n'avais pas d'histoire pour fournir une signification à ces lieux, je n'avais plus personne pour m'en parler, je n'avais pas de scène à recréer, de détails à ressusciter, d'image que les mots auraient pu m'évoquer. Cette enfance tue avait cessé d'exister avec les êtres qui l'avaient vécue, et de leur vivant je n'aurais certainement pas été capable de les interroger à ce sujet. J'étais perdue.

Plusieurs mois après la mort de ma tante Maria, dernier membre de la fratrie subsistant, affectée depuis plus de dix ans d'une mystérieuse maladie, peut-être neurologique, je trouvai le courage de téléphoner à ma cousine Alida, sa fille. Alida, que mon père adorait – il la surnommait Alida le Follet, parce qu'elle était gaie, éthérée et pleine d'esprit jusque dans ses moments de tristesse –, avait gardé des souvenirs des récits de sa mère. Ce n'était pas grand-chose et j'en connaissais une partie, mais le peu qu'elle m'apprit créa un tremblement flou qui finit par me toucher.

L.B. était né à la fin de la dernière année de guerre. Il souffrait d'une malformation à la hanche, une dysplasie, et avait donc une jambe plus courte que l'autre : pendant de nombreuses années, au moins jusqu'à l'âge de sept ou huit ans, il avait dû porter une sorte de tuteur en fer qui emprisonnait complètement sa jambe et son bassin, ainsi qu'un plâtre qu'on lui renouvelait tous les mois. Cet équipement pesait si lourd que ses sœurs, déjà adolescentes, qui lui avaient servi de mères vicariales, le portaient dans leurs bras chez le médecin. Or, telles ces bestioles qui s'adaptent au monde d'instinct après la perte d'un membre, et grâce à un entêtement aussi précoce qu'insolite, il s'était habitué à ce lest et avait appris à se mouvoir avec une relative rapidité, à courir et à se sauver (une habileté, cher lecteur, nous pouvons maintenant en convenir, qu'il conserverait), se hissant inlassablement dans les ruelles pentues du village et sur les sentiers environnants. Il était littéralement impossible de le faire tenir en place.

Mais un jour, excédé, il avait ôté son équipement et cassé le plâtre avec je ne sais quel outil et quelle rage ; abandonnant tout sur le sol de la cuisine, il était sorti, par cette belle journée de soleil, semant derrière lui un sillage de blanches miettes subversives, et était allé jouer au ballon avec ses copains sur une placette. Il avait été impossible de le raisonner : il avait refusé de remettre son attirail, bien qu'il boitât un peu – il conserva une démarche inégale, qu'on ne remarquait toutefois qu'en le regardant attentivement. Ces détails ne m'étaient pas inconnus : c'étaient les seuls qu'il avait évoqués devant moi, et Dora m'en avait parlé elle aussi.

Après avoir reçu la photo de l'enfant sur la ligne de brisement des flots, je m'étais demandé si sa jambe tendue était la plus fragile des deux, si on lui avait ôté son équipement pour qu'il pût se baigner, ou s'il s'en était déjà libéré. Son visage resplendissant m'attendrissait. Certes, il avait réussi à se débrouiller, mais il avait sans doute horriblement souffert d'être prisonnier de son corps à un si jeune âge et pendant un laps de temps aussi long (et le temps des enfants est éternel, un long après-midi sans rivages). Je me demandai s'il s'était senti humilié, sans défense face aux « gens normaux » – chose certainement inévitable. Je m'interrogeai sur la douleur que lui avait causé cet attirail contre ses os tendres en croissance. Cette pensée m'était insupportable. J'avais envie de protéger cet enfant disparu depuis plus de soixante ans.

Sans le plâtre, il était enfin libre, et il courut toute sa vie. Les jours où il n'avait pas école, il partait dans de longues excursions dans les bois environnants, peuplés de hêtres, de gigantesques chênes chevelus, de lierre et de chats sauvages, où l'on emmenait paître le bétail, et sur les pentes aux douces courbes qui se tachaient au printemps de campanules, de renoncules et de fleurs de chardon à perte de vue, dans les vallées où les rapaces nidifiaient et que les pèlerins empruntaient des siècles plus tôt, ponctuées de restes d'églises rupestres et de grottes ; ou, à la belle saison, il dévalait avec ses copains les *passi riponte*, ces sentiers-raccourcis qui menaient à la mer, vers des plages qui n'existent plus, érodées par le temps et par l'homme.

On l'appelait Nardino.

Les sentiments qu'il éprouvait pour son père demeurent un mystère, tout comme ceux qu'il éprouvait pour sa mère, que j'ai en revanche connue. Ma grand-mère, « l'autre grand-mère », celle que je ne voyais jamais, était apparemment trop occupée pour prendre soin de ses enfants, et elle était incapable de leur manifester la moindre affection. L.B. était davantage attaché à ses sœurs. Une obscurité planait sur cette relation froide, pragmatique et expéditive dont il ne s'était jamais libéré, je crois. Elle reste une énigme pour tout le monde. Minuscule, toujours vêtue de noir, les yeux grossis par d'énormes lunettes aux verres épais, les cheveux courts, coiffés et crêpés avec soin, elle portait des bas en toute saison, y compris au mois d'août. Elle vivait dans une maison de repos où ses enfants l'avaient placée lorsqu'elle était devenue octogénaire. Nous lui rendions visite chaque été, et je me creusais la tête pour trouver quelque chose à lui dire, parce qu'il n'y avait aucune familiarité entre nous. Cela valait aussi pour mon père, qui arpentait la pièce, les yeux baissés, en proie à une gêne palpable. Elle s'exprimait par proverbes, maximes et phrases de chansonnettes. J'avais seize ans quand elle tomba malade. Dora et moi accompagnâmes mon père à son chevet. Il s'occupa d'elle, se montrant empressé, anxieux, affectueux et maladroit. Il ne semblait aimanté que par les êtres auxquels il pouvait porter secours. Je ne sus déterminer si cette mort l'attrista. Je crois que, du fait de leur distance, il éprouvait des sentiments compliqués à son égard.

Il était déjà le paladin des opprimés, me raconta Alida en ricanant : lorsque sa mère faisait l'aumône devant l'église, il insistait pour qu'elle donnât davantage aux mendiants de service ; elle lui rappelait alors d'un ton brusque qu'elle avait cinq enfants et un seul salaire à la maison, mais il s'obstinait jusqu'à ce qu'elle, ou lui, cédât de guerre lasse. Un jour d'automne, tante Maria l'avait vu passer devant un miséreux blotti contre un mur, vêtu de haillons trop légers pour la saison ; après une hésitation, il avait rebroussé chemin et ôté son pull-over, qu'il lui avait tendu sans prononcer un mot. Il n'avait pas remarqué que sa sœur l'observait, à moitié cachée par un muret dans une rue en hauteur. Quand ils étaient rentrés, leur mère lui avait lancé : « Et ton tricot ?

— Je l'ai perdu.

— Comment ça perdu ? »

Il avait haussé les épaules, tandis que Maria se détournait en souriant discrètement. Elle ne lui avait jamais révélé qu'elle avait assisté à la scène.

Il n'était pas encore le mauvais fils, et ces particularités inquiétantes ne furent jamais considérées comme des signes prémonitoires de sa future perdition. Sur les photos de mariage des parents d'Alida, que cette dernière m'envoya après notre conversation téléphonique, l'adolescent L.B. au visage de follet, aux joues rouges visibles jusque dans le noir et blanc, en veste et cravate, les cheveux brillantinés, n'avait pas l'air déplacé au milieu des autres, contrairement à ce que j'avais imaginé : il paraissait même gai et à l'aise. Sa pose, son rire et ses expressions témoignaient de l'aisance qu'on ressent lorsqu'on se trouve parmi les êtres auxquels on appartient, les êtres qui parlent le même langage que vous. Ce n'était pas le cas de ma mère qui, sur toutes les photos d'enfance en famille, semble marquée d'un irrémédiable sceau de différence, de solitude, difficile à expliquer et pourtant aussi évident qu'une tache de vin sur le visage. Dora me confia ce que mon père avait dit près de la porte de la vieille maison : « Nous étions bien. » Pourquoi aurait-il dû mentir à ce moment-là ?

À l'enterrement d'un de mes oncles, l'aîné, mort deux ans après L.B., Dora avait rencontré une dame de Monte Sant'Angelo qui se souvenait très bien de lui, le garçon « futé », celui qui avait réussi à partir. L'été, quand il venait de Rome, il passait toujours au village, même si sa famille n'y habitait plus depuis de nombreuses années, et son arrivée était chaque fois accueillie avec une grande frénésie : il apportait les nouvelles du front de la danse, les quarante-cinq tours des chansons les plus à la mode au Piper[1]. Alors on installait un tourne-disque sur la place et on organisait des soirées en plein air, où ces jeunes montagnards de dix-huit ans dansaient pendant des heures le twist, le rock-surf et le jerk dans un tourbillon

1. Club historique, fondé en 1965 à Rome, sorte de temple de la musique à la mode.

de cheveux, de jupes longues, de bras dressés jusque tard dans la nuit. L.B. était au centre du cercle, comme d'habitude, dansant avec l'une ou l'autre, pirouettant, tapant des pieds et des mains. Puis, tout doucement, d'été en été, à l'insu des autres, sans cesser de danser, il s'éloigna de ce centre et commença à s'éclipser, pour disparaître totalement à l'horizon, tel un mirage.

Je ne saurai jamais le reste. Je ne saurai jamais à quel moment il découvrit les livres, s'il avait un endroit secret où se réfugier pour rêver et lire tranquillement, à quel point il connaissait ce qu'il y avait au-delà de la montagne, s'il rêvait de voir l'Amérique ou la jungle, qui furent son premier amour et son meilleur ami, avec qui il dévalait les *passi riponte*, comme on appelle les sentiers-raccourcis qui mènent à la plage, s'il eut un professeur hors du commun, un de ces professeurs qui bouleversent votre existence, de quoi il parlait avec ses frères et sœurs, quels rapports de force existaient vraiment parmi les siens, ce qui les chagrina et ce qui les réjouit, quelles légendes et quelles sirènes habitèrent son imagination, quel genre de choses suscitaient en lui cette violente ivresse enfantine qu'on éprouve – avec autant d'intensité – jusqu'à l'âge de douze ou treize ans, comment il s'éprit éperdument du grec, pourquoi il décida d'oublier, ce qui enfin le rendit différent de tous les autres, les individus conciliants et aimablement fatalistes depuis des générations, les employés loyaux, les implacables femmes au foyer. Le devint-il ou était-il ainsi à la naissance, comme en vertu d'une mutation sanguine ? Comment acquit-il cet irrévocable et péremptoire sens de l'injustice ? Par réaction, par accident ou par vocation ?

Comment génère-t-on chez un homme le destin de la compassion, cette pitié brûlante dont parle Marguerite Yourcenar à propos de son grand-oncle Octave Pirmez – par quel mystère reçoit-on « l'horrible don de voir face à face le monde tel qu'il est ? »

# III.

# *Coquillage*

Dans l'épaisse poussière de cette année 1976 où les groupes se dissolvaient l'un après l'autre, où les membres de la vieille garde vagabondaient, égarés, isolés, exilés loin de ce qui avait constitué toute leur vie, et abandonnaient souvent le champ de bataille par fatigue et par résignation ; où les mots, les visages et les gestes devenaient plus crus, où certaines protestations se transformaient en sorties militaires froidement planifiées, où l'Usine entamait sa « rénovation » et où toute tentative de projet politique échouait ; dans cette poussière d'idées brisées, épuisées, hermétiques et tues, suspendue en un calme mystérieux, parfois agitée par des ferments tout aussi mystérieux et fébriles, la silhouette de L.B. et la chronologie de son existence se faisaient de plus en plus évanescentes, comme si elles se confondaient une fois pour toutes avec la toile de fond de la ville.

Lorsqu'il se réinstalla à Turin avec Agata à la fin de l'année 1975, L.B. décida de reprendre sa carrière de médecin et alla travailler à l'hôpital, aux Molinette, très probablement à l'Institut d'anatomie et d'histologie pathologique, avec lequel il avait collaboré avant la strada delle Cacce. Cette partie de sa vie reste totalement obscure. L.B. disparut, ou sembla disparaître de la scène, mais d'une certaine façon il disparut aussi de la vie d'Agata qui en savait de moins en moins sur son compte. S'il continuait de faire de la politique en des lieux divers avant ou après son service à l'hôpital, elle participait pour sa part à des groupes féministes, à ses heures de loisir, raison pour laquelle ils se voyaient et se parlaient très peu. Qu'éprouvait cette jeune femme tout juste sortie de l'adolescence ? Avait-elle l'impression d'être prisonnière, souffrait-elle de la solitude, était-elle en proie à la rancune et à la jalousie ? La femme adulte ne me le révéla jamais, et ce non en vertu d'un reste de soumission conjugale : parce qu'elle conservait à l'égard de L.B. une loyauté inaltérable, cette loyauté fraternelle que j'avais perçue chez elle dès notre première rencontre, le désir – encore – de le protéger. Et L.B. se sentait peut-être coupable envers elle, ce qui l'amenait à fuir, comme ce fut le cas dans toutes ses relations.

Ils menaient donc deux vies séparées qui s'effleuraient rarement, peut-être tombaient-ils amoureux d'autres personnes et changeaient-ils sensiblement, comme on change à vingt et à trente ans (une nouvelle ombre sur le front, une nouvelle façon de plisser les lèvres, une nouvelle et profonde blessure intérieure) à l'insu l'un de l'autre, entretenant des liens de plus en plus fraternels et de moins en moins conjugaux. Agata était si jeune et il était, lui, si distant… Notre mariage n'en était pas un, m'avoua-t-elle un jour avec un rire indulgent et ce regard rêveur qu'elle avait parfois. C'était une embrouille arrangée, une histoire qui n'aurait sans doute duré que quelques mois si le parti ne s'en était pas mêlé. Le véritable amour, elle le connaîtrait des années plus tard. Et pourtant, si leur relation était bizarre, ils finissaient toujours par revenir l'un vers l'autre.

Quelques apparitions de L.B. sont toutefois enregistrées çà et là, l'année de la poussière. Certains témoins se le rappellent, toujours bondissant et toujours doté de son incomparable sourire joyeux, aux manifestations des chômeurs techniques, des ouvriers mécaniciens et métallurgistes, des chômeurs, des sans-abri qui parcouraient sans trêve les rues de la ville ; prenant la parole lors des occupations d'usines et des assemblées universitaires, où son nom était prononcé avec le respect qu'on réserve aux personnes *importantes* (« Il faut absolument y aller, Barone parlera », dit sur un ton révérencieux un camarade de classe du futur mari d'Agata, qui fréquentait encore le lycée et ne l'avait jamais entendu mentionner). Et puis il y avait Beniamino, Mino, un jeune Sicilien aux boucles épaisses, grosses lunettes et sacré bagout, arrivé à Turin l'année précédente, à l'âge de dix-sept ans, et déjà licencié sans indemnisation par un compatriote qui l'avait si courtoisement engagé ; Mino s'était uni aux chômeurs organisés (« Chômeurs, nous l'étions certainement ; organisés, je ne sais pas », me raconterait-il plus de quarante ans après sur la terrasse de son logement).

Il se souvient de L.B. se présentant avec sa grosse barbe et sa sacoche en cuir de médecin au restaurant universitaire, payant un repas aux chômeurs, se disputant avec un membre du Pci, puis repartant.

Était-on encore en 1976 ? Ou déjà en 1977, l'année où se conclut l'aventure brève et pleine d'espoir des cercles du prolétariat de la jeunesse, l'année où le destin de Misa et d'Ester croisa celui de L.B., où de nombreux destins s'embrasèrent dans le malheur ? L'une de ces images appartient-elle aux années suivantes ? Tandis que mes interlocuteurs fouillaient leur mémoire, les dates se chevauchaient et les détails se perdaient dans le souvenir d'événements trop lointains. Dans la collision inégale des biographies individuelles et de l'Histoire, les dates et les détails n'appartiennent qu'aux morts, aux notables et aux assassins.

Le 11 mars 1977, à Bologne, lors de la contestation d'une assemblée de Comunione e Liberazione à l'Institut d'anatomie humaine, le recteur appela la police, qui survint en force et chargea les manifestants avec des gaz lacrymogènes, les obligeant à se retirer. Au milieu de l'épaisse fumée qui se répandait et s'élevait vers les toits, certains réussirent à emprunter les rues qu'occupaient les agents et à lancer des pavés, ainsi que deux cocktails Molotov. L'un de ces derniers atterrit sur la bâche d'un camion. Le petit incendie fut aussitôt éteint, mais le carabinier qui était au volant descendit, dégaina son Beretta, ou peut-être un fusil Winchester, avança, tira deux fois, ou peut-être une douzaine, atteignit le coin d'une autre rue et fit de nouveau feu à hauteur d'homme contre les manifestants. Touché à la poitrine, un étudiant se traîna sur quelques mètres avant d'expirer. Pendant deux jours, la ville fut le théâtre d'une fureur blême, de charges extrêmement violentes et de barricades. Enfin les blindés envoyés par le gouvernement se présentèrent dans le quartier universitaire désormais désert, et un silence de mort s'abattit sur les lieux.

Le 12 mars, à 7 h 40, au coin de la via Gorizia et de la via Barletta, dans le quartier Santa Rita de Turin, un adjudant d'une trentaine d'années, à la raie sur le côté, quitta son domicile pour rejoindre sa voiture jaune canari. L'adjudant trentenaire n'avait aucun trait saillant, aucun tort à expier. Il était juste connu de ceux qui l'attendaient, parce qu'il était affecté à la surveillance extérieure de la Faculté d'architecture et de deux établissements scolaires, dont le lycée scientifique Galileo Ferraris, et qu'il intervenait souvent dans les conflits entre étudiants rouges et noirs, parlementant paisiblement pour calmer les eaux ; ces étudiants éprouvaient tous à son égard l'indifférence amicale que suscite un élément familier et inoffensif du paysage, voire un vague respect car il avait critiqué à plusieurs reprises les « moyens » employés par d'autres policiers. C'était peut-être en cela que l'adjudant trentenaire se différenciait, mais peu importait ; une seule chose comptait pour son destin : un des trois garçons qui vinrent le tuer, un beau garçon au visage carré, au nez noble et aux sourcils tragiques, était bibliothécaire au lycée Galileo Ferraris, et un autre, celui qui avait volé la voiture d'où ils descendirent, y faisait encore ses études. L'adjudant ne remplissait qu'une seule fonction : l'égalité du score. Il était un poids sur une balance imaginaire. Ou plutôt, il remplissait une autre fonction, plus subtile, comme l'homme, qui avait été tué à Milan en 1976, après l'énième attaque néofasciste. Un soir, dans le quartier de Porta Vittoria, un groupe d'activistes néofascistes avaient guetté au coin d'une rue un étudiant ouvrier qui avait participé aux occupations des logements vacants de la piazza Risorgimento et l'avaient lardé de coups de couteau. Le garçon était décédé trois jours plus tard. Le choix des représailles était tombé sur un conseiller du Msi[1], qui, comme l'adjudant sans signe particulier, avait des habitudes et des horaires très réguliers. L'assassinat du conseiller et plus tard celui de l'adjudant furent l'initiative d'un seul homme, Erno Bellaria, un des fondateurs de Prima linea, qui entendait créer un point de rupture, « passer aux faits », disait-il, montrer aux hésitants l'accomplissement de projets avérés, regardez le cadavre de l'ennemi, sentez-vous son odeur, voyez-vous sa perfection idéologique ? Il n'aviserait le Commandement national qu'après coup, comme la fois précédente. Bellaria tira une balle dans la tête de l'adjudant sans signe particulier au moment où il montait dans sa voiture.

1. Acronyme de « Mouvement social italien », parti néofasciste créé en 1946.

Plus tard, l'Ansa, l'agence nationale de presse, reçut un appel téléphonique de revendication.

« Bonjour, le carabinier tué ce matin a été exécuté par les Brigades combattantes. Nous vous prions de ne pas confondre avec les Brigades rouges analogues.

— Mais ce n'est pas un carabinier.

— Si, l'agent du Service de sécurité.

— Non, il n'appartient pas au Sds, juste au bureau politique.

— Ce n'est pas ce qui nous semblait. De toute façon, c'est un ennemi de classe.

— J'ai compris.

— Vous recevrez bientôt un communiqué. Notez bien, Brigades combattantes.

— Le communiqué, c'est pour quand ?

— Dans la journée.

— D'accord. Écoutez, déposez-le près du bureau, pour éviter que nous le perdions, ce qui est déjà arrivé plusieurs fois.

— D'accord, merci.

— Au revoir. »

Ah, quel magnifique échantillon de l'immense et transversale imbécillité du bureaucrate, de sa langue sans vie ! La plate comptabilité des cadavres et des *communiqués* croisés ne faisait que commencer.

Le meurtre de l'adjudant sans signe particulier fut le premier, à Turin. Il n'y en aurait pas d'autres avant longtemps, et c'était un événement si insolite, comme le nom du groupe inconnu qui l'avait revendiqué, qu'il fut très vite relégué au second plan. Personne n'aurait jamais imaginé ça.

Il fallait d'abord régler des sujets d'inquiétude plus urgents : le procès des chefs des Brigades rouges, sans cesse repoussé, les accusés ne reconnaissant pas l'autorité de la justice d'État et refusant les avocats commis d'office. Par un après-midi d'avril pluvieux, le vieux Me Croce, chargé de la défense, fut tué dans le hall de son cabinet, et soudain des centaines d'avocats et de citoyens tirés au sort pour composer le jury populaire furent atteints de « syndrome dépressif ». La ville était électrique, hébétée, sombre. Quelques semaines plus tard, en mai, plusieurs individus furent arrêtés et accusés d'avoir participé aux attentats à l'explosif, aux vols et aux violences des mois précédents. Parmi eux, Erno Bellaria et d'autres membres de Prima linea. Le siège de Turin fut ainsi décapité. Bellaria fut aussitôt remplacé par un homme mince aux cheveux sombres et ondulés, aux sourcils noirs et aux lunettes métalliques rondes, un homme à l'aspect timide et sévère qu'ont souvent les jeunes professeurs de philosophie du secondaire, qui commença par aller et venir entre Milan et Turin. Caporal-chef pendant son service national, c'était un des plus grands spécialistes dans le domaine militaire, et il découvrait des étudiants impréparés, contrairement aux étudiants milanais, ainsi qu'un tissu de liens avec le mouvement à rebâtir après l'élimination de l'organisation turinoise. La succession rapide des événements exigeant une certaine urgence, autant valait les former.

Les premières actions furent toutes désordonnées et infructueuses. En septembre, après la vague d'arrestations, de perquisitions, de fuites et d'arrestations, l'homme estima qu'il fallait stabiliser la situation. Il s'installa à Turin dans un appartement meublé, corso Duca degli Abruzzi, avec sa compagne au joli prénom sylvestre et au petit visage fin sous une masse de cheveux bouclés, qui s'occuperait pour sa part de la recherche logistique concernant meurtres, attentats et jambisations. Cet homme n'avait que vingt-quatre ans, c'était un ouvrier inscrit à l'université et il avait fait le guet lors de l'attentat qui avait coûté la vie au conseiller du Msi. Il s'appelait Mure Galiani.

Vint le tour de Misa et Ester. Nous étions presque en été désormais, et pourtant c'était eux que j'avais appelés en premier, immédiatement, peut-être le soir même où j'avais lu le mémoire en défense, en cette fin du mois de décembre qui semblait appartenir à une autre époque : ma mère me l'avait suggéré, et j'avais eu un instant d'hésitation, je l'avais regardée en clignant des yeux très vite, comme pour saisir une pensée, parce que j'avais oublié qu'ils avaient partagé la vie de mon père.

« C'étaient ses amis dans la période où tout s'est produit, avait-elle dit. C'étaient ses amis les plus chers. »

Misa avait répondu au téléphone, et j'ai déjà dit qu'il avait gardé le silence un instant après que j'eus posé ma question. Qu'ensuite, d'une voix que je ne lui connaissais pas, très sérieuse, digne, presque grave, il avait accepté.

Depuis de nombreuses années déjà, ils avaient quitté l'immeuble de Parella où j'avais passé des dizaines de soirées dans mon enfance et mon adolescence, l'appartement doté d'un large balcon qui donnait sur une cour.

Sur ce balcon, ils bavardaient, l'été, avec ma mère autour d'une longue table étroite, sous une petite ampoule vrombissante, dont le reflet allait et venait sur les grosses lunettes de ma mère et sur sa peau crémeuse, sur les beaux traits de Misa, semblables à ceux d'un Indien d'Amérique, sur le profil noble d'Ester, à la fois doux et angulaire. Tandis que leurs voix ruisselaient, rassurantes, et qu'une odeur de fumigène anti-moustiques et de pierre humide montait de la cour, je m'endormais dans les bras de Misa, ou contre Altea, leur fille aux grandes jambes et aux bras aussi lisses qu'une pomme.

Ils s'étaient installés à la campagne, comme Altea, laquelle s'était mariée et avait deux fillettes blondes, surgies de je ne sais quel rêve hyperboréen. Voilà pourquoi nous avions attendu si longtemps avant de nous retrouver : il fallait que nos séjours à Turin coïncident. Et à présent nous étions là, autour de la vieille table en noyer de mon ancien domicile, Misa assis à ma gauche, Ester en face de moi. Ils étaient venus malgré tout. Ils étaient venus, même si leur longue amitié avec mon père s'était achevée brutalement à l'époque où mes parents s'étaient séparés – j'avais alors trois ans – du fait, vraisemblablement, de son attitude envers ma mère et en partie envers moi. Ils avaient choisi ma mère, qu'ils n'avaient pourtant rencontrée qu'à ma naissance. Ils ne voyaient mon père que la veille de Noël, le seul véritable Noël qu'on fêtât et fête encore chez moi, réunissant une dizaine d'amis de longue date et de nouveaux, esseulés par hasard. Mon père préparait pour tout le monde de succulents plats de poisson avec la grâce surprenante qu'il avait pour la cuisine ; et si les invités le complimentaient beaucoup, la conversation ne s'arrêtait pas à ces politesses d'usage.

J'avais longtemps ignoré qu'il y avait eu entre Misa, Ester et mon père une très grave rupture et une très grande amitié, même si j'avais soudain perçu dans leurs attitudes une froideur et une gêne qui m'avaient chagrinée. Je me sentais tiraillée entre deux sentiments d'égale force, j'avais la sensation d'être déloyale envers mon père, qui, du reste, ne faisait guère d'efforts pour paraître plus aimable en leur présence. À l'adolescence seulement, j'avais appris qu'il avait été leur ami pendant plus d'une décennie. J'en fus surprise, bien entendu – notamment parce qu'ils étaient incroyablement différents de ses amis du moment, de ce qu'il était devenu ; mais je n'avais pas posé de questions. De temps en temps, mon père demandait de leurs nouvelles d'un ton moqueur ; eux ne le mentionnaient jamais. Le jour de sa mort, toutefois, par cet après-midi torride, alors que, dans la chambre d'hôpital, je m'étais assise par hasard sur une chaise en plastique dans l'indifférence générale, Misa était brusquement apparu ; il avait surgi dans la pièce et nous nous étions jetés dans les bras l'un de l'autre, avions fondu en larmes ensemble. Un *des miens* était enfin arrivé. Puis, s'écartant, les traits bouleversés, il avait balbutié : « Je ne me rappellerai de ton père que les belles choses, les autres n'existent plus. » J'avais acquiescé, hébétée, et m'étais de nouveau abritée sous son bras.

Oui, Misa et Ester comptaient au nombre des êtres qui n'aimaient plus mon père. Néanmoins ils étaient venus, et je m'aperçus tout de suite qu'ils étaient très émus. Plus encore, qu'ils étaient *heureux*. L'esprit humain est véritablement énigmatique ! L.B. – leur L.B. – aurait dû être oublié, effacé par le temps, par les ressentiments et le désamour. Et voici qu'il était là.

Misa et Ester entamèrent leur récit. Ils racontèrent qu'ils se connaissaient depuis l'enfance, étant tous deux originaires du même village du Val de Suse, qu'ils étaient tombés amoureux à l'époque du lycée – un amour pour toute la vie, un amour dicté par le destin – et avaient fréquenté ensuite à Turin, où Ester était inscrite à l'École normale d'instituteurs et Misa en pédagogie (pour devenir ensuite ouvrier et travailler chez Enel), le milieu de Lotta Continua et d'Avanguardia Operaia[1]. Avant de se laisser pousser la barbe, Misa avait un visage d'enfant ; Ester, des cheveux aussi lisses que des fils de soie qui lui descendaient presque à la taille, coiffure qu'elle garderait jusqu'à mes quatre ou cinq ans, époque où elle les couperait définitivement – je me rappelle encore ce rideau châtain qui flottait comme une mer calme lorsqu'elle se penchait pour photographier un objet ou pour lire.

Après la dissolution des groupes, ils s'étaient rapprochés comme tant d'autres du mouvement autonome, errant entre les formations bizarres, informes et libres

---

1. « Avant-garde ouvrière », organisation d'extrême gauche de tendance léniniste-maoïste, active entre 1968 et 1978.

qui naissaient à ce moment-là et qui ne tarderaient pas à disparaître – dans la via Plana, le cercle Barabba rassemblait tous ceux qui passaient par là, « Indiens métropolitains[1] », jeunes vétérans des groupes, un mélange de gens différents qui cherchaient quelque chose de nouveau et dont les besoins ne se limitaient pas à la politique. Certes, la politique l'emportait sur tout le reste, mais d'innombrables paroles et désirs s'exprimaient là : accorder de la place aux relations humaines, aux corps, à l'hétérodoxie, à tout cet art, ce cinéma et cette littérature « non marxistes » qu'ils avaient négligés pendant des années, regarder ailleurs, découvrir une montagne, une cathédrale, un détail curieux sur la voûte d'une porte cochère en ville, un insecte, un oiseau, une avenue en automne. Ils n'étaient pas seulement engagés, ils étaient *vivants*. Nous voulons des poèmes ! écrivaient trois jeunes au journal de Lotta Continua en juin de cette année-là. Nous ne supportons plus la langue asphyxiée des tracts, des réunions et des parleurs professionnels, nous voulons des poèmes, partout, sur les murs, mieux valent les pleurs d'une adolescente abandonnée que la confession larmoyante de l'énième chef de parti à l'énième congrès de dissolution, nous voulons des poèmes, y compris sur les couchants pollués, nous voulons aussi des poèmes laids. Nous en voulons, même si tout est laid et décourageant, ou peut-être même pour ça.

---

1. Groupe hétérogène qui constitua, essentiellement au cours de l'année 1977, « l'aile créative » du mouvement autonome.

Car ce furent un printemps et un été durs, mauvais, ponctués de manifestants et de policiers tués, d'hommes dont les militants prenaient les jambes pour cibles, broyant à coups de balles tibias, cartilages, rotules, bassins, de manifestations interdites, de guet-apens fascistes, alors que l'appareil devenait de plus en plus stupide, renfermé et cruel.

À quel moment Misa et Ester avaient-ils fait la connaissance de L.B. ? Ils n'en étaient pas sûrs. Cette année-là ils cohabitaient avec un groupe d'amis de leur âge. Ils voyaient de temps en temps une ancienne camarade de classe de leurs colocataires, une fille douce, fascinante et intelligente aux longs cheveux blonds et à la frange fine qui lui retombait sur les yeux, toujours vêtue d'énormes pull-overs et de jeans informes. Elle se prénommait Petra et travaillait à l'Usine. C'est avec elle et un de ses collègues qu'ils se rendirent pour la première fois au comité de coordination qui tirait son nom de l'endroit où il était situé – via Plava, à Mirafiori sud, un bâtiment rouge brique au toit en pente digne d'une maison scandinave – et rassemblait une bonne partie de l'autonomie ouvrière de Turin. Décidés à conserver leur indépendance, ses membres n'avaient la carte d'aucun parti et n'appartenaient à aucun syndicat. Au milieu d'eux se tenait L.B., arrivé là on ne sait comment.

Il continuait donc à apparaître ainsi, comme par enchantement, aussi insaisissable qu'un chat, fort de cette étrange distance que soulignaient sa prestance et sa voix sonore. Il possédait encore cette incandescence secrète qui attirait les gens et avait toujours grand soin de leurs personnes.

« Ce n'était pas un chef, si c'est de cela que nous devons parler, déclara Ester en jouant avec ses bagues. Les individus les plus en vue du groupe étaient un autre homme et une femme. Mais d'une certaine façon c'était lui qui dirigeait tout. Il était de loin le plus intelligent. Il entamait les discussions en présentant telle ou telle situation avec une série de données, proposait des analyses, tirait les fils. Il avait la capacité extraordinaire de comprendre le problème au-delà du sujet du jour, la capacité de *voir*... Comment t'expliquer ? Il avait une perspective. En réalité, j'ai pratiquement oublié ce qu'on disait aux réunions. Mais si, par exemple, on parlait de ce qui se passait à l'Usine, il était en mesure de distinguer les signes avant-coureurs, même si, en 1978 des milliers de personnes furent engagées d'un seul coup, lui donnant apparemment tort. Et pourtant c'était lui qui avait raison.

— Y a-t-il des transcriptions de ses interventions ? » demandai-je, déjà défaite.

Misa et Ester échangèrent un sourire navré.

« On n'écrivait jamais, on se contentait de parler. On prenait tout au plus quelques notes de réflexion. Mais il serait impossible de déterminer qui était à l'origine d'un discours en particulier. »

Ils ne parvinrent à me décrire que de manière générique les activités du comité de coordination ouvrière de la via Plava ; on y discutait, naturellement, de ce qui se passait à ce moment-là en ville, surtout dans les usines, et dans le monde ; on avait créé des groupes de lecture d'auteurs non orthodoxes, tels que Vygotski ou McLuhan, ou de textes provenant des prisons, des détenus politiques, qu'on présentait ensuite au comité et dont on discutait collectivement ; on analysait le rodage de l'automatisation du travail ouvrier et ce que cela risquait d'entraîner, uniquement une perte, ou également une possibilité de contrepartie ; on parlait des banlieues, de l'éducation, de la répression croissante.

Misa et Ester me remirent un sac rempli de tracts et de libelles de cette période, que je parcourus de façon désordonnée au cours des mois suivants. Je ne cherchais rien de particulier, j'essayais juste de me frayer un chemin dans ce langage tortueux et dans des références qui m'échappaient souvent, et il n'était pas rare que, sous les coups de bâton, les feuilles mortes s'ouvrent sur une page intéressante ou plus compréhensible, en particulier à propos des recherches sur les prisons et les quartiers de haute sécurité où l'on enfermait les terroristes. Et puis, un jour, par hasard comme toujours, je tombai sur un texte dactylographié aux feuillets soigneusement numérotés. Dès les premières lignes – les yeux commencèrent à me brûler –, je reconnus le style fleuri de mon père, la « brise printanière » qui soufflait sur la métropole « fouettée par les vents glaciaux des codes de la domination ». Soudain, à des années de distance – ce serait d'ailleurs la première et la dernière fois –, j'avais entre les mains les mots de L.B., des mots qui, sans aucun intermédiaire, soulevaient le voile sur ses pensées de l'époque et sur sa fantomatique intelligence, des mots vivants qui prenaient enfin corps et une réalité physique sur sept feuillets fanés sommairement attachés par une agrafe.

Je poursuivis ma lecture. Oui, ce texte avait beau ne pas être signé, il en était incontestablement l'auteur, de la première à la dernière ligne. L.B. y évoquait la nécessité de saisir la pluralité des langages, née de la crise des groupes de la gauche extraparlementaire, en se libérant des vieux schémas idéologiques pour s'ouvrir vers de nouveaux savoirs. Il soulignait l'importance de la libération des corps, de l'apparition dans « les méandres du social des premières et étranges réponses de corps de moins en moins éduqués ». Citant un texte qui traitait de la scission entre corps et psyché que la société capitaliste engendrait, des corps sans tête et des têtes sans corps monstrueux, aliénés, qui déambulaient dans le paysage métropolitain, il écrivait : « L'esprit fait un bond dans le passé ; il revisite les lieux secrets qui sont introjectés dans le tréfonds de tout militant communiste et voilà que le système de certitudes absolues du Parti-Vérité en surgit. Un frisson glacial nous parcourt le dos, car bon nombre d'entre nous, en particulier ceux qui se réclamaient du marxisme-léninisme, avons longtemps été des TÊTES SANS CORPS. »

Je m'arrêtai, en proie à un sursaut de compassion, et me demandai qui, parmi les membres de ce groupe, pouvait partager ces *lieux secrets*, étant donné qu'ils avaient tous, ou presque, cinq ans de moins que lui. C'était sa souffrance, c'était sa honte. J'avais cherché, cherché et encore cherché, forcé mon imagination, et voilà que je découvrais enfin ce que Servire il popolo avait été pour lui. Il y avait de nombreuses autres phrases significatives : « Le nom magique de transition vers le communisme… », « Les vestiges tragiques de l'ossification pétrifiée du marxisme… », « Il faut procéder à une critique désenchantée des albums de famille jaunis… » Bien qu'il ne fût pas daté, ce document avait sans doute été rédigé au début des années quatre-vingt, avant son arrestation. Je songeai qu'une sorte de siècle séparait le garçon des meetings devant la Sapienza de l'auteur de ces phrases, qui entrevoyait, dans les nouvelles et « étranges réponses » des corps non éduqués et libres, une opportunité d'échapper au solipsisme vide des corps-sans-tête du post tout (« de toute façon, il ne reste que des ruines, non ? »), du amuse-toi et ne pense à rien, qui laissaient en définitive le pouvoir intact et indiscuté. Une opportunité d'ouverture aux individus, aux spécificités, aux expériences, en opposition à ce pouvoir qui rendait les êtres abstraits et effaçait les particularités, transformant tous les individus en un unique bloc (exactement comme la grande idéologie du parti-guide, commentait-il avec sarcasmes). Il fallait sauver les êtres humains, les transformer en corps-avec-tête, diversifier la réalité, écouter les voix, les « sons », les « micro-ruptures », soustraire les gens à ces codes de la domination qui modelaient l'individualité selon leurs critères : la gratification, l'émulation, la soumission récompensée, l'adhésion aveugle à la *mission de l'entreprise*, le fait d'être des « acteurs actifs », qui « pénètrent, bon Dieu, qui fonctionnent », écrivait-il, amer. Il était peut-être impossible de trouver une brèche à travers laquelle dialoguer avec cette domination ennemie, mais – et tel était l'espoir sur lequel se concluait ce texte –, l'abandon du Grand Projet, d'une unique clef d'interprétation de la réalité, au profit de clefs différentes, de projets différents, d'une transmission de langages et de connaissances multiples, constituait un avenir plus stimulant et plus vivant. Au lieu du soleil de l'avenir : une nouvelle langue pour une nouvelle existence.

C'était tout. Mais j'avais déjà accepté qu'il ne restât d'un homme qui avait fait de la politique durant toutes ces années, dans un contexte rempli d'événements et de paroles, que quelques lignes dans un journal à l'occasion de ses arrestations – une absurdité. Mille fois j'avais cherché son nom dans les énumérations à la fin des livres d'histoire, au bas d'un article de journal, parmi les coauteurs d'un libelle révolutionnaire : en vain. Alors, c'était peu, mais c'était déjà *quelque chose*. À présent, je connaissais au moins un fragment de son esprit politique, et pas seulement le halo sommaire des souvenirs et des oublis d'autrui. Je relus ce texte plusieurs fois, étudiant les subtilités, les naïvetés, les intuitions. Mon père se tenait là, net et limpide, pour moi. Il n'aurait probablement jamais imaginé que ce texte parviendrait un jour à sa fille, qu'il demeurerait pour elle le seul document tangible de sa pensée, il n'en avait certainement aucun souvenir ; mais il était bien là et il n'appartenait qu'à moi, car j'avais su reconnaître en un éclair, dans ce long et pénible examen, son écriture parmi des centaines d'autres.

Un jour où je me trouvais chez eux à la campagne, dans la cuisine où chiens et chats se promenaient, Ester chaussa ses sempiternelles lunettes papillon et, assise à la table, me montra deux ou trois vieux albums de famille. Ils ne renfermaient pas les centaines de photos des voyages que nous avions faits ensemble dans mon enfance, mais la vie d'avant. Les vacances avec L.B. et Agata, la Grèce, les Pouilles, les ferrys, des visages inconnus, une photo de L.B. en short et lunettes de soleil qui promenait Altea dans sa poussette tout en parlant gaiement à Misa, derrière lui, sur un arrière-fond de petite ville du Sud. C'étaient toujours des images joyeuses. Classées sans souci de chronologie, elles se mélangeaient, avançant puis reculant dans le temps. On y voyait les clichés de leur mariage, le 5 janvier 1978. Misa avait vingt-trois ans, Ester vingt et un. Ils étaient beaux. Une photo de Misa dans une improbable salopette rouge tenant dans les bras une Altea de deux ans, radieuse, respirant la santé, vêtue d'un costume de carnaval. Une d'Ester enfant, en noir et blanc, parmi ses cousins ; la raie sur le côté, habillée d'une robe à tissu en chevrons, le visage sérieux, elle se détachait des autres enfants par sa grande taille, malgré ses douze ou treize ans.

Je repensai à ces photos quelques soirs plus tard à Milan, alors que, comme à mon habitude, j'allongeais mon chemin, de retour d'un dîner, et vagabondais dans les rues sombres qui séparent le piazzale Dateo du corso XXII marzo, en regardant les plantes grimpantes s'enrouler autour de certains balcons débordant de végétaux de toutes sortes, telles de petites jungles domestiques, et les rectangles abricot que formaient les fenêtres aux lumières allumées. Je revoyais les frêles silhouettes du passé prendre corps brusquement, l'adolescente trop grande qui dominait ses cousins, le garçon aux cheveux longs et au visage enfantin qui tenait dans ses bras sa fillette colorée… Comme tant d'autres, ces êtres, mes « adultes », avaient été une partie intégrante de mon présent : jamais je ne m'étais demandé quel aspect ils avaient avant, quels désirs ils avaient conçus, comment étaient nées leurs histoires d'amour – ou leurs solitudes actuelles. Je savais, ainsi qu'on sait les évidences, qu'ils avaient été jeunes et, du reste, j'avais vu certains d'entre eux – Misa et Ester, Nina, Teresa, ma mère même et d'autres – encore jeunes, trentenaires, l'âge qui serait bientôt le mien ; or ils m'avaient été donnés ainsi, de même que je me sentais donnée depuis toujours. Et voilà que, soudain, ils semblaient me réapparaître.

J'avais du mal à doter d'un sens cette pensée, aussi tentai-je de la forcer, de la renverser, dans la tentative de trouver une réponse, en vain. Pourtant j'éprouvais un sentiment d'ouverture, qui, étrangement, n'était pas sans rapport avec les balcons-jungles et les fenêtres éclairées. D'une certaine façon, je voyais mieux. Mais il ne restait qu'une approximation. Le *mot de l'énigme** demeurait lointain, inaccessible.

Vint le grand congrès contre la répression à Bologne, en septembre 1977. Cent mille personnes s'y rendirent, un mouvement entier d'individus souterrains qui entendaient paraître au grand jour, se montrer aux gens ordinaires, prouver que les « autonomes » n'étaient pas tous violents, comme on les décrivait. Ils avaient du pain sur la planche : il s'agissait de trouver un projet commun à tous ces êtres aux parcours si différents, de se rénover, de « s'interroger et de se confronter », si possible de construire une coordination des avant-gardes organisées. Un ouvrier enthousiaste de Piombino écrivit à Lotta Continua, le jour de l'ouverture du congrès : « J'entends la vieille locomotive ouvrière grincer (serait-ce la *rigor mortis* ?). » Presque tous, hommes et femmes, annonçaient dans des lettres sincères qu'ils iraient à Bologne, bien décidés à voir et à comprendre.

Ce fut un désastre. Alors qu'on donnait en ville des pièces de théâtre, des fêtes et des concerts, les diverses « âmes » du mouvement s'affrontèrent lors de l'énorme assemblée au Palais des sports, et il apparut cruellement qu'il ne suffisait pas de se dire *contre* quelque chose pour *faire* quelque chose, que toutes ces « âmes » étaient coléreuses, hésitantes, égarées et réduites à tourner sur elles-mêmes dans un présent circulaire ; incapables de concevoir projets, inventions, ou propositions, elles se chamaillaient et s'autocélébraient, pendant que, dans ce vacarme inutile et assourdissant, les armés (c'est ainsi que Misa et Ester désignaient les terroristes ; en parlant du mouvement, ils disaient « les armés » et « les non-armés », employant inconsciemment le jargon de l'époque) se promenaient discrètement entre deux débats pour renifler l'atmosphère et déterminer si elle était, ou non, en leur faveur. Les âmes parlèrent, parlèrent, parlèrent encore pendant trois jours et finirent par ne rien dire. Ceux qui étaient venus voir et comprendre ne comprirent rien et ne virent que fêtes, chants, cortèges dansants et colorés : souvent nous buvons notre café au-dessus d'un abîme, écrivait Andreï Biély.

Et l'abîme était juste au coin de la rue, si proche que c'en était inimaginable ; une tempête de symboles se déversa torrentiellement sur les jours suivants. Bien qu'elle eût abandonné l'activisme politique depuis longtemps, Cecilia Longoni avait accompagné son vieil ami L.B. à Bologne, comme Misa, Ester et tant d'autres, pour participer au congrès. Au retour, la tête appuyée contre la vitre du train, assis en face d'elle, L.B. lui avait dit : « Tout est fini. »

Cecilia ne lui avait pas demandé ce qui était fini. Il ferma les yeux et garda le silence.

Le congrès de Bologne se conclut le 25 septembre. Un instant après, en l'espace de trois jours, les Nar[1] tirèrent sur deux jeunes gens assis sur un banc, sur une fille qui mourrait après des années passées dans le coma – d'abord eux, puis elle –, réguliers, implacables, au pas de l'oie ; et le 30 septembre sur Walter Rossi, qui avait vingt ans, le touchant mortellement à la nuque alors qu'il participait à la manifestation de protestation contre l'attentat précédent.

Puis, le 1er octobre, brûla Roberto Crescenzio.

1. Acronyme de « Nuclei Armati Rivoluzionari » (Noyaux Armés Révolutionnaires), groupe armé d'inspiration néofasciste, actif de 1977 à 1985.

Un jour – je devais avoir dix ou onze ans – je faisais la queue avec mon père devant un cinéma, via Po. Nous allions souvent au cinéma ensemble. Soudain il me dit en montrant un bar voisin : « Tu sais, autrefois ce bar s'appelait l'Angelo Azzurro[1]. »

Il marqua une pause.

« Un garçon y est mort brûlé, ajouta-t-il. On avait lancé des cocktails Molotov à l'intérieur… pendant une manifestation. Il a eu peur et il s'est enfermé dans les toilettes. Il a brûlé vif. »

Je levai le regard sur lui dans la tentative d'interpréter son expression, mais il était impassible. J'ignore si je lui demandai pourquoi on y avait lancé ces engins explosifs. J'étais étonnée qu'il me racontât cette histoire, et par surcroît de cette façon, de but en blanc. Le récit s'interrompit là et nous nous retrouvâmes devant une caissière souriante, puis nous entrâmes dans le cinéma et je fus

1. « Ange bleu ».

distraite. Pourtant cette conversation resta ancrée dans ma mémoire en raison de la subtile gêne qu'elle avait suscitée en moi, de la vibration dans la voix de mon père, du caractère fortuit de cette monstrueuse anecdote. C'était la première fois qu'il évoquait en ma présence des lieux où des personnes avaient été tuées, d'autres épisodes. Nul doute, l'Angelo Azzurro évoquait pour lui une chose si répugnante, tellement inconcevable, qu'il avait eu envie de me le dire, à moi qui n'allais pas encore au lycée. Quand je passais devant, j'étais obligée d'y repenser, même si nous n'en parlâmes jamais plus. Le nom de ce bar se glissa dans la catégorie de ces termes qui demeurent liés à une inquiétude souterraine, étouffante, comme la patte de singe de W. W. Jacobs, ces termes dont le seul son vous évoque le sifflement de Peter Lorre dans *M le maudit*. Mais cela n'avait rien d'imaginaire, c'était vrai, et c'était proche : voilà peut-être pourquoi cela me bouleversait autant.

Je n'appris l'histoire de l'Angelo Azzurro qu'une quinzaine d'années plus tard : l'appel à manifester le 1er octobre pour protester contre la mort de Walter Rossi, le cortège furibond à la recherche d'objectifs à frapper, la tension si forte qu'on en avait le souffle coupé. Dans l'impossibilité d'attaquer le siège du Msi, défendu par la police, les manifestants avaient dévié vers la via Po. Au fond, à un bloc de maisons de la piazza Vittorio, se dressait ce bar, l'Angelo Azzurro, qu'on disait fréquenté par des dealers d'héroïne et des fascistes. L'héroïne fut un parfait ennemi de substitution.

Ce matin-là, s'y trouvait aussi Roberto Crescenzio, un étudiant salarié (un prolétaire, crieraient avec désespoir les éditoriaux de *Lotta Continua* et des autres journaux communistes quelques jours plus tard, nous avons tué un prolétaire, un prolétaire !) qui buvait un apéritif avec un ami. À leur arrivée, les cagoulés crièrent comme d'habitude au barman et aux clients d'évacuer les lieux. Roberto Crescenzio était peut-être déjà aux toilettes, à moins que la peur ne l'amenât à se mouvoir de façon irrationnelle : il alla du côté opposé et ferma la porte à clef. Les cocktails Molotov furent lancés, l'Angelo Azzurro prit feu.

Les manifestants et les passants regardaient l'incendie quand l'impensable se produisit. Comme d'une porte de l'enfer surgit soudain une silhouette. Cette créature jaillissait du fond des cauchemars. Elle était toute noire. Elle n'avait plus de vêtements, mais des lambeaux qui s'agitaient sur elle. Elle n'avait plus de cheveux. Elle n'avait plus de visage. Elle était réduite à un corps carbonisé qui avançait en titubant, les yeux écarquillés. Tout le monde se tut. D'où venait-elle ? Qu'était-elle ? Les regards la scrutaient tous. Se ressaisissant un instant, un homme apporta une chaise mystérieusement apparue. Elle s'assit. Il existe des photos d'elle sur la chaise, entourée de passants aux bras ballants. Puis elle fut conduite à l'hôpital. La chaise resta là pendant des heures, près des portiques, trop horrible pour être touchée, au milieu de bouts de vêtements brûlés, portant la trace noire du corps assis.

Dans la nuit du 2 au 3 octobre, une main écrivit sur un mur du corso Valdocco « Sale moment » à la peinture rouge. Le silence pesait sur la ville.

Crescenzio survécut, presque toujours lucide, trop longtemps – deux jours –, avant de s'abandonner à une mort bienveillante.

L'Angelo Azzurro constitua une déchirure irréparable dans l'histoire de Turin. Tous ceux qui s'en souviennent en parlent avec honte, même s'ils n'étaient pas présents. D'une certaine façon, nous sommes tous responsables, écrivit-on après la mort de Roberto Crescenzio. On avait franchi un seuil au-delà duquel il était impossible de retourner en arrière, vers l'innocence, la pureté, la liberté de l'enfance. L'Angelo Azzurro était littéralement l'indicible qui s'abattait sur les militants, qui se fichait à jamais dans leur chair. Cet épisode marqua la fracture définitive entre ceux qui, ne supportant pas l'idée que leur monde ait produit la créature de l'enfer, abandonnèrent la politique, ceux qui ramassèrent les morceaux en proie à un désespoir croissant, enfin ceux qui optèrent pour la lutte armée et en l'occurrence Prima linea, parce que de toute façon il ne restait plus rien, tous les circuits s'étaient interrompus, les groupes s'étaient dissous, les membres des Brigades rouges étaient lointains, des êtres quasi lunaires, l'État réprimait sans distinction. Là au moins, au sein de PL, il y avait des formations militaires, un semblant d'organisation (Mure Galiani envisageait de construire une milice prolétaire), l'éclat séduisant de l'action. Roberto Crescenzio devint un symbole, sort qui me paraît atroce pour une personne, pour n'importe quel être humain, pour Roberto Crescenzio qui était doté d'un corps, d'un cerveau, d'une vie obscure et normale, et que le destin transforma en une carcasse martyrisée sur le chemin d'autrui, un pauvre martyr involontaire, le monstre des photos, la culpabilité d'une ville. Souvent on dit que la tragédie d'un seul être, ou de plusieurs, permet de montrer à tous l'intolérable scandale d'un geste ou d'une pratique – je me demande ce que ce seul être ou ces divers êtres en penseraient et je songe à l'horreur implicite que renferme une affirmation de ce genre, au-delà de la bonne foi de celui qui l'a prononcée. Non, le bûcher de Roberto Crescenzio ne servit à rien, il ne fut en rien un symbole – je me refuse à le croire.

Le cercle Barabba, déjà évacué du siège de la via Plana parce que la mairie devait construire à cet endroit une école maternelle – que je fréquenterais plus de dix ans plus tard, toujours en vertu des étranges jeux du destin –, fut dissous dans les flots de ce mois d'octobre ; un de ses animateurs les plus en vue, surnommé Kim comme un personnage de Salgari, entra peu après dans les rangs de PL et dans la clandestinité, devenant bientôt chef de la première patrouille du Centre et membre du commando turinois de Prima linea. Un autre membre du cercle, Albertino, un garçon mystérieux, fascinant et sournois, au beau visage sous une frange ébouriffée de cheveux fins, écrivit contre ce choix, et en général contre l'idée de la lutte armée, un manifeste très dur dont la conclusion demeure dans bon nombre de mémoires des dizaines d'années plus tard : « À partir de maintenant, faites l'histoire sans moi. »

Un jour de décembre 1977 en fin d'après-midi, un coup de sonnette retentit au cabinet d'un médecin quinquagénaire dans le quartier CIT Turin, le quartier Art déco aux chapiteaux surmontés de dragons et de lions, puis une voix masculine ordonna : « Police, ouvrez ! »

La secrétaire obtempéra. Quatre personnes à visage découvert l'enfermèrent dans les toilettes, avant de pénétrer dans la salle de consultation d'où ils chassèrent le patient. Ils se consacrèrent ensuite à l'homme, qui tenta faiblement de se défendre et tomba au sol, sous les coups de pied et de poing. Les quatre individus, trois hommes et une femme, appliquèrent une curieuse technique à leur objectif. Ils l'attachèrent par les poignets au radiateur et le soumirent à un rapide procès « prolétaire ». Puis ils lui tirèrent une balle de 7.65 mm dans une épaule et une deuxième dans un genou (l'autre genou en réchappa parce que le pistolet s'enraya). Après quoi ils lui accrochèrent une pancarte au cou : « Le prolétaire ne pardonne pas à ses bourreaux. »

Ils disparurent ensuite. Le tract de revendication était, semble-t-il, signé « Brigades armées et ouvrières de combat ». La secrétaire appela à l'aide, la victime fut conduite à l'hôpital voisin, et un journaliste (de la *Gazzetta del Popolo*, dont le siège était tout près, et qui arriva avec le blessé) entendit un médecin murmurer à la vue des coups sur le corps dénudé : « Seigneur, on l'a crucifié ! »

On demanda à la victime de décliner son identité. Au lieu de répondre, l'homme détourna le visage. On insista à plusieurs reprises. Il finit par murmurer : « Je m'appelle Coda. »

Un instant, tout le monde se figea dans la pièce.

La Villa Azzurra avait un nom fascinant. C'était un asile psychiatrique pour mineurs. Les diagnostics étaient plutôt discutables et jamais revus au fil des ans, mais peu importait : les patients étaient issus de familles analphabètes ou très pauvres, au sein desquelles ils n'avaient pas appris à s'exprimer ; ou des enfants de femmes seules qui ne savaient qu'en faire ; ou encore des « agités ». On leur trouvait toujours un degré de débilité mentale approprié. La plupart du temps, on les attachait à leur lit et les religieuses les lavaient avec les brosses qu'elles utilisaient pour nettoyer le sol. Quand certaines fillettes grandissaient, les infirmiers les emmenaient hors du dortoir quelques heures. Elles commençaient à grossir. Elles mangeaient trop de bonbons, disaient les sœurs. Puis elles disparaissaient.

Un jour de Noël on projeta un film intitulé *Le Zoo, un choix de liberté.*

On administrait aux enfants tellement de psychotropes qu'ils étaient incapables d'établir une distinction entre le jour ou la nuit. L'un d'eux marchait à reculons. On battait et attachait aux radiateurs les plus gênants.

Le chef de service se nommait Giorgio Coda. Il avait des méthodes intéressantes. Pour permettre aux plus turbulents de se défouler, il les montait les uns contre les autres comme dans les combats de chiens, jusqu'à ce qu'ils s'écroulent, blessés, épuisés ; mais la spécialité qui lui valut la direction de la Villa Azzurra et le surnom d'Électricien n'était autre que les électrochocs. Il les avait rebaptisés « électro-massages » et il les utilisait pour punir en particulier les enfants qui s'adonnaient à la masturbation, en appliquant des électrodes sur les parties intéressées, mais également dans d'autres cas, ou par simple caprice personnel. Un garçonnet, fils d'une prostituée peut-être, certainement d'une femme pauvre, échoua à l'asile psychiatrique des adultes après avoir avalé une bille par provocation – puis, comme il était *inconcevable* qu'il se trouvât avec des fous adultes, il passa à celui des enfants. Il se prénommait Albertino. Il essayait régulièrement de s'enfuir par les toits et, quand ses bourreaux empressés le rattrapaient – car l'Électricien n'était pas le seul à appliquer les « méthodes de contention » et tout le reste, ils étaient nombreux –, expliquait qu'il ne pouvait pas s'en empêcher. On l'attacha, le soumit aux « électro-massages », en vain : il ne s'adaptait pas, il ne s'éteignait pas comme les autres. Il serait, encore très jeune, l'un des témoins-clés lors du procès contre l'Électricien. À l'âge de treize ans, il fut adopté par une riche famille de gauche qui décida de prendre soin de cette créature souffrante, sarcastique et fugueuse.

En juillet 1970, un photographe de l'*Espresso* parvint à pénétrer dans la Villa Azzurra. Il erra dans les services à l'insu du personnel. Il photographia les enfants attachés, couverts de mouches, inexpressifs, qui adressaient parfois un sourire édenté, indescriptible, à l'objectif. Il photographia une fillette prénommée Maria, dont le portrait illustra principalement le reportage. Elle avait les cheveux courts, le visage doux, le corps totalement nu, les poignets et les chevilles attachés comme dans une crucifixion. Le scandale éclata ; les enfants furent « libérés » de façon fortuite et insensée, sans qu'on se souciât des lieux où ils échouaient ; laissée sans surveillance, Maria, arriérée mentale grave, mourrait noyée dans une baignoire quelques années plus tard.

On consacra un livre à l'Électricien. Son cas permit de dénoncer ce qui se passait dans le secret fétide des asiles psychiatriques ; mais, en dépit d'une condamnation à une peine de cinq ans de prison, il demeura en liberté grâce à une amnistie et un vice de procédure. Prima linea s'en prit à lui en connaissance de cause ; tous les membres du mouvement connaissaient Albertino, l'étrange et bel Albertino, son histoire tourmentée, même s'il avait furieusement refusé la lutte armée. Ces représailles furent un succès, qui exalta Mure Galiani : la destruction physique, sans meurtre, de l'Électricien, opération de propagande longuement mûrie (il était vraiment difficile d'éprouver de la compassion pour un monstre), reçut une approbation quasi unanime. Les membres du commando avaient touché la cible idéale, ils étaient vraiment des justiciers, ils achevaient le travail que la justice de l'État avait laissé en plan.

Plus de quarante ans après la « vengeance » contre l'Électricien, je lisais un ouvrage sur l'asile psychiatrique des enfants. Soudain je tombai sur un prénom trop singulier pour qu'il n'attirât pas mon attention. Son propriétaire avait séjourné à la Villa Azzurra. Ce prénom se mit à battre dans ma tête. Il évoquait un libérateur d'esclaves : quel étrange paradoxe ! D'après l'auteur du livre, une coopérative s'était occupée dès les années quatre-vingt de bon nombre des rescapés de la Villa Azzurra, incapables de se libérer de ce qu'ils y avaient subi. Cette coopérative m'était familière : mon père y avait travaillé après avoir obtenu son diplôme de psychologie. Et je me rappelais très bien le grand et robuste adulte que l'enfant au nom de libérateur d'esclaves était devenu. Sa grande taille, sa façon de se tenir, la tête enfoncée dans les épaules, ses yeux bleus aussi vides que son visage et son débit haché m'effrayaient. Mon père avait une prédilection pour lui : il prononçait avec une grande douceur ce prénom imposant, le répétait parfois comme une berceuse, comme s'il lui fallait l'endormir. De temps en temps, les épaules de S. se détendaient.

« Tu fumes trop », lui disait mon père avec une gentillesse presque amoureuse. S. se balançait, lui adressait un vague sourire, qui me paraissait également amoureux.

Je découvris que S. était encore en vie. Un petit documentaire tourné l'année précédente montrait qu'il avait été adopté, après la faillite de la coopérative, par une famille qui prenait soin de lui. Il n'avait pas changé, seuls ses cheveux avaient un peu blanchi. Il y parlait aussi de la Villa Azzurra. Il se rappelait tout, les brosses, les draps dans lesquels on enveloppait les pensionnaires en leur serrant la tête au point de les étouffer, ou presque, lorsqu'ils avaient une crise. Un garçon était mort dans le lit voisin : il avait agonisé pendant des heures sans que personne vînt à son secours. S. l'avait rassuré, ils vont bientôt venir te soigner, ils vont venir, tu verras.

Je fus bouleversée. Je ne m'y attendais pas. Je pleurai longuement en pensant à S. et à ses camarades, à ceux qui avaient été accueillis, à l'entrelacement inattendu de ces histoires. Albertino était mort du Sida depuis longtemps, encore très jeune, après avoir purgé une peine de prison de deux ans et demi, dans les années quatre-vingt, et après d'autres vies encore. Les autres, les vrais fous, ou ceux qui l'étaient devenus par la force des choses, avaient continué de déambuler dans les banlieues, près du bâtiment abandonné de l'asile psychiatrique, s'aventurant parfois vers le centre de la ville, jusqu'à ce qu'une main leur ouvrît une porte ombragée par de la glycine. Enfin, sous cette glycine L.B. était passé à son tour.

Un jour où je parlais à deux vieux camarades de L.B., l'un d'eux, un ancien ouvrier de l'Usine qui le connaissait bien, qui avait ensuite été enseignant et qui connaissait également ma mère, m'avait demandé : « Comment envisages-tu de construire cette histoire ? Tu iras jusqu'à sa mort ? »

J'avais dessiné dans l'air un arc d'un geste de la main.

« Non, ce n'est pas une biographie. Je ne raconte pas toute sa vie, je parle juste de ces quinze années. C'est l'histoire d'une chute. »

Il avait plissé les paupières.

« Non, non. Ça n'a pas été une chute.

— C'est juste l'espace temporel du récit, pas un jugement, avais-je expliqué patiemment d'un air savant.

— Non, parce que si la partie suivante manque... la partie où ton père est allé s'occuper des fous... c'est comme si un morceau manquait, tu comprends ? S'il avait chuté, s'il avait *vraiment* chuté, il aurait choisi de s'enrichir ! »

L'autre interlocuteur acquiesçait.

« Il n'a pas chuté, Marta, il faut que tu le comprennes. Il est allé jusqu'au bout, vraiment jusqu'au bout, auprès de ceux avec qui il devait être. »

J'avais gardé le silence. Ce n'était pas faux, pourtant ça n'appartenait pas à mon histoire.

Et soudain, il avait raison. Tout coulait en un dessin parfaitement cohérent. Albertino, Maria, l'Électricien, l'ancien pensionnaire de la Villa Azzurra prénommé S., l'ombre terrible de la Villa Azzurra qui revenait, revenait, tel un bruissement d'arrière-fond, dans presque tous les livres consacrés à ces années-là, les livres que je lisais pour me documenter. Ce soir-là je pensai longuement à eux, à l'enfant qui avait avalé une bille et avait craché sur la lutte armée, à Maria crucifiée et noyée, au gamin qui marchait à reculons, à celui que j'avais connu adulte sans rien savoir et à ce lien inattendu avec mon père. Ainsi, le L.B. que j'avais laissé de côté, celui d'*après*, celui qui avait fait partie de ma vie et que, d'une certaine façon, je jugeais désordonné et vaincu, ce L.B. avait poursuivi son action anonymement et paisiblement, encore et encore en opposition métaphorique à feu Prima linea et à sa « pratique révolutionnaire », aux vengeances *prêt-à-porter** qui ne sauvaient personne, n'aidaient personne, certainement pas ceux qui, après les tortures de l'Électricien et du système qui l'avait produit, avaient dû continuer de vivre. La ville des laissés-pour-compte, la ville cachée, gênante et blessée qui ne suscitait pas de vacarme ni de puissance géométrique. Ce bout de son existence n'était donc pas une partie en trop ; c'était le retour et l'évolution d'un thème, l'un des thèmes les plus importants, sinon le principal, de sa biographie excentrique. Parfois la vie des êtres humains révèle une verve contrapuntique aussi admirable qu'inattendue.

Quand il arriva enfin, l'attentat de la via Fani prit tout le monde au dépourvu. Depuis Prima linea jusqu'au mouvement autonome non armé, tous furent désarçonnés ; la première et pâle exaltation suscitée par cette attaque au cœur du pouvoir démocrate-chrétien s'effaça bientôt devant un trouble absolu. Le jour où le président démocrate-chrétien, Aldo Moro, fut enlevé et son escorte assassinée, ou peut-être le lendemain, L.B. rendit visite à une amie. Elle se rappelait qu'il se promenait dans la cuisine en soulevant tous les objets et en les reposant nerveusement.

« Il était *furibond*, me confia-t-elle. J'étais encore très excitée et je lui ai dit : "Leo, tu as vu ça ?" Il m'a répondu, l'air mauvais : "Il n'y a vraiment pas de quoi rire." »

En effet, le tourbillon qui emporterait et détruirait tout le monde n'allait pas tarder à se déchaîner. Pour éviter d'être considérés comme des « soutiens des brigadistes », le Pci et les syndicats rompirent immédiatement tout lien avec les groupes et partis qui se tenaient à leur gauche. Par conséquent, ces derniers furent logiquement soupçonnés de « soutenir » les Brigades rouges. S'ensuivirent des arrestations et des perquisitions en quantité qui touchèrent sans distinction tous les groupes autonomes, même si la plupart d'entre eux avaient pris leurs distances avec cet enlèvement dans des éditoriaux et des communiqués où ils ne cachaient pas leur irritation face à une trajectoire qui leur apparaissait comme un déraillement.

La confusion régnait parmi les membres de Prima linea. Ce geste inattendu et disproportionné de la part des BR impliquait obligatoirement qu'on augmentât la mise. Si les chefs avaient affirmé au début que les individus qui entraient dans l'organisation pouvaient en sortir à leur guise, ce n'était désormais plus le cas. Il importait d'accélérer l'instruction militaire des membres, surtout de choisir pour tous la clandestinité. En effet, jusqu'alors, la plupart d'entre eux avaient continué de travailler normalement, de pointer et de participer aux actions armées à leurs heures de loisirs – certains les qualifiaient d'employés de la lutte armée – afin de rester en contact avec le mouvement, avec la réalité sociale et le « territoire ». Tout cela se brisa avec la découverte du corps du président recroquevillé dans le coffre d'une voiture, qui s'abattit comme une pierre tombale sur les vertèbres faibles et équivoques des organisations armées. Sans le soutien des masses, il ne leur resta plus que la terrible et immense plaine où l'on ne pouvait que tirer des coups de feu, en tirer de plus en plus, élargir les rangs aux jeunes de dix-huit ans qui rêvaient de via Fani personnelles et à des désaxés de toute sorte dans le seul but de les grossir, se munir de torrents d'armes. Si, avant, il s'était seulement agi de représailles ou de punition envers les réprouvés, il convenait à présent d'imiter les autres, il convenait de tout faire exploser, idéologie comprise. Les BR ne connaissaient pas Prima linea ; désormais il en irait autrement.

Armement diffus. Telle était l'idée de Mure Galiani. « Étendre la pratique armée et le combat diffus à tous les sujets sociaux », des ouvriers jusqu'aux étudiants, afin qu'ils puissent se révolter contre leurs patrons. C'est ainsi que commença la nouvelle phase de recrutement à Turin. Certains leaders n'approuvaient pas ce virage, ils estimaient notamment que placer des armes dans les mains de gamins était une folie, mais ils ne parvinrent pas à l'arrêter. Prima linea avait débuté sa course folle vers sa perte, qui laisserait derrière elle un long sillage sanguinolent de chair humaine.

« *Dans les rues de Turin-la-Terreur** ». Titre de *France-Soir*, le 13 avril 1978, à la une, au-dessus de la photo du cadavre de Lorenzo Cutugno, gardien de prison, allongé sur un trottoir, tué par les BR. Dans les rues de Turin-la-Terreur. Villefranche-sur-Mer, Chalon-sur-Saône, Turin-la-Terreur. Comme si ce nom était devenu celui de la ville, l'essence blême de ses façades jaune pâle, couvertes de suie, de ses cours à balustrades, des petites rues pavées et mélancoliques qui brillaient la nuit, maculées par la lumière de quelques réverbères, du fleuve lent, des immeubles de banlieue, des lointaines statues et des grands jardins, comme si une eau de mort s'était infiltrée à travers tout cela et l'avait imprégnée au point d'en altérer irrémédiablement la nature.

Nous pouvons tous les tuer et nous les tuerons tous. Voilà ce que l'histoire semblait dire.

En attendant, dans le petit bateau du comité qui flottait à grand-peine au milieu de la tempête trouble, L.B. et les autres continuaient impassiblement de chercher un chemin qui conduisît au changement en passant par la pratique quotidienne, sans arriver aux méthodes extrêmes que L.B. non seulement détestait, mais estimait également inutiles. Un bébé était né, la fille de la jeune Petra, en ce printemps de loups. Il l'adorait et elle le lui rendait bien. À sa vue, elle tapait joyeusement dans ses mains. Un jour, alors qu'elle prononçait ses premiers mots, elle le surnomma même « papo ». Mais les loups pressaient.

L.B. fut arrêté pour association subversive en tant qu'« un des chefs de l'autonomie ouvrière de Turin », comme le définissait l'article de la *Stampa* du 16 mai 1978, quelques jours après la découverte du cadavre de Moro.

Un ami qui travaillait dans des archives m'envoya un entrefilet qu'il avait trouvé par hasard, ignorant tout de mon projet. Publié le 17 mai dans *Lotta Continua*, cet article parlait justement de L.B. « À Turin aussi on en est arrivé aux pratiques des coups de filet contre les "soutiens", catégorie qui sert apparemment à indiquer de plus en plus les camarades du mouvement les plus connus et les plus combatifs. C'est le cas en effet de Leonardo Barone, un camarade du Pcim-l et du comité permanent contre la répression, connu de tous les camarades de Turin pour sa militance assidue, à la lumière du jour, arrêté hier matin au cours d'une trentaine de perquisitions effectuées par le (*sic*) Digos[1] et par les carabiniers. Avec Leonardo ont été arrêtés [...]. Le chef de la Digos, F.F., a déclaré que ces camarades sont accusés "d'être responsables d'épisodes de violence lors des manifestations, même si aucun d'eux n'a été impliqué dans des attentats contre des personnes". Voilà la confirmation indirecte du caractère provocateur de ces interpellations, suivies de perquisitions qui ont réuni des camarades de 68, militants de Lotta Continua, délégués syndicaux. Leonardo Barone, uniquement coupable d'être communiste, doit être immédiatement libéré, tout comme les autres camarades, pour lutter avec nous. »

Qu'il eût été arrêté par provocation, ou pas, L.B. fut relâché au bout de quelques semaines, notamment parce qu'il n'existait aucune preuve d'une présumée implication dans un acte de violence quelconque, ou d'une soi-disant appartenance à une association

1. « Division des enquêtes générales et des opérations spéciales », corps de police dépendant du ministère de l'Intérieur, équivalent de la « Direction générale de la sécurité intérieure » française.

subversive. Agata me raconta qu'on voulait l'assigner à résidence : comble de l'absurdité, le lieu d'exil choisi n'était autre que Monte Sant'Angelo, son village natal au sommet de la montagne. De toutes les arrestations que collectionna L.B., celle-ci ne serait pas particulièrement significative si elle ne constituait pas, du moins à en juger par ce que j'ai tenté non sans peine de reconstituer, le deuxième carrefour crucial de son existence et la raison pour laquelle il avait quitté son emploi à l'hôpital. Le récit confus qu'il avait esquissé devant moi, les dates qui ne correspondaient pas, le fait qu'il dit un jour à Dora – à qui il ne parlait jamais de cette période – que, peu avant son arrestation, on l'avait sélectionné pour un travail de recherche dans une clinique en Allemagne et que cela expliquait peut-être pourquoi ses collègues l'avaient, sinon boycotté, du moins laissé accuser sans lever le petit doigt en sa défense… Fallait-il placer là le choix de L.B. de travailler à l'usine sans le dire à personne, pas même à sa femme ni à ses amis les plus chers ? Se pouvait-il vraiment que cette accusation d'association subversive l'eût empêché d'exercer sa profession de médecin ? Et lorsque les charges furent abandonnées, n'aurait-il pas pu retrouver son poste ? Ou préféra-t-il se replier à ce moment-là sur lui-même, incapable de maîtriser ses trop nombreuses vies ? Je ne le saurai jamais. Cela appartiendra pour toujours aux espaces vides de son existence auxquels personne n'a jamais eu accès et des défaites que cet homme imprévisible s'infligeait avec opiniâtreté.

C'est donc dans cette période, ou peut-être avant, que L.B. alla travailler chez Materferro, profitant de la vague de recrutement de l'Usine, qui concernait depuis quelques mois des dizaines de milliers de personnes. Materferro était la section qui s'occupait du matériau ferroviaire. Elle n'existe plus : il n'en reste qu'un terrain vague ceint de grilles en partie arrachées, envahi par l'herbe, les clochards et les lapins.

Je ne sais rien sur le compte du L.B. qui travailla comme ouvrier. Je n'ai pas retrouvé d'anciens collègues susceptibles de témoigner de cette période. En attendant, hors de l'usine, le comité de la via Plava s'était progressivement transformé en comité contre la répression ; un soir, se souvenait Ester, un homme et une femme timides, des fleuristes, s'étaient présentés là. Leur fils, arrêté et accusé de participation à une organisation terroriste, se trouvait dans une prison de haute sécurité, cette entité anormale et encore incompréhensible où, racontaient-ils, il avait subi des sévices, ou du moins quelque chose de terrible. En vertu d'une coïncidence ou des fines lignes thématiques de la vie, une de ces prisons était située à Trani. Misa, Ester et les autres décidèrent de se rendre à Milan, au centre social Leoncavallo, où l'on rassemblait les informations provenant des quartiers de haute sécurité sur les détails les plus obscurs de ces détentions et même sur les tortures qui, depuis l'enlèvement d'Aldo Moro – l'« Opération Fritz » dans le langage des BR –, étaient pratiquées de plus en plus fréquemment, bien qu'on ne sût jamais dans quelle mesure. C'était à présent leur seule occupation. Le comité avait accueilli les familles des camarades emprisonnés. Désormais on glissait sur ce que ceux-ci avaient ou non commis ; on pensait qu'un prisonnier était un prisonnier, surtout s'il s'agissait d'un camarade, et qu'il fallait se battre pour qu'il eût une vie digne dans son lieu de détention. On recueillait des témoignages, on écrivait des tracts pour diffuser les nouvelles, et les discussions étaient toutes centrées sur le problème des prisons. De toute évidence, il n'y avait plus de place pour autre chose.

Ils étaient nombreux, très nombreux. Au cours du premier dîner auquel me convièrent Sara et Mino – qui vivaient ensemble depuis qu'ils s'étaient rencontrés durant les « trente-cinq jours » à l'Usine – dans leur appartement doté d'une grande terrasse d'où l'on voyait presque toute la ville et où courait une fillette maigre d'environ dix ans, une fille tardive au visage pointu et intelligent, Mino me dit, dans le flot de la conversation qu'interrompait de temps en temps un commentaire paisible de Sara, que les rues étaient désertes, que tout le monde avait été arrêté. Mino était le jeune Sicilien qui avait rencontré L.B. lorsqu'il faisait partie des chômeurs organisés ; Sara, un peu plus âgée, une femme douce au visage animé, vif, plein de gaieté et de malice, l'avait croisé les premières fois à des assemblées de l'Usine à la fin des années soixante-dix. Ils me montrèrent des photos de L.B. et de leurs vacances ensemble. Mino était passionné de photos, et celles qu'il avait faites de Berlin et d'autres villes en noir et blanc possédaient de véritables qualités artistiques. Il était l'auteur d'un des clichés que m'avait offerts Agata, découvris-je, tandis qu'il examinait un rouleau à la recherche du visage de mon père : un gros plan de L.B. allongé sur un banc pendant les vacances, le visage barbu contre la main, les yeux mi-clos, les traits détendus, le sourire tranquille. Mino avait été capable de saisir chez lui ce qu'on ne voyait pas sur les autres photos.

Un de ces clichés en particulier me frappa. Il avait été pris lors d'un pique-nique ou d'un barbecue. On reconnaissait L.B. sur la gauche, allongé sur le ventre près d'une fille, parlant à une fillette d'environ un an, en tee-shirt et couche-culotte, qui se tenait debout devant lui. Appuyé sur ses coudes, il avait joint les mains en pyramide et levé les sourcils comme s'il écoutait un discours très intéressant ; Mino et Sara avaient oublié l'identité de la petite et de certaines des nombreuses personnes assises, allongées ou debout devant le barbecue. Les sujets à droite n'étaient plus visibles : le temps, ou peut-être le frottement contre des boîtes ou des objets dans un tiroir, avait usé leurs traits fins au point de les effacer. Il ne restait d'eux que leurs chemises aux manches retroussées et leurs jambes, une main tenant une cigarette, des chaussures sur l'herbe.

« Tous ceux-là, affirma Mino en passant l'index sur la partie du cliché où les visages s'étaient évanouis, ont rejoint la lutte armée. »

Je posai les yeux sur lui, puis de nouveau sur la photo. J'étais stupéfaite. Je n'avais jamais vu d'objet réel doté d'une portée aussi invraisemblablement symbolique : ces choses-là n'appartenaient qu'à la littérature ! Pour aussi incroyable que cela pût paraître, la division entre les rescapés et les autres, entre les égarés et les autres, apparaissait par pur hasard, et, par pur hasard, ce petit cliché fané devenait l'effigie tragique d'une époque.

Sara me raccompagna en voiture chez ma mère. Il était plus de minuit. Quand nous nous immobilisâmes au milieu de la rue, devant la porte de l'immeuble, elle se tourna vers moi et dit : « Écoute. Je tenais à te dire quelque chose.

— Oui.

— Si ton père n'a pas été un homme important, s'il n'a pas été un chef de parti, c'est parce qu'il l'a choisi. Il avait tous les atouts en main pour devenir un grand homme politique. Mais il n'a pas voulu. Il a toujours préféré rester à l'arrière-garde. Il ne voulait pas être un chef. Tu as compris ? »

J'acquiesçai.

Elle lorgna à travers le pare-brise les fenêtres éclairées de l'immeuble. « Un jour je t'ai rendu visite ici. Tu étais toute petite. Il neigeait beaucoup, nous avions mis une éternité pour arriver. Mais je me souviens de ton appartement et de ta mère. Ça me ferait plaisir de la revoir un jour. Margherita. »

Elle me sourit. Il y avait comme une sensation de secret partagé dans la rue sombre où personne ne passait, dans les mots que Sara avait gardés pour la fin, dans la ville nocturne et tranquille dont nous avions l'impression d'être les deux seules habitantes. Je lui rendis son sourire.

Il est intéressant de suivre la trajectoire qui conduisit L.B. tout près de Mure Galiani, notamment parce qu'on y voit à l'œuvre presque toutes les variables qui décident du destin d'une série d'êtres humains : le hasard, la solitude, la vengeance, la stupidité, l'arrogance, la confusion entre personnes, l'aveuglement obstiné.

On était en février 1979. La ville avait subi trente-six attentats en l'espace de soixante jours. Dans la même période, Prima linea avait assassiné à Milan le juge Alessandrini ; à l'automne, dans le cadre de la « campagne prisons » contre les lois d'urgence et contre les conditions de dégradation des prisons, PL avait également tué à Naples le professeur Paolella, un anthropologue criminel qui travaillait à la réforme pénitentiaire et à une série de réformes visant à la réinsertion des condamnés, en particulier des toxicomanes. Pourquoi des « justes », comme l'était aussi Alessandrini ? Parce qu'il fallait éviter à tout prix qu'ils ne rendent acceptable une institution de l'État, qu'ils ne l'améliorent et n'éliminent ainsi la soi-disant nécessité d'organisations qui entendaient précisément balayer cette institution à coups de revolver. En janvier, PL avait tué un gardien de prison à Turin. L'organisation avait indiscutablement mis la barre plus haut, en vertu de la compétition frénétique qui opposait les formations armées. Le PCI avait décidé de diffuser parmi les Turinois un questionnaire, objet de nombreuses critiques concernant en particulier la cinquième question : « Pouvez-vous signaler des faits concrets susceptibles d'aider les organes de la magistrature et des forces de l'ordre à identifier les individus qui commentent attentats, vols et agressions ? » De la délation pure et simple, disaient certains. Et il n'était pas exclu qu'il y eût des dénonciations par vengeance personnelle. En attendant, les comités de quartier distribuaient le questionnaire. Un jour, le jeune président du comité de Borgo San Paolo e Madonna di Campagna se rendit compte qu'il était filé : il remarqua à plusieurs reprises un individu qui se promenait sur le trottoir, en bas de son domicile. Puis il vit une voiture avec quatre passagers le suivre jusqu'à l'autobus à bord duquel il monta ; à l'arrêt suivant, il fut rejoint par une fille qui s'assit sur le siège voisin pour descendre en même temps que lui. C'était peut-être une coïncidence, mais il commença à s'inquiéter.

Première scène. Le matin du 28 février, dans un bureau de tabac, trois jeunes gens demandèrent à essayer des masques de carnaval. Comme le carnaval était passé depuis un certain temps et que c'était la troisième fois qu'ils venaient en trois jours, le buraliste imagina qu'ils entendaient les utiliser pour un braquage et, dès qu'ils furent sortis, appela la police pour la troisième fois. Ce matin-là, la police se présenta. Les trois jeunes gens – deux garçons et une femme – entrèrent dans le bar voisin pour boire un café. Moins de cinq minutes plus tard, la police leur emboîta le pas et réclama leurs papiers. Sans ouvrir la bouche, ils dégainèrent leurs armes et firent feu. Les policiers répliquèrent. Personne ne sait comment les choses se passèrent exactement, mais, quand les armes se turent, il y avait deux morts par terre : un des deux garçons et la femme. Cette dernière avait les sourcils fins et portait un gilet pare-balles désormais inutile sous son loden couleur sable, ainsi qu'un bonnet, sur ses cheveux roux, courts et frisés. Le garçon semblait très jeune. Les journaux publièrent la photo de leurs cadavres, de leurs visages nullement surpris par la mort, sérieux, concentrés. On les déshabilla sans raison, sinon peut-être pour adresser un message tribal aux terroristes, et on abandonna leurs corps nus sur le sol. « Bien le bonjour de Turin » titra le *Male* au-dessus de ce cliché atroce. Bien qu'ils eussent un arsenal qui les désignait clairement comme des terroristes, il fallut aux policiers un peu de temps pour comprendre de qui il s'agissait. Puis Prima linea envoya un communiqué qui rendait hommage à « Charlie et Carla ». Le garçon, prénommé Matteo, avait vingt ans, il était ouvrier à l'Usine de Rivalta et inscrit en première au lycée, en première scientifique. Il venait d'une famille sinistrée – père condamné à perpétuité pour meurtre et appartenance à la mafia, deux frères aînés déjà passés par la case prison – et sa mère hurla à l'annonce de sa mort que non, pas lui, ce n'était pas possible, qu'ils étaient maudits. Matteo comptait parmi les nouvelles recrues. Il avait dit un jour à ses amis que mieux valait la mort plutôt que la prison. Barbara, la femme, avait vingt-neuf ans, elle était mère d'une fillette et une militante communiste de premier plan à Bologne. Elle avait participé aux batailles les plus significatives de ces années-là. Avant d'entrer dans la clandestinité au sein de Prima linea avec son compagnon Bastien Vivaldi – le troisième homme de la scène, celui qui avait réussi à s'échapper et auquel elle était liée depuis plusieurs années –, elle exerçait le métier d'éducatrice dans une crèche.

Deuxième scène. Les membres de PL étaient tous bouleversés : c'était la première fois que deux d'entre eux étaient tués. Il n'y eut pas de discussion, on songea immédiatement aux représailles, afin d'égaliser le compte des pertes. Bastien Vivaldi en particulier, qui avait perdu sa bien-aimée, réclamait une vengeance rapide. Au fur et à mesure que les jours passaient, la colère et la haine augmentaient et se nourrissaient mutuellement. La reconstitution confuse des membres du commando qui avaient assisté à la scène de l'extérieur alimentait l'idée selon laquelle il s'était agi d'une véritable exécution de sang-froid. « Emportés par le désir de l'action », comme le dirait ensuite Mure Galiani, les autres ne songèrent pas à vérifier leurs dires. Après avoir renoncé à des attentats contre des objectifs plus en vue, du fait de trop grandes difficultés techniques, un garçon des brigades et un membre de PL furent chargés de trouver l'endroit adéquat : ils finirent par choisir un bar situé via Millio, dans le quartier Borgo San Paolo. Le vendredi 9 mars 1979, à 13 heures, journée éclairée par un soleil faible, voilé, une Fiat 131 volée se gara non loin de l'établissement. Cinq personnes en descendirent, dont Vivaldi, Mure Galiani et sa compagne qui avait « Laura » pour nom de bataille. Ils avaient dissimulé leurs kalachnikovs sur des plateaux de pâtisserie recouverts de papier brillant. Ils entrèrent et ligotèrent le propriétaire dans l'arrière-boutique. Bastien Vivaldi gagna le comptoir surmonté d'un grand miroir frappé de l'inscription « Campari » et téléphona à la police. Il déclara qu'il avait surpris un individu en train de lui voler son autoradio, qu'il l'avait immobilisé et qu'il attendait les agents dans le débit de boissons de la via Millio, au numéro 64/A, exactement, au débit de boissons, répéta-t-il d'une voix suave. Plus d'une demi-heure s'écoula, puis une voiture de patrouille se présenta. Avant même d'entrer, le premier agent de police fut atteint de cinq balles. Il réussit à répondre au feu et se traîna sur le trottoir afin de demander de l'aide aux passants. Deux policiers restés à l'extérieur tirèrent à leur tour, mais ils furent la cible de Laura et d'un de ses camarades, postés derrière un véhicule. Dans la pluie meurtrière qui s'ensuivit, Laura toucha par erreur Galiani au bras droit. Ayant lâché son pistolet, il ramassa une kalachnikov et l'actionna de la main gauche, bien qu'une autre balle l'eût aussitôt après frappé au genou. Désormais dans la rue, appuyé contre le toit d'une voiture, il visait un policier resté sans munitions, qui s'était réfugié dans le bar. Une de ces balles rebondit et se perdit au terme d'un trajet qui avait commencé quarante minutes plus tôt, au moment où Vivaldi avait passé son appel téléphonique et où un autobus avait quitté un lycée pour traverser la ville, transportant un garçon de presque dix-neuf ans qui avait été retardé par un professeur, passionné de Fenoglio, avec lequel il avait discuté du devoir qu'il souhaitait lui-même consacrer à l'écrivain pour l'examen de fin d'études secondaires (les minutes, les minutes, les secondes, le hasard). Ce garçon s'appelait Emanuele Iurilli et, bien qu'on lui criât de se mettre à l'abri, il fut pris dans l'échange de tirs ; c'est dans son poumon droit, puis dans son foie, que le trajet de la balle s'acheva, et il s'effondra. Le commando s'enfuit, Mure Galiani en boitant ; au bout de quelques heures, il dénicha un appartement sûr où un médecin vint l'examiner, arrêta l'hémorragie et affirma qu'il lui était impossible, en revanche, de soigner la plaie, trop profonde. Le médecin en question était probablement L.B. et, selon l'accusation, le fait que Kim, l'ancien du Barabba, le chef des patrouilles, l'avait directement contacté signifiait qu'il avait déjà fait savoir qu'il était disposé à soigner les membres de PL. Pourtant, L.B. déclara jusqu'au bout qu'il ignorait auprès de qui on le conduisait. Je me demande ce qu'il fit lorsqu'il sortit de cet appartement, lorsque Kim le ramena et l'abandonna à un coin de rue, ce qu'il éprouvait, s'il avait un goût aigre dans la bouche, s'il déambula seul dans une ville, à présent muette, en quête de souffle, de compréhension, en essayant de décomposer ses propres sentiments en unités intelligibles, ce qu'il ressentit en apprenant la mort du jeune passant. Mure Galiani fut évacué à Milan et soigné, tandis que la mort d'Emanuele Iurilli s'écroulait comme un pont en béton armé sur Prima linea.

Or, pour aussi incroyable que cela puisse paraître, il y a une troisième et dernière scène. Vivaldi ne s'estimait pas vengé : le guet-apens s'était soldé par un échec, puisqu'aucun policier n'y avait été tué et qu'un innocent y avait péri. Cette mort fortuite n'avait pas suffi à apaiser la haine intarissable de l'organisation, qui ressemblait de plus en plus à une bande de criminels destinée à frapper les délateurs, les traîtres, les espions. Le premier traître, le responsable de cet échec ne pouvait être que le propriétaire du bar où Vivaldi, Barbara et Matteo avait pris un café le jour de février où la police s'était présentée ; c'était certainement lui qui l'avait appelée, pensèrent-ils sans songer un instant au buraliste. Se gardant d'effectuer les contrôles de routine, ils mirent sur pied une action qu'ils baptisèrent « Opération Judas ». Ils ignoraient qu'au moment de la fusillade le bar s'apprêtait à être vendu et que le propriétaire avait donc changé. Le nouveau s'appelait Carmine Civitate. Le 18 juillet, quatre hommes en bleu de travail pénétrèrent dans le bar, où Mme Civitate se tenait, seule, derrière le comptoir. Ils commandèrent un bitter et attendirent. Puis Civitate entra avec un plateau qu'il déposa sur le comptoir. Aussitôt Bastien Vivaldi lui tira dessus, vidant le chargeur de son calibre 357 sur sa tête et son buste. Sa femme se réfugia à l'arrière, et les terroristes se sauvèrent. Jusqu'au bout ils refusèrent d'admettre qu'ils avaient encore une fois tué un innocent. Ils prétendaient qu'il s'agissait de propagande visant à traîner l'organisation dans la boue, écrivaient des tracts fébriles dans lesquels ils menaçaient d'identifier et de punir ceux qui osaient le dire (nous pouvons les tuer tous, et nous les tuerons tous...). Au procès, en 1983, le buraliste vint témoigner que c'était lui qui avait téléphoné à la police en ce jour lointain. Un silence de pierre s'abattit sur les cages des accusés.

Non sans hésitation, je décidai d'entrer en contact avec Mure Galiani. Agata affirmait que L.B. ne l'avait jamais examiné ; le mémoire en défense déclarait le contraire. Mure Galiani, responsable du commandement militaire de Prima linea, membre de la structure dirigeante nationale, exécutant matériel de quatre crimes, condamné à une peine de prison à perpétuité, puis de vingt-neuf ans en cassation, s'était dissocié du groupe dans les années quatre-vingt. Trouver ses coordonnées fut étonnamment facile. Lorsque je communiquai à ma mère mon intention de lui écrire, elle, qui était d'habitude si flegmatique, sortit de ses gonds.

« *Ces gens-là* ne sont pas tes interlocuteurs ! s'écria-t-elle au téléphone. Tu n'as pas besoin de le *lui* demander. Et puis à quoi bon savoir si ça s'est produit ou pas ? Qu'est-ce que ça change ? »

C'était une bonne question. Pourquoi avais-je besoin de le savoir ? Le mémoire en défense présentait cet acte comme un fait avéré. Il en était donc ainsi. L.B. en avait à l'évidence assumé la responsabilité, refusant cependant de le considérer comme un signe de complicité, ou carrément de participation active. Voulais-je une certitude absolue ? Peut-être. À moins que ce ne fût un sentiment plus tortueux : d'une part, le désir violent de récupérer un autre fragment de mon père, y compris dans ce monde infernal, étranger, auquel je n'aurais pas d'autre accès ; le désir irréalisable, je m'en rendais compte, de découvrir ce qu'il avait pensé, ce qu'il avait vu, les mots qu'il avait prononcés ou tus – l'angoisse de plus en plus forte de la série d'endroits où je n'aurais jamais la possibilité de le rejoindre ; d'autre part, curieusement, le souhait de m'assurer de la réalité même de Mure Galiani. Tout cela avait-il vraiment eu lieu ? Existait-il vraiment ? Était-il une créature vivante, un être de chair et de sang, au-delà du personnage abstrait des faits divers tragiques ?

« Je veux juste savoir ce qui s'est passé », lui dis-je. Et c'était la vérité.

« Fais comme tu veux », déclara ma mère après un bref silence glacial.

Mais je n'appris pas grand-chose, et ce ne fut pas non plus une expérience bouleversante ou significative. Notre échange fut empreint d'une étrange banalité, comme si j'avais envoyé une carte de Noël à un parent éloigné, et se déroula avec une parfaite politesse des deux côtés. Je lui écrivis un courriel ; je me présentai et lui dis ce que j'avais besoin de savoir en le priant de m'excuser si je le dérangeais et si ma question réveillait en lui des souvenirs douloureux. Mure Galiani me répondit de façon très courtoise, m'expliquant que, compte tenu de son état lors de sa prétendue rencontre avec L.B., il n'avait pas eu assez de lucidité pour se rappeler quoi que ce soit. Il ajouta calmement qu'évoquer ces événements ne lui causait aucune souffrance, qu'il était désormais entré « dans l'âge de la mémoire » (la précision *aucune* m'irrita). Par la suite, il en parla avec un ex-membre de PL, en l'occurrence Kim, qui se souvenait très bien, quant à lui, de L.B. et de ce jour-là, et il m'écrivit la semaine suivante un autre courriel, déclarant qu'il avait une « dette d'honneur » envers mon père et, par conséquent, envers moi. Je fus frappée par le choix de cette expression (si étrangère à moi, à tous mes codes, à toutes mes pensées) et par le fait qu'il désignait mon père en mettant une majuscule au pronom Lui. Pour sûr, nous ne parlerions jamais la même langue.

Comme je l'avais lu dans les actes d'accusation, c'était Kim qui avait prié L.B. de prodiguer à Galiani les soins d'urgence. L.B. s'y était employé, écrivit Mure Galiani, comme il s'y était employé auparavant avec d'autres blessés au cours des manifestations publiques. Sans poser de questions et sans savoir qui il était. Par « déontologie professionnelle et solidarité ». Il ajouta des informations que je connaissais déjà : que L.B. n'appartenait en aucun cas à Prima linea, qu'il s'était conduit pendant sa détention de façon remarquable (j'ignore ce que cela signifiait), que, lui avait-on rapporté, il s'était diplômé en droit en faisant ses études en prison et que les juges l'avaient condamné bien qu'il eût toujours nié devant eux son appartenance à Prima linea, ce qui était la vérité. « Dans la période de l'urgence antiterrorisme, on ne se perdait pas en subtilités », conclut-il.

Il me demanda de porter en son nom des fleurs sur la tombe de mon père. Je me gardai de l'informer que, ses cendres ayant été répandues en mer, cela m'était impossible. Ni que, de toute façon, je ne l'aurais sans doute pas fait. En fin de compte, il s'était montré très poli.

Ce fut tout. J'avais obtenu quelque chose, certes ; cependant, pour une mystérieuse raison, j'avais l'impression d'être bredouille, dépaysée sur une terre vide.

De l'année 1979, il reste au moins une image agréable. Elle me fut dépeinte par Alberto et Lucilla, qui m'apportèrent eux aussi des photos. Ils étaient allés, me racontèrent-ils, à la Mostra de Venise et avaient planté leurs tentes à l'extérieur du Palais du cinéma, sur la promenade du bord de mer. Sur ces photos, L.B. porte un gilet bleu marine, la lumière l'oblige à plisser les paupières et il semble incapable de tenir en place, pas même quand les autres prennent le soleil, assis dans les gradins. Il est toujours debout, les mains sur les côtés ou se promenant dans les environs.

N'ayant pas d'accréditations, ils assistaient aux projections à deux ou trois heures du matin. Ils virent par hasard *L'Empire contre-attaque* en anglais, sous-titré en français. Je ris.

« Ça ne nous intéressait pas beaucoup, commenta Alberto avec un sourire, mais nous nous sommes amusés. »

En attendant, à l'Usine, il se produisit au mois d'octobre une chose étrange. Soixante et un ouvriers reçurent de but en blanc une lettre de licenciement très générique et identique : on leur reprochait de ne pas avoir fourni les prestations adéquates et d'avoir adopté des attitudes inappropriées sur leur lieu de travail. Les autres ouvriers se mirent aussitôt en grève ; le secrétaire général de la Cgil, la Confédération générale italienne du travail, déclara qu'il attendrait, pour agir, de connaître les raisons de ces licenciements. En substance, l'Usine accusait les soixante et un ouvriers de créer des tensions en son sein, ce qui entraînait de graves conséquences sur la productivité ; surtout, elle insinuait qu'ils entretenaient un lien avec le terrorisme. Le débat sur la violence de l'usine et lors des manifestations, sur les formes légales et illégales de lutte ainsi que les recours des licenciés occupèrent tout le terrain. Personne ne se rendit compte que, par ce mouvement imprévu, l'Usine avait ouvert les hostilités, car les ouvriers s'employaient à démontrer que pour eux aussi la productivité était fondamentale, qu'ils estimaient juste d'éloigner les fainéants – même si tous les licenciés ou presque obtinrent gain de cause et que quatre d'entre eux, seulement, se révélèrent liés d'une façon ou d'une autre aux Brigades rouges. L'Usine avait tenté une expérience en vue de la « rénovation » dont elle parlait depuis longtemps, mais dont personne n'avait compris la substance : elle avait divisé et elle avait gagné. Un observateur plus attentif aurait pu interpréter cette drôle d'affaire comme un présage ; un petit trait noir de bitume sur le sol qui indiquait un point dans l'avenir.

Le 11 décembre, Prima linea fit irruption à la Saa, l'École d'administration des entreprises, dont les cours servaient à mettre en contact les étudiants avec des entreprises. L'année précédente, l'école avait également créé un master en management, qui représentait, symboliquement mais pas seulement, une chose à détruire au plus vite au moyen d'une action la plus retentissante possible. L'attaque fut planifiée dans les moindres détails. Vers 15 h 15, aussitôt après le début des classes, se présentèrent cinq jeunes gens bien vêtus et munis, chacun, d'une mallette. Ils pénétrèrent dans l'amphithéâtre où un cours avait lieu. L'un d'eux, un garçon brun et digne, dit aux étudiants et à l'enseignante assise à son bureau : « Je fais partie de Prima linea. Gardez votre calme, il ne vous arrivera rien. Le bâtiment est occupé. » Après quoi, ils ouvrirent tous leurs mallettes et en tirèrent leurs armes. Un sixième homme entra avec un sac de sport, duquel il sortit un fusil-mitrailleur.

Dehors, dans l'entrée et sur le parking, sept autres individus montaient la garde, un gilet pare-balles sous leurs lodens ou leurs vestes. Il devait certainement y en avoir d'autres, qui se chargèrent de ratisser les salles, le bar et la bibliothèque, puis de rassembler étudiants, professeurs et employés, soit environ deux cents personnes, à l'intérieur de l'amphithéâtre. Il y eut le meeting de règle : une jeune femme, apparemment moins calme que les autres, déclara d'un ton anxieux et agité aux étudiants qu'on formait ici les cadres supérieurs des multinationales et qu'il leur fallait abandonner ces études, s'ils ne voulaient pas avoir d'ennuis. Certains protestèrent et furent aussitôt mouchés. On leur communiqua que les premières explications se trouveraient dans le tract.

R.R., l'intellectuel de Prima linea, s'employa à sélectionner cinq professeurs en consultant le registre des enseignants : quatre d'entre eux étaient des cadres supérieurs de l'Usine, un autre d'Olivetti. Il leur réclama leurs papiers, par sécurité, et leur posa des questions. L'un de ces cadres, qui travaillait à la planification, à l'Usine, avec l'ingénieur que Prima linea avait tué en septembre, fut immédiatement retenu. Les cinq étudiants, en revanche, furent choisis au hasard. Dix otages – par la suite les implications de ce nombre n'échappèrent à personne. Les terroristes leur ordonnèrent de s'accroupir dans l'amphithéâtre, la tête entre les jambes, le regard rivé au sol, même s'ils étaient, eux, à visage découvert. Mais déjà les témoignages divergent : certains racontèrent qu'on les contraignit à s'allonger sur le ventre. Chacun – il en est toujours ainsi – avait une version de sa propre terreur.

Les dix otages furent conduits en partie aux toilettes et en partie dans le couloir des toilettes. Ici, les témoignages concordent encore moins. Cinq d'un côté et cinq de l'autre, ou peut-être à deux endroits différents. Certains, mais pas tous, furent contraints au silence par un bâillon en ruban adhésif d'emballage. Il y eut en tout cas une sorte de rituel. Dans une des versions, après avoir parlé de « Carla et Charlie » et des multinationales, quatre terroristes pointèrent leurs armes sur leurs victimes, puis, avec une lenteur étudiée, les dévisagèrent méchamment, comme pour imprimer indélébilement haine et mépris dans leur esprit. Enfin ils leur tirèrent dans les jambes, l'un après l'autre. Un professeur se rappelle le pistolet pointé sur son visage. Dans une autre version, on leur enjoignit de se tourner vers le mur et leur parla des camarades tués et du reste ; incapables de voir quoi que ce fût, les victimes entendirent le sifflement des bombes de peinture avec lesquelles les terroristes écrivaient sur les murs les noms de bataille de Barbara et Matteo et celui de l'organisation. Puis deux coups de feu dans les jambes. Un des professeurs en reçut une troisième, car on avait découvert qu'il possédait un port d'armes, et les patrons n'avaient pas le droit de se défendre. Le dernier de la liste, un étudiant qui préparait des cartes de Noël quelques instants plus tôt en attendant que son cours débute, perdit la notion du temps pendant que les coups de feu se rapprochaient de lui et que les corps s'effondraient sans une plainte, puisque les victimes étaient bâillonnées. Il perdit également le plus animal des instincts, la volonté de survivre : il ne souhaitait qu'une chose, que cela se terminât au plus vite, et peu importait comment ; il constata à son grand soulagement que les balles tirées de près provoquent moins de souffrance. Il fut le plus gravement blessé, invalide permanent à l'âge de trente-trois ans.

Il n'y a pas de version officielle de l'attentat du 11 décembre 1979 contre la Saa. Toutes les versions existantes diffèrent, ne serait-ce que par un détail. En les lisant l'une après l'autre, on a l'impression d'avoir affaire à une sorte de synthèse des souvenirs du traumatisme, et des plus trompeurs. Mais un fait suscite notre intérêt : les blessés, y compris ceux qui furent interrogés dès le lendemain, mentionnèrent tous l'étrange gentillesse des terroristes, cependant ils déclarèrent qu'ils n'avaient aucun souvenir de leurs visages ; certains avaient même oublié la succession exacte des gestes et des paroles. Ils insistèrent sur ces visages effacés, qu'ils avaient probablement bien vus, et de près, mais dont les traits s'étaient aussitôt décomposés et dissous, comme engloutis par les flots de leur cerveau. Des individus qui leur avaient tiré dessus, il n'était resté qu'un reflet.

Un professeur, qui se trouvait dans l'amphithéâtre avec les autres, raconta à l'*Espresso* : « Il y a trente-cinq ans d'autres individus ont pointé un fusil-mitrailleur sur mon dos alors que j'étais accroupi, la tête entre les jambes : les nazis. À l'époque j'étais un adolescent, aujourd'hui je suis un homme, mais la situation était identique. Les mêmes méthodes nazies, la même politesse formelle du Prussien, les mêmes yeux glaciaux, des yeux d'assassin. »

(Nombre des rescapés ont mentionné les yeux des terroristes de PL ainsi que d'autres bandes armées. Une témoin, je ne me rappelle plus laquelle, raconta que l'un d'eux se dirigeait vers elle, ou vers son homme qu'il comptait frapper, en souriant, mais seulement « avec la partie inférieure du visage ». Leurs yeux ne souriaient pas.)

Les terroristes quittèrent l'école pour émettre le communiqué habituel. Le massacre était terminé. La démonstration de force n'avait duré qu'une demi-heure. Dans les couloirs, une mare de sang, des cris, des gémissements. Y eut-il vraiment des cris et des gémissements ? D'autres se souviennent du silence, puisqu'ils avaient du ruban adhésif sur la bouche. Quand un des otages réussit enfin à se relever et à quitter l'amphithéâtre pour aller chercher de l'aide, il glissa, dérapa, puis avança à quatre pattes dans le sang. Les secours qui entrèrent les premiers marchaient dedans en produisant des éclaboussures, comme dans des flaques par un jour de pluie. Le silence, si tant est qu'il se fût fait, avait pris fin. Les hurlements, dont on ne connaissait même plus la provenance, se poursuivaient, encore et encore, s'étendant sur toute la ville.

Plus mon père se rapprochait de moi dans le temps, plus il semblait m'échapper et le nombre de lacunes augmenter. Cependant, le fait d'être *encore* plus jeune que lui, de ne pas avoir *encore* l'âge qui était le sien lorsque certains événements se produisirent, le rendait extraordinairement vivant ; cela me protégeait de l'avenir et cristallisait son pas : les événements devaient encore lui arriver. Sa jeunesse s'étirait, et par conséquent la mienne aussi.

Bien que des années se fussent écoulées depuis que tout avait commencé, j'avais toujours la nostalgie de la Rome fantôme, le trou peut-être le plus vaste de toute l'histoire, car je n'avais rencontré personne qui eût été là-bas avec lui. Puis il se produisit un événement extraordinaire. Alberto, l'ami du Pcim-l de L.B. qui n'avait jamais cessé de m'aider et de chercher des contacts (c'était par son intermédiaire que j'avais rencontré Druina, par exemple), m'écrivit un jour qu'une de ses relations avait une amie à Rome qui avait peut-être connu L.B.

« Clara, m'écrivit-il. Ça te dit quelque chose ? »

Et comment ! Je portai les mains à mon visage et me mis à sangloter. Voilà que la Clara *disparue**, la bien-aimée lointaine, la jeune bourgeoise pour l'amour de laquelle L.B. avait improvisé une manifestation dans la cour de son immeuble, le seul témoin de Rome, m'était rendue ! Nous nous téléphonâmes par un jour de pluie et, malgré les coupures de la ligne, malgré sa mauvaise mémoire, elle se souvenait qu'il était amusant, me raconta qu'ils donnaient ensemble des cours de soutien dans les banlieues car il était important pour eux d'être là-bas avec ces enfants, qu'ils se voyaient peu parce qu'ils ne cessaient de courir, qu'ils avaient à peine le temps de s'embrasser tant ils étaient occupés, qu'elle s'emportait souvent contre lui à cause des mensonges inutiles qu'il débitait : il lui disait qu'il allait quelque part et elle le trouvait ailleurs, mais sans raison, sans malice, comme d'habitude, comme si, déjà, il ne pouvait pas s'en empêcher. Clara m'envoya aussi une photo précieuse : L.B. en 1968, très jeune, sans barbe, vêtu d'un pardessus, qui tenait avec fougue un meeting devant la Sapienza, entouré d'autres jeunes gens perchés sur l'estrade, devant un public fourni d'étudiants.

Je n'avais éprouvé cette émotion qu'une seule fois : quand un soir, alors que je dînais en regardant distraitement un documentaire, j'avais vu s'afficher sur l'écran les images du 16 mars, le jour où les fascistes, à la Sapienza, avaient jeté des bancs et des chaises par les fenêtres, des images que j'avais déjà vues des dizaines de fois en essayant de distinguer un visage connu. Soudain – je me demande pourquoi je ne l'avais pas vu avant, comment c'était possible, peut-être parce que je disposais maintenant du portrait en jeune homme qu'Agata m'avait offert –, soudain, disais-je, je bondis sur mes pieds et faillis renverser mon assiette, parce que je l'*avais vu*. Il était flou, il était loin, cela n'avait duré que quelques millièmes de seconde, mais c'était *lui*. Touché par un objet, il s'effondrait hors champ, deux camarades le saisissaient par les bras, le relevaient et dévalaient l'escalier avec lui, qui se tenait la tête, les traits déformés par la douleur. J'abandonnai mon dîner, cherchai les images sur internet, les regardai encore et encore, isolai le visage, et c'était vraiment lui, ça n'avait pas été une hallucination.

Je suis incapable d'expliquer pourquoi cette courte vidéo me bouleversa autant. Sans doute parce que, au-delà des mots et des souvenirs d'autrui, c'était la première preuve physique que j'avais d'un événement, un témoignage de l'histoire. Je savais maintenant avec certitude que L.B. avait vraiment existé.

De 1980, je n'ai que deux visions. La première est postérieure aux trente-cinq jours qui suivirent l'annonce par l'Usine du licenciement de quatorze mille quatre cent soixante-neuf personnes, le 10 septembre, date à laquelle les ouvriers comprirent que ce n'était plus une lutte qu'ils auraient à mener, mais bien la guerre. Pendant trente-cinq jours, ils firent la grève dans tous les établissements, se réunirent pour pleurer et discuter lors d'innombrables assemblées et installèrent devant les grilles de l'Usine principale des postes dont les feux brillaient dans le noir comme les tristes flammèches d'une ultime tranchée. Enfin, au terme d'une manifestation insolite de cadres supérieurs et de cols blancs qui réclamaient la réouverture de l'Usine et le retour au travail – manifestation dont les esprits perfides attribuèrent l'orchestration à la direction –, un accord fut signé entre l'entreprise et les syndicats qui prévoyait la réintégration d'un certain nombre de chômeurs techniques, accord qui ne fut pas respecté. Le dernier de ces trente-cinq jours, un groupe d'ouvriers, les plus acharnés, défilèrent de l'établissement de Mirafiori jusqu'au centre-ville en silence, conscients d'avoir été défaits par l'Histoire, mais ils marchèrent quand même, comme s'ils dévidaient un récit sans ouvrir la bouche, et parmi eux figuraient, silencieux, trempés par la pluie, L.B. et Sebastiano, son vieux camarade, l'ami de Roberto, qui avait été avec lui à la strada delle Cacce. Ils n'échangèrent pas un mot et se séparèrent sur une étreinte rapide, douloureuse.

La seconde vision me fut fournie par Emanuele Pariante, quand j'allai lui parler. L'ancien camarade du Pcim-l de L.B., celui qui était ensuite parti pour les États-Unis, vivait et travaillait à présent dans une jolie maison dotée d'une soupente, au cœur d'un des quartiers les plus étranges de Turin, Borgo Campidoglio, sorte de village à l'intérieur de la ville, ancienne zone ouvrière de ruelles et de petites maisons. La sienne possédait un potager et un jardin, et il m'attendait à l'extérieur, maigre dans sa chemise et son pantalon trop grands, d'excellente humeur, avec sa compagne au superbe visage de follet, aux cheveux noirs, vaporeux, et aux yeux bleus. Elle s'installa pour travailler à une table voisine et ne s'introduisit qu'une seule fois dans la conversation, pour me dire qu'elle avait connu L.B. indépendamment de Pariante, bien avant leur liaison, à la fin des années soixante-dix, et qu'elle en gardait un souvenir très affectueux ; elle me raconta qu'il s'était occupé un certain temps d'une fille qui souffrait de problèmes psychiques et qui était tombée un jour d'un balcon, peut-être sous l'effet d'un acide.

Il lui avait souvent rendu visite à l'hôpital pour s'assurer qu'elle se rétablissait, jusqu'au jour où son état s'était amélioré.

Pariante me parla quant à lui du Pcim-l, dont L.B. et lui, me dit-il, étaient toujours restés en marge, il me raconta des détails sur l'expérience de L.B. et sur la strada delle Cacce. Il ignorait que L.B. avait été arrêté sous l'accusation de participation à une organisation terroriste en 1982, et en fut surpris. Il l'avait vu pour la dernière fois à son retour des États-Unis en 1980, au moment du tremblement de terre en Irpinia[1], m'apprit-il. Le lendemain matin, à l'aube, ils s'étaient retrouvés à bord d'un camion de la Croix-Rouge comme d'autres bénévoles turinois. Cela faisait cinq ans qu'ils ne s'étaient pas vus. Il ne lui sembla pas changé, juste un peu plus las que d'habitude. Misa lui avait prêté son manteau bleu, parce que le sien n'était pas assez chaud. Ils étaient accompagnés du frère d'Agata.

Ils atteignirent de nombreuses heures plus tard cette terre dévastée, irréelle, couverte de décombres à perte de vue, remplie de gens qui couraient en portant un corps, privée d'électricité, d'eau, de lignes téléphoniques. Ils y restèrent longtemps, dit Pariante. Plusieurs semaines, peut-être un mois, voire plus. L.B. travaillait sous une tente, dans un hôpital de campagne, où il

1. Le 23 novembre 1980, un séisme toucha cette zone montagneuse du sud de l'Italie, faisant plus de 2 800 morts et 8 800 blessés, privant environ 300 000 personnes de leur toit.

s'employait avec d'autres médecins à prodiguer les premiers soins aux blessés qui ne cessaient d'arriver au fil des jours. Après avoir aidé aux fouilles et à la récupération, Pariante et le frère d'Agata partaient à bord d'un fourgon traquer les pillards qui s'introduisaient dans les bâtiments effondrés. Il régnait une atmosphère irréelle dans ces lieux détruits et silencieux, immobiles, assourdis par la neige qui ensevelissait tout, clochers, édifices, montagnes impassibles.

Un jour où ils faisaient une pause, assis sur une marche, plusieurs semaines après les premiers secours, L.B. dit à Pariante : « Ici, on a l'impression que l'hiver pourrait ne jamais finir. Comme un sortilège qui fige le temps.

— On dirait que cette idée te plaît », commenta Pariante.

L.B. ne répliqua pas.

« Oh, mais parle-moi un peu de ce procès, je n'étais pas au courant, vraiment, me lança Pariante en remuant sa cigarette, l'air songeur. Comment ça s'est passé ? »

Je lui racontai brièvement et lui dis aussi ce qui avait eu lieu ensuite. Il m'écouta en plissant les paupières, puis m'adressa un sourire un peu moqueur.

« Pourquoi veux-tu raconter cette histoire ? C'est quoi, une espèce de revanche à la méridionale ? Tu veux laver la réputation de ton père ? »

Sa compagne leva la tête en lui jetant un regard torve. Je me raidis et posai sur la table le stylo qui m'avait servi à prendre des notes jusqu'à cet instant-là.

« Non », dis-je.

Ce n'était pas la première fois qu'on me posait cette question. Pour une raison qui m'échappait, mes interlocuteurs éprouvaient tous le besoin de trouver une explication. Il y avait des explications psychanalytiques : un acte de pardon, de réconciliation, une sorte de rachat des « bons » communistes, une apologie de mon père, une espèce d'essai sur les années soixante-dix, etc. L'hypothèse de Pariante était sans nul doute la plus insensée que j'eusse entendue. Personne ne songeait à l'explication la plus simple : qu'il s'agissait seulement d'un acte d'intérêt de ma part.

Pariante me scruta un instant, comme pour déterminer si je disais la vérité, puis son regard se remit à errer pendant qu'il réfléchissait.

« Tu sais, Leonardo a eu la vie qu'il voulait. En fin de compte, il a toujours été là où il le souhaitait. Il a continué de pratiquer la démocratie à une époque où tout le monde se fichait de la démocratie, à une époque où tout le monde se fichait de tout. Il a eu une vie brève, d'un certain point de vue, inachevée. Mais ça a été ce que les Anglais appellent *a decent life* – je ne trouve pas de traduction qui rende exactement cette idée ; il me semble que c'est ce qui compte. »

Il éteignit sa cigarette et cligna des yeux plusieurs fois.

« Reviens nous voir, tu nous trouveras toujours ici, dans le jardin. »

Dans les villes désolées, retentissaient les derniers coups de Prima linea, des BR et des nouvelles formations d'émules ou de ceux qui avaient quitté leurs organisations d'origine pour en créer d'autres. Il n'y avait plus qu'une chose à faire : prendre les devants, essayer de raisonner tous ceux qui pouvaient constituer des recrues pour les organisations terroristes, avant que celles-ci ne mettent la main dessus. L.B., au chômage technique depuis septembre 1980, comme des milliers d'autres ouvriers, s'y employa pendant des mois. Quand une de leurs connaissances était arrêtée, surtout sur des accusations futiles ou injustes, on essayait de l'aider financièrement, de faire le ménage chez lui, de s'occuper de petites tâches de ce genre, pratiques et vitales. Tel un prédicateur, il se rendait dans les locaux des usines où se trouvaient les plus jeunes, les plus fragiles, et s'efforçait de leur expliquer pourquoi Prima linea était morte avant même de naître, de leur montrer qu'en se liant au terrorisme ils perdraient leur jeunesse, leur avenir, leur vie. L'héroïne recouvrait tout comme une chape blanche.

Le comité contre la répression s'activait d'autant plus que, après l'affaire Dozier (le général américain enlevé par les BR et libéré grâce à des informations extorquées aux terroristes par la violence), les tortures étaient devenues monnaie courante – matraques dans les vagins, eau et sel, coups dans les organes génitaux, mamelons tirés avec des pinces, dénudement et humiliation, supplice de la baignoire, simulacre de noyade, alternance de coups et de questions mielleuses. Un fonctionnaire de police était même surnommé De Tormentis.

Mais il y avait aussi des ambiguïtés dans le comité, et pas seulement. Avec l'arrestation sur la place, à côté de chez moi, de Patrizio P., le chef de colonne des BR qui accepta de collaborer avec les enquêteurs, avait débuté la saison des collaborateurs de justice, appelés « repentis ». La possibilité d'obtenir des réductions de peine amena bon nombre de détenus de toute sorte à parler, à indiquer des repaires, à donner des noms, à expliquer des dynamiques encore mystérieuses. De fait, la plupart des militants de la gauche extraparlementaire considéraient ces repentis comme des traîtres. Ils trahissaient leurs propres camarades, ce qu'il y a de pire, même si les camarades en question étaient des meurtriers récidivistes. Il n'était pas rare non plus que, une fois introduits dans le système pervers de la carotte et du bâton, ils mettent en cause des innocents. D'autres agissaient en connaissance de cause, conscients des avantages qu'ils obtiendraient ainsi. C'était le cas de Roberto Celauro, un individu à la limite de la psychopathie qui, une fois arrêté, avait aussitôt énuméré les actions et les noms des effectifs de son organisation de sa petite voix pédante et calme, avec un soin méticuleux et une mémoire extraordinaire (il aimait préciser le genre d'armes utilisées, il aimait les armes et éprouvait du plaisir, apparemment, à évoquer les crimes). Alors qu'il avait tué, il fut condamné à une peine de prison inférieure, par exemple, à celle d'une jeune femme qui n'avait jamais touché à un pistolet de sa vie – voilà ce que les critiques contestaient, jugeaient aberrant, et de fait ça l'était. Celauro, surnommé « Roby le fou » par ses camarades pour des raisons compréhensibles, ferait une curieuse carrière : il échouerait dans les années quatre-vingt-dix à la Ligue du Nord, avant d'en être expulsé, puis de nouveau arrêté pour avoir tenté de placer des bombes dans une ou plusieurs mosquées, il mourrait en prison quelques jours après ma rencontre avec le mémoire en défense.

Pour sûr, il y avait de nombreux opportunistes, mais d'autres détenus obéissaient à des motivations plus complexes : un début de crise, un subit et terrible questionnement personnel, et peut-être aussi – certains le clamèrent – le désir de tout arrêter, puisque la pente, ils le savaient, ne pouvait mener qu'à la catastrophe la plus complète. En général toutefois, il ne s'attirait que mépris, voire répugnance, y compris de la part de ceux qui n'avaient milité dans aucune formation armée.

En tout cas, on commençait à respirer une atmosphère désagréable au comité, surtout avec les nouveaux arrivés – une bonne partie des ouvriers de la première phase s'en étaient détournés depuis longtemps. Petra aussi finit par s'en aller. Elle ne supportait plus cette ambiguïté. Elle ne considérait pas les assassins comme des « camarades qui s'étaient trompés », même si elle comprenait pourquoi il importait de se battre pour la question de la prison. Tout simplement, elle ne les considérait pas comme des camarades, elle ignorait même comment les définir. Elle quitta donc le comité qui avait été à ses yeux un foyer, elle le quitta avec chagrin, et si elle coupa les ponts avec L.B. pour des raisons politiques, elle ne l'oublia pas et elle le revoyait avec joie lorsqu'ils se rencontraient par hasard – d'une voix encore douce, au téléphone, elle me confia qu'il lui avait appris tout ce qu'elle savait en politique. Elle parlait avec amour du « papo » de sa fillette.

Il n'y avait plus rien, rien du tout. Certes, des assemblées ouvrières se tenaient encore, mais elles étaient privées de sens. Les mots avaient perdu leurs référents, comme le terme « camarades » justement. Ils s'étaient vidés, desséchés, telle l'exuvie d'un insecte abandonnée sur un mur au soleil. La langue morte, la langue pétrifiée de la chimère semblait l'avoir emporté, même si tous ses chefs avaient désormais échoué en prison où les « traîtres » les avaient souvent conduits. Une langue morte dans une ville morte.

Les « traîtres » étaient tués l'un après l'autre. William Waccher, un garçon qui s'était contenté de distribuer des tracts de PL et qui, sous l'effet de la terreur, avait avoué des noms, fut libéré en février 1980 : à Porta Ticinese, à Milan, il trouva un commando prêt à le punir. Le frère de

Patrizio P. fut assassiné après un épouvantable « procès prolétaire » filmé devant le drapeau à cinq pointes au son étouffé de l'*Internationale*. Il fallait voir sa tête lorsqu'il fut jugé coupable. Sa tête ! Son corps fut retrouvé près de l'hippodrome des Capannelle, à Rome, criblé de onze balles. En décembre 1981, Giorgio Soldati, un militant de Prima linea qui avait collaboré pour une bêtise (un petit tas d'explosifs qu'il avait enterré lui-même, désormais en si mauvais état qu'il était inutilisable), fut soumis en prison à un procès que tous les témoins se rappellent comme une des scènes les plus abominables auxquelles ils eussent jamais assisté, puis étranglé dans le réfectoire dont les judas avaient été obstrués, alors qu'il aurait dû être à l'isolement – de toute évidence les gardes ne s'en aperçurent pas. Un jeune banlieusard des BR résista à neuf jours de torture avant de parler, mais ses camarades ne mirent pas à profit le laps de temps qu'il leur avait laissé pour évacuer les repaires et s'organiser : un certain nombre d'entre eux furent arrêtés. Le *délateur* fut éliminé en juillet 1982, pendant l'heure de promenade, dans la prison de haute sécurité de Trani.

Et pourtant, une brèche semblait s'ouvrir en cette année 1982. La ville commençait doucement à se mouvoir, des assemblées d'habitants avaient lieu, de timides soirées musicales étaient organisées pour persuader les Turinois de sortir des logements où ils s'étaient barricadés pendant des années. En janvier, L.B. reçut un appel de Colomba, qu'il connaissait depuis l'époque de l'usine

Materferro et qu'il avait continué de fréquenter, notamment parce qu'il soignait son enfant. Colomba lui proposa de le rejoindre dans un bar de la via Monginevro, où il l'attendrait en compagnie d'une femme – que L.B. identifia immédiatement comme « un membre de l'effectif » – afin d'organiser le fameux voyage à Rome pour soigner Mancini, blessée – Mancini qui, entre autres, avait tiré deux ans plus tôt sur un architecte des prisons en lui coinçant la tête dans un lavabo ; l'homme survécut, mais conserva un projectile dans la nuque. Quelques années plus tard, elle lui écrivit de sa cellule dans le but d'entamer un dialogue avec lui, ou de lui demander pardon, peut-être ; il accepta de lui répondre et même de la voir dans le désir de comprendre ; or, au bas d'une missive qu'il n'envoya pas, il conclut que ces rencontres n'avaient servi à rien, parce qu'il avait compris qu'il n'y avait rien à comprendre : il cherchait une origine idéale dans la violence qui l'avait frappé, dans la souffrance qu'il avait supportée, mais il n'y en avait pas, car la femme et ses camarades n'avaient pas d'idéaux, ils n'étaient que violence, ils en étaient prisonniers davantage qu'ils ne l'étaient de la prison. Voilà pourquoi il n'obtiendrait jamais d'explication et ne comprendrait jamais pourquoi, un beau jour, un individu lui avait maintenu la tête dans un lavabo et lui avait tiré dessus ; mieux, il savait à présent que cette personne avait agi *sans raison*.

Dans le bar, Colomba parlait, parlait de façon un peu hystérique. La femme était sèche, aride. En sortant, L.B. dit à Colomba qu'il n'était pas très convaincu. Dans l'après-midi, selon le mémoire en défense et comme nous le savons depuis le début, il décida de ne pas y aller et déclara que Prima linea ne l'intéressait pas. Il avait d'autres sujets de réflexion : le mouvement, m'apprirent Misa et Ester, reprenait apparemment de la vigueur en ce printemps ; et L.B. était écouté, il était suivi. Il se montrait de nouveau enthousiaste. Le 6 juin 1982 il s'exprima longuement lors d'une grande assemblée nationale d'ouvriers qui eut lieu dans le Théâtre-Cinéma Giardino bondé. La rupture définitive entre armés et non armés y fut consommée. Certes, on évoqua aussi la répression et l'anéantissement diffus des avant-gardes, on évoqua la prison, néanmoins on insista sur la nécessité absolue de surmonter le passé, sans abandonner pour autant les prolétaires détenus, de bâtir une nouvelle vie, de penser au monde à venir.

Le 22 juin, L.B. fut arrêté sous l'accusation de participation à une organisation terroriste.

On ne saura jamais si Colomba le mit en cause sur la suggestion des enquêteurs, impatients de se libérer une fois pour toutes de cet agitateur si dérangeant, ou si, n'ayant personne d'autre à mentionner après qu'une bonne partie des effectifs avaient été arrêtés, il prononça, en proie à l'angoisse, le seul nom qui lui vînt à l'esprit. On ne sait qu'une seule chose : les policiers se présentèrent un matin, l'arrêtèrent, pointèrent carrément un pistolet sur la tête d'Agata et fouillèrent leur petit appartement à la recherche d'armes, de papiers explosifs qu'ils ne trouvèrent pas. Il y eut une confrontation, me raconta un interlocuteur qui préfère garder l'anonymat. Colomba ne cessa de répéter, comme un refrain : « Libérez-le, libérez-le, libérez-le. Il n'a rien fait. Libérez-le, libérez-le, libérez-le… »

L.B. se contenta d'affirmer qu'il n'était pas en rogne contre Colomba (je cite), mais contre l'organisation qui avait enrôlé ce dernier comme coursier, tout en sachant que c'était une personne vulnérable. Un pauvre malheureux, m'avait dit l'avocat.

Puis L.B. disparut pendant plusieurs semaines. Telle était la procédure des lois d'urgence. Tandis qu'Agata allait de commissariat en commissariat s'enquérir de lui, de plus en plus désespérée et sans jamais recueillir d'informations, il était à l'isolement dans le souterrain d'un commissariat inconnu. Une seule fois il m'a lancé : « Tu ne sais pas ce que c'est que d'être à l'isolement », et il en resta là. J'ai forcé mon imagination, mais ce que j'ai réussi à concevoir n'était qu'un tel appauvrissement de la réalité d'un homme seul, dans l'incapacité de dire ce qu'il adviendra de lui, que j'ai préféré m'arrêter. Tu ne sais pas. Je ne sais pas. Je peux penser aux murs, à la couchette, au trou pour les toilettes, au silence, aux bruits lointains, à la petite fenêtre, mais cela demeure une *pensée*. Je suis incapable d'imaginer les heures, la nuit, l'impossibilité de déterminer quand et comment cette épreuve s'achèvera. Les semaines. Les secondes, les minutes, les heures. Les jours. Les nuits. Sans vêtements de rechange. Sans une voix humaine. Dans l'obscurité la plus absolue, dans la puanteur de latrines et de son propre corps non lavé. Sans livres, sans journaux, sans le moindre objet pour occuper ce temps monstrueux, dilaté, anormal. Là-bas, au-dehors, la vie continue, les tramways ferraillent. Un être vous aime. Mais il ignore où vous êtes. Le soleil se lève et la nuit tombe. C'est l'été, c'était l'été avant, ça doit l'être encore.

Vous ne savez rien.

Puis il fut conduit en prison. Dans la prison Le Nuove, qu'on appelait ainsi alors qu'on l'avait construite au XIX^e^ siècle pour remplacer les cachots où les criminels étaient détenus. Abandonnée à la fin des années quatre-vingt, elle évoque, dans la brume hivernale, le soir, une forteresse médiévale, roussâtre et décrépite, avec ses tourelles et ses douves remplies de mauvaises herbes, ses cellules souterraines où l'on enfermait les résistants avant de les fusiller et, par la suite, les détenus à l'isolement. C'est un endroit spectral.

L.B. échoua dans le quartier numéro six.

Agata eut enfin la possibilité de lui rendre visite. Ils se voyaient une fois par semaine dans une pièce minuscule, en présence d'un garde. Un jour, la direction plaça dans ce parloir des parois vitrées qui empêchaient de se toucher. Les apercevant au moment d'entrer, L.B. dit au surveillant qu'il refusait les entretiens tant qu'il y aurait ces vitres de séparation. Il s'obstina pendant des semaines, jusqu'à ce que les autorités capitulent, ne mettant des vitres qu'entre les tables. Puis, pour une mystérieuse raison, vers la fin de sa captivité, Agata et lui se retrouvèrent dans le grand parloir des prisonniers de droit commun, qui disposaient d'une véritable table, à laquelle ils pouvaient s'asseoir et s'étreindre, sur l'arrière-fond désagréable des conversations d'autrui.

Sa famille ne vint jamais le voir. De temps en temps, il recevait la visite d'un ami ou d'une amie, en particulier de Cecilia qui suivait de l'extérieur ses mésaventures judiciaires. Il écrivait des lettres, à Misa, à Ester, à ceux qui lui étaient encore proches, des lettres presque toutes égarées dans les déménagements. Les lettres à Agata ont survécu. Il la décrivait lors de leurs retrouvailles, comme s'il avait retenu le moindre détail de son aspect pour se le remémorer les jours suivants, le col de son chemisier, sa coiffure. Il lui parlait d'espoir, tantôt avec des métaphores grandiloquentes, tantôt avec le simple encouragement d'un homme effrayé qui veut rassurer sa femme. Il dessinait des fleurs et d'autres figures. Un jour, il lui écrivit, probablement en réponse à une de ses lettres ou après une visite, qu'il les enviait, elle et son amie, d'être allées à la plage, d'être allées au restaurant chinois… « Mais pensez aussi à ceux qui ne peuvent pas le faire et qui restent ici, immobiles, en rêvant uniquement à la ville derrière les murs. »

Que ressentait-il aux heures vides, le soir ? Quand il regardait la lumière oblique entrer par la petite fenêtre dans la cellule torride ? En montant sur une chaise, on arrivait à entrevoir les toits, confia-t-il dans une lettre. Se demandait-il quand il reverrait le jour, hors de ces murs ? Se demandait-il pourquoi ? Pensait-il que, pendant ce temps-là, les affaires des hommes allaient de l'avant, audehors ; à quel point cette pensée était-elle lancinante ? Il ignorait combien de temps il séjournerait là, ce devait être insupportable, un véritable tourment. Cette ville, dehors, la ville à laquelle il rêvait. Ville traîtresse ! Cette ville aimée par hasard et étrangère qui avait fini par le rejeter, cette ville obscure qu'il n'était jamais parvenu à comprendre, et que, peut-être, il ne parviendrait jamais à comprendre ! Cette ville qui, par certains jours d'hiver, quand l'air est glacial et transparent, semble se changer en pure lumière ! Pourquoi, ville, m'as-tu repoussé ? Pourquoi n'ai-je pas réussi à t'appartenir ?

Qu'est-ce qui compose le tableau de mes jours ? Qu'ai-je *construit* ?

Il avait peur aussi. Il savait qu'en répondant aux questions, alors qu'il n'avait rien à avouer et qu'il n'avait donné aucun nom, il s'était collé sur le dos une cible invisible. Ce même été fut tué l'ancien brigadiste dans la prison de Trani, et il y eut à l'automne une affaire effroyable : deux agents de sécurité furent assassinés dans le seul but de déposer sur leurs cadavres un mot d'avertissement adressé à une repentie. Étrangement, il m'avait raconté cet épisode. Je ne me souviens plus de quoi nous parlions, je sais juste que nous traversions la piazza Vittorio. Il me raconta cette histoire et murmura : « Pour que tu comprennes où l'on en était arrivé. Tuer *deux personnes* uniquement pour laisser un mot sur leurs corps. »

Il fut enfin libéré vers novembre pour des motivations juridiques que je n'ai pas trouvées, probablement parce que son premier procès n'avait même pas commencé. Agata me confia qu'elle n'oublierait jamais ce jour-là. Elle s'était précipitée au comité et avait annoncé, ravie : « Leo a été relâché ! »

Ceux qui étaient là avaient brusquement tourné la tête vers elle comme des serpents. Et une voix avait dit d'un ton glacial : « Dans ce cas, il a parlé. »

Ainsi, exactement comme il l'avait prévu, L.B. devint soudain un « repenti ». Il resta seul. Un de ses vieux amis – l'homme qui avait assisté à ma conversation avec l'ancien ouvrier devenu professeur et qui avait insisté sur le fait que l'histoire de mon père n'avait rien d'une chute – me raconta que, plusieurs mois après sa libération, peut-être même un an, il l'avait croisé. Ils s'étaient salués et avaient échangé quelques mots, puis chacun avait continué son chemin. Un pâté de maisons plus loin, une de leurs connaissances avait surgi d'une rue et lui avait lancé en murmurant, ou presque : « Tu parles à Barone ? Tu ne sais pas que… » en mimant la parole d'un geste de la main. Tu ne sais donc pas que c'est un mouchard ? L'ami de mon père était reparti avec une grimace de mépris. Mais tel avait été le destin de L.B. Ce n'était pas la prison qui l'avait détruit, comme je l'avais cru dans un premier temps, quand Agata m'avait parlé de la mise à l'écart. C'était son monde qui lui avait tourné le dos.

Sa vie politique était terminée. Il n'avait plus de travail. Ses vieux « camarades » (à l'exception de ses amis, naturellement) ne lui adressaient plus la parole et le discréditaient. C'était un homme brisé.

Un jour, assis sur le canapé en silence depuis des heures, il fondit brusquement en larmes. Agata, qui était dans une autre pièce, s'approcha et le regarda, debout, sans savoir comment réagir.

Alors, entre les pleurs, il expliqua : « J'ai gâché ma vie. J'ai gâché ma vie. »

Nous savons plus ou moins comment les choses se passèrent ensuite. Il abandonna tout, voulut tout oublier, se concentra sur son procès et parvint à prouver son innocence, s'éprit d'une femme dont il eut une fillette et fut incapable de demeurer à leurs côtés. Dans une lettre que j'ai récemment relue, j'ai découvert qu'il m'avait écrit (et à l'époque je n'avais pas été à même de comprendre) : « Au moment où j'ai refermé votre porte derrière moi, j'ai vraiment senti que j'avais échoué dans tous les domaines. »

Néanmoins il vécut encore, il se reconstruisit, il aima de nouveau, fit de nouveau des études et bien d'autres choses. *A decent life*, comme l'avait dit Pariante. Parfois, je rêve de lui : je lui réclame sa version, mais il s'enfuit, ou disparaît. Je me demande s'il lui arrivait de repenser au passé avant le choc. Druina me raconta qu'ils s'étaient rencontrés par hasard, après ma naissance, par une belle journée d'avril où le pollen flottait dans l'air doré, et qu'ils avaient décidé de faire une promenade le long des quais. Ils avaient beaucoup marché et beaucoup parlé, en vieux amis, y compris du Pcim-l et de ces années-là. Hélas, elle ne se rappelait pas ce qu'il lui avait dit. Mais ils s'étaient quittés avec joie en se pressant fort les mains.

P., une autre amie, me confia que, comme moi, elle avait trouvé ses obsèques insupportables en raison de la sensation d'étrangeté par rapport à la personne qu'on aurait dû célébrer. À un moment donné, elle était sortie, même si la cérémonie n'était pas terminée. Dehors, me dit-elle, plusieurs personnes aux cheveux blancs pleuraient, chacune dans son coin.

J'aurais aimé que ce soit lui qui me raconte cette histoire. J'aurais voulu avoir le temps de l'entendre. Mais, d'une certaine façon, je suis consciente que si ce livre existe, c'est uniquement parce que l'homme n'est plus là.

Au cours des semaines qui précédèrent mon trentième anniversaire, il se produisit quelque chose d'insolite : je commençai à y penser. Je n'avais jamais accordé d'importance à mon âge, je n'avais jamais prêté attention au vieillissement. Peut-être parce que cela ne me concernait pas. J'avais peur de la mort, non du temps. Le temps était infini. Le temps, pour moi, était toujours identique : tout s'était déjà produit – y compris les choses intolérables – et tout devait encore arriver. Soudain, mes vingt ans allaient s'évanouir, et déjà, depuis un moment, je sentais le temps battre en retraite irrémédiablement ; un instant plus tôt, on était en octobre, les feuilles étaient rouges et jaunes, et voilà que le printemps arrivait. Le temps, c'étaient les cheveux blonds qui poussaient sur la tête de S., là-bas à Paris, une fillette qui n'existait pas un an plus tôt. C'était terrible et c'était miraculeux. Mais, je le savais, le temps a beau rétrécir – rétrécir horriblement –, il ne bat pas en retraite. Le temps s'ajoute au temps. Les morts restent en arrière.

Un de ces jours-là, alors que je marchais vers mon lieu de travail dans une rue de Côme, j'eus soudain une perception très lucide de mon corps ; et juste après – comme si une brèche gigantesque s'était ouverte – je pensai au passé et à l'époque où il n'était à mes yeux qu'une étendue compacte, je pensai à ma personne comme à un être simultané, capable de tout se rappeler et ne jugeant aucun de ces souvenirs dignes d'attention. Brusquement je sus que c'était faux. Toutes les images, toutes les perceptions vives qui avaient coulé sur moi sans que je sache qu'en faire, sans que j'en trouve les clefs, les montagnes même que je voyais à cet instant précis, le ruisseau, les cerisiers aux branches couvertes de bourgeons, et en même temps les souvenirs infimes qui me parvenaient par bribes de façon irrationnelle, que j'essayais désespérément de reconstruire sans en comprendre la raison, sans comprendre la signification qu'ils avaient pour moi et pour l'histoire que j'écrivais, tout cela appartenait à un unique ensemble ; les objets, les faibles éclats, les créatures avec lesquelles j'avais partagé un mot ou un sentiment et qui m'apparaissaient à présent, toutes ensemble, comme une vérité révélée, tout cela, c'était moi. Le matériau de ma vie se déployait devant moi, enfin lumineux et net, y compris dans son imprécision, aussi resplendissant qu'un massif de corail dont on recueille de précieux fragments pour les associer en de nouvelles formes.

Il ne s'était rien passé, rien n'avait changé entre le pas d'avant et le pas d'après, mais à présent je voyais clair, comme si l'on avait aimablement placé sur mon nez des lunettes que j'ignorais devoir porter. À présent, je pouvais m'approprier mon expérience, et c'était une révélation.

Pourtant, il s'était certainement produit à un moment récent une chose dont je ne m'étais pas rendu compte. Puis je compris. Sous la première Kitej, je découvrais une autre Kitej. Ma vie. Les tentatives que j'avais accomplies pour reconstruire l'existence de mon père m'avaient obligée à me retourner, à me souvenir de choses dont je croyais me souvenir, à tenter de me remémorer des choses effacées ; j'avais été contrainte d'examiner mon passé, qui me semblait exposé tout entier, évident. Ainsi l'histoire de mon père, tel un grand coquillage nacré, renfermait sous sa valve la mienne : la mienne, que je pensais posséder et dans laquelle je découvrais une nouvelle ligne, une nouvelle vérité. Ma vraie vie, quoi que j'eusse décidé d'en faire.

Les arbres bruissèrent et je poursuivis ma route.

Longtemps après, je demandai à Dora comment il était mort. La veille, son état s'était aggravé, il avait passé l'après-midi avec ma mère, et ils avaient tous deux longuement parlé avec l'affection des êtres qui se connaissent depuis longtemps et ont surmonté leurs ressentiments.

« Il a eu la mort des sages », déclara Dora. Nous étions en voiture, immobiles dans un parking. « Il avait fermé les yeux depuis un bout de temps. Soudain il a dit : "Je meurs", j'ai appelé l'infirmière, mais, quand elle est arrivée, il était déjà parti. »

Je regardais droit devant moi. Je me gardai de lui dire que ce n'était pas à mon sens une mort de sage ; qu'il me semblait horrible d'*avoir conscience* de mourir à l'instant même où cela se produisait et que j'éprouvais une telle pitié que je me sentais étouffer, que je la sentais déborder de ma tête, de mon corps et des fenêtres de la voiture. Toutefois je ne pleurai pas devant elle.

Il était tellement en colère pendant qu'il mourait. Et moi, j'étais en colère contre lui parce qu'il ne me laissait pas de répit, pas même en cet instant, parce qu'il n'avait pas compris mon chagrin après la mort de Celina, parce qu'il me mentait sur son état et parce qu'il était aussi capricieux qu'un enfant. Et pourtant, j'aurais dû le comprendre mieux que quiconque : j'étais comme lui. Il avait tort de me traiter avec rudesse, mais j'avais tort moi aussi, de ne pas reconnaître chez lui la féroce peur de la mort que j'éprouvais moi-même, cette peur qui lui dévorait sûrement les os, cette peur qui m'amenait à le fuir, malade.

Plus que de la culpabilité, je ressens une singulière nostalgie – davantage que du passé, d'événements jamais advenus, d'événements pas encore advenus, d'événements qui auraient *peut-être* dû advenir. Une nostalgie au futur antérieur. Une nostalgie du non-plus-possible. Un jour peut-être nous aurions réussi à nous parler. Un instant peut-être j'aurais pu lui donner une caresse.

La nuit était tombée et il faisait déjà noir. Mon père débarrassa la table et s'empara d'une torche. Nous enfilâmes nos sandales sans un mot. Dehors aussi régnait un grand silence, que seuls entamaient les grillons en stridulant dans les fourrés. La lune, presque pleine, inondait de lumière la véranda où nous prenions nos repas, l'arbre où Jennifer, la fille des Anglais et ma compagne de jeux, s'agrippait aux branches des mains et des chevilles et se balançait dans le vide. Mon père se mit en route, se retourna pour voir si je le suivais, et alluma la torche afin d'éclairer le sentier, bordé de figuiers de Barbarie et d'arbustes aromatiques. La poussière pénétrait dans mes sandales en plastique. Nous marchâmes longuement, grimpant et nous enfonçant entre les montagnes qui, le jour, étaient vertes, pierreuses, tachées du rose des bougainvillées et de l'or des genêts. À présent, tout ou presque était invisible. Le faisceau de la torche allait et venait, d'avant en arrière. Nous ne parlions pas. Nous passâmes tout près de maisons aux vérandas éclairées, nous passâmes certainement non loin de l'une d'elles, située plus en hauteur sur l'île, où nous avions été invités les premiers temps et où vivait Harry, un Anglais rubicond et courtois, avec sa compagne, Gina, une Napolitaine fine aux cheveux orange toujours tirés en queue-de-cheval, qui accueillait les chats du voisinage, des chats boiteux, maigres, parfois borgnes, et dont elle était toujours entourée lorsqu'elle fumait et riait d'un rire rauque, assise sur un muret, en face de chez elle. Nous passâmes peut-être près de la bâtisse à moitié démolie que Jennifer et moi, ainsi que son petit frère Martin aux épaisses boucles rousses et au visage criblé d'éphélides, désignions comme la maison de la sorcière. Tout autour poussaient mauvaises herbes et ronces, et nous jouions à celui qui s'en approcherait le plus, sans jamais y entrer, nous y retournions sans cesse, comme attirés par le danger, ou peut-être par la sorcière. Nous passâmes à travers le bois, loin des lumières des maisons, j'entendis les cris des oiseaux nocturnes au-dessus de ma tête et perçus le souffle humide des feuilles, alors que mon père avançait, deux ou trois pas devant moi, et s'assurait fréquemment de ma présence en baissant la torche pour éviter de m'aveugler.

Enfin, nous atteignîmes la petite hauteur. Tandis que nous grimpions, la grande masse sombre de l'île d'en face, Stromboli, commença à se détacher doucement sur le ciel limpide, ouvert, étoilé, et je retins ma respiration. Nous nous immobilisâmes, côte à côte, mon père éteignit la torche et la glissa dans la poche de son bermuda.

Le volcan crachait depuis l'après-midi. Nous étions venus le voir.

La lave débordait des cratères en de lentes rivières écarlates et ambrées. De temps en temps, les lapillis giclaient en formant des fontaines d'étincelles. On n'entendait rien, pas même un crépitement. La mer était sombre, si l'on exceptait les quelques bateaux qui la traversaient, d'un noir aussi profond que le pétrole.

Ni mon père ni moi ne bougions ou ne parlions. Le silence qui m'avait déjà semblé immense, s'était comme étalé et avait tout recouvert. Néanmoins, en tendant l'oreille, je percevais un son en arrière-fond, un son grave, sourd, comme un grondement ou une vibration qui paraissait monter des entrailles de la terre, de ses origines mêmes. Nous contemplâmes le volcan pendant un laps de temps que j'estimai infini, étourdissant, et qui aurait pu s'étirer jusqu'au matin. J'éprouvai une sensation semblable à celle qui se saisissait de moi, la nuit en ville, quand j'étais éveillée et que, refusant de regarder le réveil, j'écoutais, sans savoir si c'étaient les dernières ou les premières, les voitures rouler en produisant un son solitaire, étrangement poignant. C'était d'une certaine façon ce que j'éprouverais plus tard, toujours par les nuits sans sommeil, dans la maison de vacances de Dora : sortant sur le balcon en chemise de nuit à deux ou trois heures du matin, je regardais alors le paysage vide, de l'autre côté du jardin, un vaste plateau couvert de mauvaises herbes et d'objets abandonnés derrière lequel on voyait les montagnes et parfois un feu à leur sommet, un feu allumé par des hommes, je le savais, et dont la fumée s'élevait sur des kilomètres ; à travers ce vide passait la voie ferrée qu'un train de nuit empruntait de temps à autre en poussant un cri d'animal qui parvenait jusqu'au balcon où une fillette solitaire et insomniaque le regardait. Il roulait à toute allure en poussant ce cri, et j'étais prise de vertige à la pensée des innombrables personnes, des innombrables vies, que les vitres sombres dissimulaient : sans le comprendre pleinement, je sentais se répandre en moi, hors de moi et tout autour de moi la mélancolie de l'immensité.

Devant le volcan, cette nuit-là, j'éprouvais cette sensation précise, même si j'étais incapable de lui donner un nom. Je ne sentais ni fatigue ni ennui, je ne sentais que le ciel déployé au-dessus de moi et une légère odeur de soufre, mêlée à celle des fleurs sauvages et du sel que, par intermittence, une fine brise poussait vers nous. Je ne pensais à rien. J'étais juste mon corps présent.

J'étais avec mon père sur la petite hauteur et nous contemplions le mystère.

## REMERCIEMENTS

Je veux remercier tous ceux (ils sauront se reconnaître) qui ont voulu participer à mes recherches, qui m'ont fourni des renseignements, qui m'ont raconté leur histoire et celle de mon père.

Je remercie le Centre d'études Piero Gobetti qui m'a permis d'accéder aux documents concernant le procès de Leonardo Barone dans les archives de Bianca Giudetti Serra et qui m'a aidée dans ces recherches.

Je remercie ma mère, qui a toujours été présente.

Je remercie les amis qui m'ont accompagnée au cours de cette période. Ils sauront aussi se reconnaître. Je remercie en particulier Stefania Di Mella et Mattia De Bernardis, pour leur proximité, leurs conseils et leur affection. Et Niccolò, compagnon de nombreuses années, grand ami, soutien irremplaçable tout au long, ou presque, de la rédaction de ce livre.

Je remercie Beatrice Masini d'y avoir cru.


Durant l'écriture de ce livre, j'ai puisé dans de nombreux ouvrages. Pour ceux qui souhaiteraient approfondir le sujet voici quelques titres en désordre (ces livres n'ont pas été traduits en français) :

Michele Ruggiero, Mario Renosio, *Pronto, qui Prima linea*, Edizioni Anordest, 2014.

Andrea Tanturli, *Prima linea. L'altra lotta armata (1974-1981)*, DeriveApprodi, 2018.

Stefano Ferrante, *La Cina non era vicina. « Servire il popolo » e il maoismo all'italiana*, Sperling & Kupfer, 2008.

Guido Bertagna, Adolfo Ceretti, Claudia Mazzucato (ed.), *Il libro dell'incontro. Vittime e responsabili della lotta armata a confronto*, Il Saggiatore, 2015.

Adelaide Aglietta, *Diario di una giurata popolare al processo delle Brigate Rosse*, Lindau, 2009.

Marco Revelli, *Lavorare in Fiat*, Garzanti, 1989.

Luca Rastello, *Piove all'insù*, Bollati Boringhieri, 2006.

Albertino Bonvicini, *Fate la storia senza di me*, ed. Mirko Capozzoli, add, 2011.

Alberto Gaino, *Il manicomio dei bambini. Storie di istituzionalizzazione*, Edizioni Gruppo Abele, 2017.

AA.VV. *Care compagne cari compagni – Lettere a Lotta Continua*, edizioni Lotta Continua, 1978.

Corrado Stajano, *L'Italia nichilista*, Mondadori, 1982.

Antonio Moresco, *Lettere a nessuno*, Mondadori, 2018.

## RÉFÉRENCES DES CITATIONS


Andreï Biély, *Pétersbourg*, traduction de Jacques Catteau et Georges Nivat, Éditions l'Âge d'Homme, 1967.

Joseph Brodsky, « Partie du discours », traduction de Véronique Schiltz, in *Poèmes 1961-1987*, Gallimard, 1987.

Luis Buñuel (avec la collaboration de Jean-Claude Carrière), *Mon dernier soupir*, Robert Laffont, 1982.

Dante, *Divine Comédie*, Chant III, v. 84 ; III, v. 109 ; X, v. 36, traduction de Jean-Charles Vegliante, Imprimerie nationale, 1995.

Vassili Grossman, *Vie et destin*, traduction d'Alexis Berelowitch avec la collaboration d'Anne Coldefy-Faucard, L'Âge d'Homme, 1980.

Ossip Mandelstam, *Le Bruit du temps*, traduction d'Édith Scherrer, L'Âge d'Homme, 1972.

Ossip Mandelstam, *Voyage sentimental*, traduction de Vladimir Pozner, Éditions du Sagittaire, 1926.

Vladimir Nabokov, *Le Don*, traduction de Raymond Girard, Gallimard, 1967.

TABLE

Cet ouvrage a été achevé d'imprimer sur Roto-Page
par l'Imprimerie Floch à Mayenne
pour le compte des éditions Grasset
en février 2022.

*Mise en pages*
*PCA 44400 Rezé*

PAPIER À BASE DE
FIBRES CERTIFIÉES

*Grasset* s'engage pour
l'environnement en réduisant
l'empreinte carbone de ses livres.
Celle de cet exemplaire est de :
750 g éq. $CO_2$
Rendez-vous sur
www.grasset-durable.fr

N° d'édition : 22370 – N° d'impression : 99957
Dépôt légal : mars 2022
*Imprimé en France*